KB060049

어두운 상점들의 거리

RUE DES BOUTIQUES OBSCURES

by Patrick Modiano

Copyright © Editions Gallimard, 1978
Korean translation copyright © MUNHAKDONGNE Publishing Corp., 2010
All rights reserved.

이 책의 한국어판 저작권은 시빌 에이전시를 통해
Editions Gallimard와 독점 계약한 (주)문학동네에 있습니다.
저작권법에 의해 한국 내에서 보호를 받는 저작물이므로 무단 전재 및 무단 복제를 금합니다.

이 도서의 국립중앙도서관 출판예정도서목록(CIP)은 서지정보유통지원시스템 홈페이지(http://seoji.nl.go.kr)와
국가자료공동목록시스템(http://www.nl.go.kr/kolisnet)에서 이용하실 수 있습니다.
(CIP제어번호: CIP2010001474)

세계문학전집
040

Patrick Modiano : Rue des boutiques obscures

어두운 상점들의 거리

파트릭 모디아노 장편소설

김화영 옮김

문학동네

뤼디를 위하여
아버지를 위하여

일러두기

주석은 모두 옮긴이주이다.

하나

나는 아무것도 아니다. 그날 저녁 어느 카페의 테라스에서 나는 한낱 환한 실루엣에 지나지 않았다. 나는 비가 멈추기를 기다리고 있었다. 위트와 헤어지는 순간부터 소나기가 쏟아지기 시작했던 것이다.

몇 시간 전 우리는 흥신소의 사무실에서 마지막으로 다시 만났다. 위트는 평소와 마찬가지로 육중한 책상 뒤에 앉아 있었지만 참으로 떠난다는 인상이 느껴질 만큼 망토를 그대로 입은 채였다. 나는 그의 앞, 손님용으로 쓰이는 가죽 소파에 앉아 있었다. 우윳빛의 전등 불빛이 너무 세차게 쏟아져서 나는 눈이 부셨다.

"자, 그럼 기…… 다 끝났군……" 위트는 한숨을 내쉬며 말했다.

서류 하나가 책상 위에 남은 채 놓여 있었다. 자기 아내의 미행을 의뢰했던, 부은 얼굴, 당황한 눈빛, 갈색 머리의 그 키 작은 사내의 서

류일 것이다. 오후에 그의 아내는 폴 두메르 가街와 이웃해 있는 비탈 가街의 가구 딸린 호텔로, 또다른 부은 얼굴의 갈색 머리의 키 작은 사내를 따라 들어가고 있었다.

위트는 생각에 잠긴 채 그의 수염을, 희끗희끗하고 짧지만 그의 두 뺨을 가리고 있는 수염을 쓰다듬었다. 크고 맑은 그의 두 눈은 허공 속을 헤매고 있었다. 책상의 왼쪽에는 업무 시간이면 내가 앉곤 하던 버드나무 의자, 위트의 뒤에는 어두운 빛의 나무 선반들이 벽의 반을 덮고 있었다. 그곳에는 지난 오십 년 동안의 각종 전화번호부들과 연감들이 가지런히 꽂혀 있었다. 그것들은 절대로 없어서는 안 될 필요불가결한 작업 도구라고 위트는 몇 번이나 내게 말하곤 했었다. 그 전화번호부들과 연감들은 우리가 가질 수 있는 가장 귀중하고 가장 감동적인 도서관을 구성한다는 것이었다. 왜냐하면 그들 페이지마다에는 오직 그것들만이 증언할 수 있는 수많은 사람들과 사물들과 세계들이 분류되어 있기 때문이었다.

"이 전화번호부들은 모두 어떻게 할 작정입니까?"

나는 팔을 크게 움직여 선반들을 가리키며 위트에게 물었다.

"여기다 두고 가지. 기, 아파트 임대 계약은 그대로 유지할 테니 말이오."

그는 빠른 눈길로 주위를 훑어보았다. 조그마한 옆방으로 통하는 두 개의 여닫이문이 활짝 열려 있었고 낡은 비로드 소파와 벽난로, 그리고 연감들과 전화번호부들의 선반과 위트의 얼굴이 비쳐 보이는 거울이 눈에 들어왔다. 바닥에는 페르시아 양탄자가 깔려 있었다. 창문 옆 벽에는 성화가 하나 걸려 있었다.

"무슨 생각을 하고 있는 거야, 기?"

"아무 생각도…… 그래 당신은 아파트 계약을 계속 유지한단 말이지요?"

"그래요. 가끔 파리에 돌아올 테니까, 이 사무실은 내 연락처로 쓸 수 있을 거요."

그는 나에게 담배 케이스를 내밀었다.

"옛날 그대로 사무실을 가지고 있는 것이 덜 쓸쓸할 것 같아서."

우리가 같이 일해온 지는 벌써 팔 년이 넘었다. 그 자신이 1947년에 이 흥신소를 창설하고 나 이전에도 숱한 여러 다른 사람들과 일을 했었다. 우리가 하는 일이란 고객들에게, 위트의 말을 빌리자면, '사교생활의 정보들'을 제공하는 것이었다. 모든 것은 그가 즐겨 표현하듯이 '사교계 사람들' 사이에서 이루어지는 일이었다.

"그래 당신은 니스에서 지낼 수 있을 것 같습니까?"

"그럼요."

"심심해지지 않으실까요?"

그는 담배연기를 내뿜었다.

"언젠가는 은퇴를 하기 마련이니까, 기."

그는 무겁게 자리에서 일어났다. 위트는 몸무게가 백 킬로는 넘을 것이고 키는 1미터 95쯤 될 것이다.

"기차는 20시 55분입니다. 어디 가서 한잔할 시간은 있군요."

그는 현관으로 통하는 복도로 앞장서서 걸어나갔다. 현관은 기이한 타원형을 이루고 색이 바랜 베이지색 벽으로 되어 있었다. 꼭 잠글 수도 없을 만큼 속이 가득찬 서류가방 하나가 땅바닥에 놓여 있었다. 위트는 그것을 집어서 손으로 받쳐들었다.

"다른 짐은 없어요?"

"모두 다 미리 보냈거든요."

위트는 입구의 문을 열었고 나는 현관의 불을 껐다. 층계참에서 위트는 문을 닫기 전에 잠시 망설였다. 쾅하고 닫히는 문의 금속성이 내 가슴을 찌르는 것 같았다. 그것은 내 생애의 어떤 기나긴 시기에 종지부를 찍는 것이었다.

"기분이 울적해지네, 안 그래요, 기?"

위트가 나에게 말했다. 그리고 그는 망토 주머니에서 큰 손수건 하나를 꺼내더니 이마의 땀을 찍어냈다.

문 위에는 여전히 금박으로 장식된 글자들이 새겨져 있는 사각형의 검은 대리석 간판이 붙어 있었다.

C. M. 위트

흥신소

"저건 그대로 두겠어요." 위트가 말했다.

그리고 그는 열쇠를 돌렸다.

우리는 프레르 광장까지 니엘 가를 따라갔다. 밤이 되었고 벌써 겨울이 오고 있었지만 공기는 따뜻했다. 프레르 광장에 이르자 우리는 '오르탕시아'의 테라스에 앉았다. 그곳엔 '옛날 식으로' 홈이 파인 의자들이 놓여 있었기 때문에 위트는 그 카페를 좋아했다.

"그런데 기, 당신은 어떡할 작정이오?" 그는 물을 탄 브랜디를 한 모금 마신 후 나에게 물었다.

"나요? 추적할 일이 하나 있어요."

"추적할 일……?"

"예. 나의 과거를 추적하는 일 말입니다……"

내가 이 말을 좀 엄숙한 어조로 말했기 때문에 그가 미소를 지었다.

"당신이 언젠가는 과거를 되찾게 될 거라고 늘 생각해왔지요."

이번에는 그가 심각해졌고 그 때문에 나는 마음이 흔들렸다.

"그렇지만 이거 봐요, 기. 나는 그것이 정말 그럴 만한 가치가 있는 건지 잘 모르겠어요……"

그는 침묵을 지키고 있었다. 그는 무슨 몽상에 잠겨 있는 것일까? 그 자신의 과거를 생각하는 것일까?

"사무실 열쇠 하나를 당신에게 맡기지요. 그러면 당신도 때때로 거기에 들러볼 수 있을 겁니다. 그래 주면 나도 기쁘겠어요."

그는 내게 열쇠 하나를 내밀었고 나는 그것을 받아 바지 주머니 속으로 흘려넣었다.

"그리고 니스로 전화를 해주시오. 나한테도 귀띔해줘야지요…… 당신 과거에 대해서 말입니다……"

그는 자리에서 일어나 내 손을 잡았다.

"기차역까지 바래다드릴까요?"

"아이고, 아니요…… 천만에…… 그건 너무 슬퍼서……"

그는 되돌아보지도 않고 한걸음에 카페를 나갔다. 나는 공허함을 느꼈다. 그 사람은 나에게 매우 중요한 사람이었다. 그가 없었더라면, 그의 도움이 없었더라면 지금부터 십 년 전, 내가 갑자기 기억상실증에 걸려 안개 속에서 더듬거리고 있었을 때 나는 무엇이 되었을지 알 수가 없다. 그는 나의 처지를 매우 딱하게 여겼고 그의 넓은 친분을 통해 심지어는 나의 신분증명서까지 만들어주었었다.

"여기 있소." 그는 신분증과 여권이 들어 있는 큰 봉투를 내밀며 말했었다. "이제부터 당신 이름은 '기 롤랑'이오."

나는 탐정인 그를 찾아가서 제발 그 기민한 능력으로 내 과거의 증인이나 흔적들을 좀 찾아달라고 의뢰했었던 것이다. 그때 그 탐정은 이렇게 덧붙였다.

"'기 롤랑' 씨, 지금부터는 뒤를 돌아보지 말고 현재와 미래만을 생각하시오. 나와 함께 일을 했으면 하는데, 어떻소……"

그가 나에게 동정심을 갖게 된 것은 그 역시―나중에 안 일이지만―자신의 자취들을 잊어버리고 생애의 한 부분이 졸지에 과거와 이어줄 단 한 가닥의 실마리도, 아주 작은 끄나풀도 남기지 않은 채 송두리째 사라져버렸기 때문이었다. 아닌 게 아니라, 헐어빠진 외투를 입고 뚱뚱한 검정색 서류가방을 든 채 어둠 속으로 멀어져가는 저 지친 늙은 남자와 왕년에 테니스 선수였던, 콘스탄틴 폰 위트라는 이름의 금발 머리 미남인 발티크 남작 사이에 대체 무슨 공통점이 있단 말인가.

둘

"여보세요? 폴 소나쉬체 씨인가요?"

"바로 접니다만."

"저는 기 롤랑입니다. 혹시 기억하실지 모르겠습니다만 저……"

"그럼요. 알고말고요! 우리 만날 수 있을까요?"

"좋을 대로 하시지요."

"가령…… 오늘 저녁 아홉시경 아나톨 드 라 포르주 가에서?…… 어떨까요?"

"좋습니다."

"기다리겠습니다. 그럼 이따가 뵙죠."

그는 갑자기 전화를 끊었고, 내 이마에선 땀이 흘러내렸다. 나는 용기를 얻으려고 코냑 한 잔을 마셨더랬다. 무엇 때문에 문자판의 전화번호를 돌리는 따위의 하찮은 일이 나에게는 이토록이나 힘이 들고 겁이 난단 말인가?

아나톨 드 라 포르주 가의 카페에는 손님이라고는 아무도 없었고 그는 외출복 차림으로 카운터 뒤에 서 있었다.

"마침 잘되었습니다" 하고 그가 말했다. "나는 수요일 저녁엔 휴무거든요."

그는 내게로 다가와서 나의 어깨를 잡았다.

"나는 당신 생각을 많이 했어요."

"감사합니다."

"아시다시피 그 일은 내게도 여간 마음 쓰이는 게 아니거든요……"

나는 그가 내 걱정을 너무 할 필요는 없다고 말하고 싶었지만 적당한 말이 생각나지 않았다.

"아무리 생각해도 당신은 어느 시기엔가 내가 자주 만나곤 했던 어떤 사람의 측근이 분명하다고 믿어집니다만…… 그렇지만 그게 누굴까요?"

그는 어깨를 으쓱했다.

"어디 무슨 힌트를 좀 주실 수 없을까요?"

"그럴 수가 없어요."

"왜요?"

"나는 아무것도 기억하지 못하니까요, 선생님."

그는 내가 농담을 하고 있는 것으로 생각했는지 마치 어떤 놀이나 수수께끼나 되는 것처럼 말했다.

"좋아요. 나 혼자서 알아내보지요. 나한테 백지위임을 해주시겠어요?"

"원하신다면."

"그럼 오늘 저녁에 내가 당신을 어떤 집의 식사 자리에 데리고 가겠습니다."

밖으로 나가기 전에 그는 탁 하고 전기계량기 손잡이를 밑으로 내린 다음 열쇠를 여러 번 돌려서 육중한 나무문을 잠갔다.

그의 자동차는 길 반대편에 세워져 있었다. 검은색 새 차였다. 그는 나를 위해 공손하게 차의 문을 열어주었다.

"그 친구는 빌 다브레와 생 클루 경계 지점에 아주 멋진 식당을 하나 경영하고 있지요."

"우리는 거기까지 가는 겁니까?"

"예."

아나톨 드 라 포르주 가에서 우리는 그랑드 아르메 대로로 나서고 있었는데 나는 갑자기 자동차에서 내리고 싶은 유혹을 느꼈다. 빌 다브레까지 간다는 것이 나에게는 해낼 수 없는 일같이만 느껴졌다. 그렇지만 용기를 내지 않으면 안 되는 것이었다.

우리가 생 클루의 문에 도달하기까지 나는 나를 사로잡는 견딜 수 없는 공포와 싸워야 했다. 소나쉬체와는 겨우 조금 아는 사이였다. 그가 나를 어떤 함정 속으로 유인하는 것은 아닐까? 그러나 조금씩 조금 씩, 그가 말하는 것을 듣고 있자니 마음이 가라앉았다. 그는 그의 직업 생활의 여러 단계들을 이야기해주었다. 처음에 여러 러시아식 댄스홀에서, 다음에는 샹젤리제 공원의 어느 식당인 랑제에서, 그리고 캉봉 가의 카스티유 호텔에서 일했고 그후 여러 다른 업소들을 전전하다가 마침내 아나톨 드 라 포르주 가에 있는 그 바를 맡게 되었다는 것이었다. 그때마다 그는 지금 우리가 찾아가고 있는 장 외르퇴르를 다시 만나곤 하여 그들은 이십여 년 동안 단짝이 된 것이었다. 외르퇴르 역시 기억하고 있는 것이 많았다. 그들 둘이서라면 내가 내놓는 '수수께끼'를 분명히 해결할 수 있으리라는 것이었다.

소나쉬체는 매우 조심스럽게 차를 운전하였고 우리는 약 사십오 분이 걸려 목적지에 이르렀다.

그것은 수양버들 한 그루가 집의 위쪽 부분을 가리고 있는 일종의 방갈로였다. 오른쪽으로는 뒤엉킨 잡목숲이 보였다. 식당의 문은 널찍했다. 그 안쪽에서 눈부신 빛이 비쳐나오고 있었고 한 사내가 우리 쪽으로 걸어나왔다. 그는 나에게 손을 내밀었다.

"반갑습니다, 선생님. 장 외르퇴르입니다."

그러고 나서 소나쉬체를 향하여

"어서 와, 폴" 하고 말했다.

그는 우리를 홀 안쪽으로 안내했다. 세 사람 몫의 식기들이 놓인 식탁이 차려져 있었고 그 한가운데에는 꽃다발이 놓여 있었다.

그는 출입문 겸용 창문들 가운데 하나를 가리켰다.

"다른 쪽 방갈로에는 손님들이 있어. 결혼식이야."

"여기엔 한 번도 안 와보셨지요?" 하고 소나쉬체가 나에게 물었다.

"예. 그렇소."

"그럼 장, 전망을 좀 보여드리게."

외르퇴르는 앞장서서 연못을 향해 있는 베란다 쪽으로 걸어갔다. 왼쪽에는 가운데가 불룩한 중국풍의 작은 다리가 연못 건너편의 또다른 방갈로로 인도하고 있었다. 출입문을 겸한 창문들은 환한 빛을 받고 있어서 그 안에 쌍쌍의 남녀들이 움직이는 것이 보였다. 사람들이 춤을 추고 있었다. 어떤 음악의 한 가닥이 우리들에게까지 들렸다.

"사람들이 별로 많은 것 같지 않아요" 하고 그가 나에게 말했다. "저 결혼식이 난잡한 파티로 변할 모양이네요."

그는 어깨를 으쓱했다.

"여름에 오셔야 해요. 베란다에서 식사를 할 수 있거든요. 상쾌하답니다."

우리는 식당의 홀로 다시 들어왔고 외르퇴르는 창문을 닫았다.

"별로 차린 것이 없습니다."

그는 우리에게 앉으라는 손짓을 했다. 그들은 내 맞은편에 나란히 앉았다.

"술은 무엇을 좋아하시나요?" 하고 외르퇴르가 나에게 물었다.

"그냥, 좋으신 대로 하시지요."

"샤토 페트뤼는 어떨까요?"

"썩 좋은 생각이야, 장" 하고 소나쉬체가 말했다.

흰 재킷을 입은 젊은 남자가 우리에게 서비스를 하고 있었다. 벽등에서 흘러내리는 빛이 바로 내 머리 위로 떨어져 눈이 부셨다. 다른 사람들은 그늘 속에 있었지만. 아마도 그들은 나를 더 잘 눈여겨보기 위해 일부러 그 자리에 앉힌 모양이었다.

"그래서, 장?"

외르퇴르는 그의 갈랑틴* 요리를 먹기 시작하면서 이따금 날카로운 시선을 나에게 던지곤 했다. 그는 소나쉬체처럼 갈색 머리였고 그와 마찬가지로 머리에 물을 들이고 있었다. 군데군데 피부가 굳어져 있었고 무기력한 두 뺨과 식도락가다운 얇은 입술이었다.

"응. 그래……"하고 그가 중얼거렸다.

나는 불빛 때문에 눈을 깜박거렸다. 그는 우리에게 포도주를 따라주었다.

"응. 그래…… 나는 이분을 이미 만나뵌 적이 있는 것 같아……"

"이건 진짜 힘든 문제야"하고 소나쉬체가 말했다. "이분은 우리한테 아무런 힌트도 주지 않겠다니 말이야……"

그는 무슨 영감이라도 떠올린 것 같았다.

"아니 어쩌면 당신은 우리가 더이상 그 이야기를 하지 않기를 바라시는지도 모르겠군요. 당신은 차라리 '익명 상태'로 남아 있고 싶은가요?"

"천만에요"하고 나는 웃음을 띠면서 말했다.

젊은 남자가 송아지고기 요리를 가져왔다.

"선생의 직업은 뭐지요?"하고 외르퇴르가 나에게 물었다.

"어떤 흥신소에서 팔 년간 일했습니다. C. M. 위트 흥신소에서요."

그들은 깜짝 놀라서 나를 쳐다보았다.

"그렇지만 그건 그전의 내 과거의 생애와는 아무 관련이 없습니다. 그러니까 그 점은 고려하지 마십시오."

"참 이상하군요"하고 외르퇴르가 나를 빤히 바라보며 말했다. "당신 나이가 얼마쯤 됐는지 알기가 어렵겠는걸요."

---

* 양념을 넣어서 삶은 고기를 굳힌 요리.

20

"아마 내 수염 때문이겠지요."

"수염이 없다면," 하고 소나쉬체가 말했다. "어쩌면 금방 당신을 알아볼 수 있을지도 모르겠군요."

그리고 그는 팔을 내밀어 수염을 가리기 위해 내 코의 바로 위쪽에 그의 손을 펴서 대고 모델을 보는 초상화가처럼 눈을 깜박거렸다.

"이분은, 보면 볼수록 꼭 밤늦게 놀러 다니던 야행성 패거리 중 한 사람인 것 같다는 느낌이 든단 말이야……" 하고 외르퇴르가 말했다.

"아니, 언제?" 하고 소나쉬체가 물었다.

"오…… 오래전이야…… 댄스홀에서 일하지 않은 게 벌써 까마득한 옛날이지, 폴?"

"그럼 타나그라 시절쯤으로 거슬러올라가나?"

외르퇴르는 나를 빤히 바라보았고 그의 눈길은 점점 더 집요해졌다.

"미안합니다만" 하고 그가 나에게 말했다. "잠시 일어나보실 수 있겠습니까?"

나는 시키는 대로 했다. 그는 나를 위에서 아래로, 아래에서 위로 훑어보았다.

"그래 맞아. 어떤 손님을 연상시킨다니까. 당신의 키는…… 가만있자……"

그는 손을 쳐들더니 마치 시시각각 사라져버릴 위험이 있는 그 무엇인가를 붙잡아보려는지 얼어붙은 듯이 멈추었다.

"잠깐만…… 잠깐만요…… 생각났어, 폴……"

그는 의기양양한 웃음을 띠었다.

"앉으셔도 됩니다."

그는 희색이 만면했다. 그는 자기가 하려는 말이 대단한 효과를 불러일으키리라는 것을 확신하고 있었다. 그는 소나쉬체와 나에게 격식에 맞추는 태도로 포도주를 따라주었다.

"무슨 말인고 하니…… 당신은 언제나 당신만큼 키가 큰 어떤 남자분과 같이 다니곤 했어요…… 어쩌면 당신보다 더 클지도 몰라요…… 이래도 생각나는 것 없어, 폴?"

"도대체 어느 시절 이야기를 하고 있는 거야?" 하고 소나쉬체가 물었다.

"타나그라 시절이지, 물론……"

"저분만큼 큰 남자라고?" 하고 소나쉬체가 자신에게 말하듯 되풀이했다. "타나그라에서……?"

"생각 안 나?"

외르퇴르는 어깨를 으쓱했다.

이제는 소나쉬체가 의기양양한 웃음을 지을 차례였다. 그는 머리를 끄덕거렸다.

"내 생각으로는……"

"그래서?"

"스티오파."

"바로 그 사람. 스티오파야……"

소나쉬체는 나에게로 몸을 돌렸다.

"당신은 스티오파와 아는 사이였지요?"

"그럴지도 모르지요" 하고 나는 신중하게 말했다.

"정말 그랬다니까요……" 하고 외르퇴르가 말했다. "당신은 자주 스티오파와 같이 오셨댔어요······ 틀림없어요······"

"스티오파······"

소나쉬체가 발음하는 방식으로 판단해보건대 러시아 이름임에 틀림없었다.

"오케스트라에게 항상 〈알라베르디〉를 연주해달라고 신청하던 사람은 바로 그였어요" 하고 외르퇴르가 말했다. "코카서스 노래 말입니다······"

"그거 기억나시지요?" 하고 소나쉬체가 내 팔목을 꼭 쥐어 잡으며 말했다.

"알라베르디······"

그는 두 눈을 반짝거리며 그 곡조를 휘파람으로 불었다. 나 역시 돌연 가슴이 뭉클해졌다. 나도 그 곡조를 알 것만 같았다.

그때 우리들에게 서비스를 해주고 있던 젊은이가 외르퇴르에게 다가와서 홀 안쪽으로 무엇인가를 손가락질해 보였다.

어떤 여자가 어두컴컴한 속에서 한 식탁에 혼자 앉아 있었다. 그 여자는 옅은 푸른색 옷을 입고 있었고 두 손바닥으로 턱을 괴고 있었다. 그 여자는 무슨 생각을 하고 있는 것일까?

"신부예요."

"저 여자가 저기서 뭘 하는 거지?" 하고 외르퇴르가 물었다.

"모르겠는데요" 하고 웨이터가 말했다.

"뭘 원하는지 물어보았나?"

"아뇨. 아네요. 아무것도 원하는 건 없어요."

"그럼 다른 사람들은?"

"크뤼그* 여남은 병을 더 주문했어요."

외르퇴르는 어깨를 으쓱했다.

"나와는 상관없는 일이야."

'신부'에게도, 그들이 서로 주고받는 말에도 아무 관심을 기울이지 않고 있던 소냐쉬체가 나에게 되풀이해 말했다.

"그래…… 스티오파는…… 스티오파가 기억납니까?"

그가 어쩌나 열성이었는지 마침내 나는 신비스럽기를 바라는 웃음을 띠면서 그에게 대답했다.

"그럼요. 예, 약간……"

그는 외르퇴르에게 몸을 돌리고 엄숙한 어조로 말했다.

"스티오파를 기억한대. 그럴 줄 알았어."

흰 재킷을 입은 웨이터가 난처한 표정으로 외르퇴르 앞에 서 있었다.

"그런데요. 저 사람들이 방을 쓰겠다는 것 같아요…… 어떻게 할까요?"

"그럴 것 같더라니까" 하고 외르퇴르가 말했다. "저 결혼식이 좋지 않게 끝날 줄 알았어…… 그렇다면 이봐, 그러라고 하지그래. 우리와는 상관없는 일이니까……"

저쪽의 신부는 테이블에서 꼼짝 않고 앉아 있었다. 그 여자는 팔짱을 끼고 있었다.

"저 여자가 저기서 혼자 뭘 하는지 모르겠네" 하고 외르퇴르가 말했

---

* 북프랑스 렝스 지방에서 생산되는 샴페인으로 160년이 넘는 역사를 자랑한다.

다. "하여간 그건 우리와 전혀 상관없는 일이야."

그러더니 그는 마치 파리라도 쫓으려는 듯이 손등을 쳐들어 내젓는 몸짓을 했다.

"본론으로 돌아옵시다" 하고 그가 말했다. "그러니 당신은 스티오파를 안 적이 있다고 인정하는 거지요?"

"예" 하고 나는 한숨을 쉬었다.

"결과적으로 당신은 같은 패거리에 끼어 있었군요…… 참 어지간히도 유쾌한 패거리였지. 안 그래, 폴?……"

"오……! 그들 모두가 이제는 사라졌어" 하고 소나쉬체가 음산한 목소리로 말했다. "당신만 제외하고 말입니다, 선생님…… 아주 기쁘군요…… 당신을…… 무어라고 말해야 좋을까요…… 당신을 '자리매김할 수' 있어서 말입니다. 당신은 스티오파의 패거리 중 한 사람이었어요. 축하해요…… 지금보다는 훨씬 멋진 시절이었지요. 그리고 무엇보다 사람들의 질이 오늘보다는 훨씬 나았지요……"

"무엇보다 우리가 훨씬 젊었었지" 하고 외르퇴르가 웃으며 말했다.

"그러니까 그게 언제였지요?" 하고 나는 가슴을 두근거리며 물었다.

"우리는 날짜 같은 것은 온통 뒤죽박죽이 되어서요" 하고 소나쉬체가 말했다. "하여간 새까만 옛날이죠……"

그는 갑자기 짓눌린 듯한 표정이었다.

"때때로 우연의 일치들이 생기거든" 하고 외르퇴르가 말했다.

그리고 그는 자리에서 일어나 홀 한쪽 구석에 있는 조그만 바로 가더니 신문 한 장을 가지고 와서 페이지들을 넘겼다. 마침내 그는 나에게 신문을 내밀면서 다음과 같은 광고를 가리켰다.

우리는 마리 드 로장이 10월 25일 92세로 사망하였음을 알립니다.

딸, 아들, 손자, 그리고 종손들, 조카 및 그 자녀들 拜. 조르주 사세, 스티오파 드 자고리에프 拜. 종교의식과 매장은 생트 주느비에브 데 부아 묘역과 묘역 예배당에서 11월 4일 16시에 거행됩니다.

구일제九日祭는 러시아정교회正敎會, 클로드 로랭 가 19번지, 파리 16구에서 거행될 예정입니다.

이 광고로 개별 부고를 대신합니다.

"그럼 스티오파는 아직 살아 있군요" 하고 소나쉐체가 말했다. "당신은 그를 아직도 만납니까?"

"아니요" 하고 나는 말했다.

"옳은 생각입니다. 현재를 살아야지요. 장, 우리 술 좀 주겠어?"

"물론, 당장."

그때부터 그들은 스티오파와 나의 과거에 대해서는 완전히 잊어버린 것 같았다. 그러나 그것은 상관없는 일이었다. 왜냐하면 나는 드디어 하나의 실마리를 잡았기 때문이다.

"이 신문 제가 가져도 되겠습니까?" 하고 나는 무심한 체하면서 물었다.

"물론이지요" 하고 외르퇴르가 말했다.

우리는 건배했다. 이리하여 과거의 나로부터 남은 것이라고는 이 두 바맨의 기억 속에 걸린 하나의 실루엣뿐이었으며 그것조차 스티오파

드 자고리에프라는 사람의 실루엣에 반쯤 가려져 있었다. 그리고 그들은 그 스티오파라는 사람에 대하여 아무 소식도 듣지 못한 지가 소나쉬체의 말처럼 '까마득한 옛날'이었다.

"그래 당신은 사설탐정이시라, 이 말씀이시죠?" 하고 외르퇴르가 나에게 물었다.

"이제는 아닙니다. 우리 사장이 이제 막 은퇴를 했거든요."

"그런데 당신은? 당신은 계속 일하는 겁니까?"

나는 대답하지 않고 어깨를 으쓱했다.

"하여간 다시 만나뵙게 된다면 반갑겠습니다. 언제든지 필요한 일이 있으면 또 오십시오."

그는 자리에서 일어나 우리에게 손을 내밀었다.

"미안합니다만…… 그만 헤어져야겠군요. 아직 계산할 일이 남아 있어서요…… 그리고 또 저 다른 사람들이며, 난잡한 잔치도 그렇고요……"

그는 연못 쪽으로 손짓을 해 보였다.

"잘 있게, 장."

"잘 가게, 폴."

외르퇴르는 생각에 잠긴 듯 나를 바라보았다. 그러고는 매우 느린 목소리로 말했다.

"그렇게 서 계시니까 또다른 게 생각나는데요……"

"무엇이 연상된다는 거야?" 하고 소나쉬체가 물었다.

"우리가 카스티유 호텔에서 일할 때 매일 저녁 매우 늦게 돌아오곤 하던 어떤 손님 말이야……"

이번에는 소나쉬체가 나를 머리에서 발끝까지 훑어보았다.

"사실 따지고 보면 당신은 카스티유 호텔의 옛날 손님일 수도 있어요……"

나는 난처한 웃음을 지었다.

소나쉬체는 내 팔을 잡았고 우리는 도착할 때보다 더 어두워진 식당의 홀을 건너질러갔다. 옅은 푸른색 옷을 입은 신부는 이제 그 탁자에 있지 않았다. 밖에 나서자 연못의 반대편에서 흘러나오는 음악과 웃음소리가 들렸다.

"미안하지만" 하고 내가 소나쉬체에게 물었다. "그 노래가 어떤 곡조였는지 다시 한번 상기시켜주실 수 있겠습니까? 그 노래를 신청했던 그…… 그 누구랬지요?"

"그 스티오파?"

"예."

그는 첫 소절을 휘파람 불기 시작했다. 그리고 멈추고 나서 내게 물었다.

"당신은 스티오파를 다시 만나볼 생각입니까?"

"아마도."

그는 내 팔을 꽉 잡았다.

"그를 만나거든 소나쉬체가 아직도 그를 잊지 않고 있다고 전해 줘요."

그의 시선이 내 얼굴에 머물고 있었다.

"사실 장의 말이 맞을지도 몰라요. 당신이 카스티유 호텔의 손님이었다는 것 말입니다…… 잘 생각해보세요…… 카스티유 호텔. 캉봉 가에 있는……"

나는 고개를 돌리고 자동차의 문을 열었다. 누군가가 창문 유리에 이마를 기댄 채 앞자리에 쭈그리고 앉아 있었다. 나는 몸을 굽혔고 신부를 알아보았다. 그 여자는 옅은 푸른색 옷이 허벅지 중간까지 걷혀 올려진 채 잠이 들어 있었다.

"저 여자를 차에서 끌어내야 돼요" 하고 소나쉬체가 나에게 말했다.

내가 그 여자를 가볍게 흔들어보았지만 그녀는 여전히 잠든 채였다. 그래서 나는 그 여자의 허리를 거머쥐었다. 그리고 간신히 자동차 밖으로 끌어낼 수 있었다.

"그렇지만 그 여자를 땅바닥에 내려놓을 수는 없지" 하고 나는 중얼거렸다.

나는 여자를 두 팔로 안아 여인숙까지 데려갔다. 그녀의 머리가 내 어깨 위로 기울어졌고 그녀의 금발 머리카락이 내 목을 간질였다. 그 여자에게서 풍기는 매운 향수 냄새로 인하여 문득 내 머릿속에서 무엇인가 되살아나는 느낌이었다. 그게 무엇일까?

셋

6시 15분 전이었다. 나는 택시 운전사에게 샤를 마리 비도르 가의 작은 골목에서 기다려달라고 부탁한 후 그 골목을 따라 러시아정교회가 있는 클로드 로랭 가까지 걸어서 갔다.

창문마다 얇은 천의 커튼들이 쳐진 이층 건물. 오른쪽에는 매우 넓은 길. 나는 그 맞은편 인도에 가 섰다.

우선 나는 길 쪽으로 난 건물의 정문 앞에 와서 멈춰 선 두 여자를 보았다. 한 여자는 짧은 머리에 검은 모직의 숄을 쓰고 있었다. 다른 한 여자는 금발에 짙은 화장을 하고 옛날 총사들처럼 회색 모자를 쓰고 있었다. 나는 그 여자들이 프랑스 말을 하는 소리를 들었다.

어떤 한 대의 택시에서 완전한 대머리에, 몽골족같이 찢어진 두 눈 아래 커다란 물집 같은 것이 달린 비만한 늙은 남자가 내렸다. 그는 소로小路 쪽으로 접어들었다.

왼쪽에서는 부알로 가 쪽에서 다섯 사람의 한 패거리가 내 쪽으로 다가왔다. 맨 앞에는 중년의 두 여자가 어떤 늙은이의 팔을 부축하고 있었다. 늙은이는 어찌나 창백하고 허약해 보이는지 마른 석고로 만들어진 것만 같았다. 뒤에는 아버지와 아들임이 분명한 서로 닮은 두 남자가 따랐다. 그들은 각기 우아하게 재단한 줄무늬 양복을 입고 있었고 아버지는 겉모습이 맵시 있었고 아들은 곱슬거리는 금발이었다. 같은 순간 그 패거리가 있는 데쯤에 자동차 한 대가 와서 섰고 두꺼운 모직물의 팔 없는 외투에 회색 머리를 짧게 깎은, 꼿꼿하고 동작이 민첩한 다른 노인 한 사람이 내렸다. 그의 거동은 군대식이었다. 그가 스티오파일까?

그들은 모두 소로의 깊숙한 곳에 있는 옆문을 통해서 교회 안으로 들어갔다. 나도 그들을 따라 들어가고 싶었지만 내가 그들 사이에 끼어들면 그들의 시선을 끌 것 같았다. 나는 스티오파를 확인하지 못할 것 같다는 생각에 점점 더 마음이 불안하고 괴로워졌다. 자동차 한 대가 좀 떨어진 곳, 오른쪽에 와서 멈추었다. 두 남자가 거기서 내리고 한 여자도 따라 내렸다. 그중 한 남자는 매우 키가 컸으며 푸른색 외투를 입고 있었다. 나는 길을 가로질러 건너가서 그들을 기다렸다.

그들은 점점, 점점, 다가오고 있었다. 키가 큰 남자가 다른 두 사람과 함께 소로로 접어들기 전에 나를 정면으로 노려보는 것 같은 느낌이 들었다. 소로 쪽으로 난 그림 색유리 창문 뒤로는 촛불들이 타고 있다. 그는, 키에 비하여 너무 낮은 문을 지나기 위하여 몸을 수그렸다. 그때 나는 그가 스티오파라고 확신했다.

택시의 시동은 걸려 있었지만 운전대에는 아무도 없었다. 마치 운전사가 금방이라도 돌아오게 되어 있다는 듯 차의 문 하나가 약간 열려 있었다. 그는 어디로 갔을까? 나는 주위를 둘러보고 나서 그를 찾아 그 동네를 한 바퀴 돌아보기로 했다.

나는 샤르동 라가슈 가에 있는 바로 근처의 어떤 카페에 가 있는 그를 찾아냈다. 그는 맥주 한 잔을 앞에 놓고 어떤 테이블에 앉아 있었다.

"아직도 많이 기다릴 겁니까?" 하고 그가 나에게 말했다.

"오…… 한 이십 분쯤요."

뺨이 통통하고, 불거져 나온 푸른 눈에 피부가 희고 금발이었다. 나는 귓밥이 그토록 두터운 사람은 한 번도 본 적이 없는 것 같다.

"요금 미터기가 돌아가도록 놔둬도 괜찮습니까?"

"괜찮아요" 하고 나는 말했다.

그는 친절하게 미소를 지어 보였다.

"누가 당신 택시를 훔쳐갈까 걱정되지 않아요?"

그는 어깨를 으쓱했다.

"그런 거야 뭐……"

그는 리예트*를 바른 샌드위치를 주문하더니 음울한 눈으로 나를 가만히 쳐다보면서 차근차근 먹었다.

"도대체 뭘 기다리는 거지요?"

"요 옆에 있는 러시아 교회에서 나오기로 돼 있는 어떤 사람을요."

---

* 돼지고기, 닭고기, 토끼고기, 거위고기 등을 지방과 함께 익힌 다음 뭉개거나 다져서 소금, 후추, 양파 등으로 양념한 저장식품.

"러시아 사람이세요?"

"아뇨."

"바보 같은 짓이에요…… 그가 몇시에 밖으로 나올 것인지 물어둘 걸 그랬어요…… 그랬더라면 요금도 좀 덜 낼 텐데요……"

"할 수 없지요."

그는 맥주를 한 잔 더 주문했다.

"저한테 신문 한 장 사다주시겠어요?" 하고 그가 나에게 말했다.

그는 주머니 속에서 잔돈을 찾는 시늉을 했지만 내가 그를 말렸다.

"그만두세요……"

"고맙습니다. '르 에리송' 신문을 한 장 사다주세요. 다시 한번 더 감사합니다……"

나는 베르사유 가에서 신문 가게를 찾기까지 한참을 헤맸다. '르 에리송'은 크림색이 도는 녹색 종이에 찍힌 신문이었다.

그는 눈을 찌푸리며 혀로 손가락에 침을 묻혀 페이지를 넘겨가며 신문을 읽었다. 그리고 나는 푸른 눈에 피부가 허옇고 뚱뚱한 그 금발의 남자가 초록색 신문을 읽고 있는 것을 물끄러미 바라보고 있었다.

나는 그가 신문을 읽고 있는 것을 중단시킬 엄두가 나지 않았다. 마침내 그가 차고 있던 아주 조그만 시계를 들여다보았다.

"가봐야겠군요."

샤를 마리 비도르 가에서 그는 택시의 운전석에 올라앉았고 나는 그에게 기다려달라고 말했다. 또다시 나는 러시아 교회 앞에, 그러나 이번에는 반대편 인도에 가 섰다.

아무도 없었다. 그들이 벌써 가버린 것일까? 그렇다면 내가 스티오파 드 자고리에프의 흔적을 다시 찾을 길은 영영 없게 되었다. 왜냐하면 파리의 전화번호부에는 그의 이름이 나와 있지 않았으니 말이다. 소로 옆 그림 색유리창 뒤에서는 여전히 촛불이 타고 있었다. 오늘 장례식을 거행하고 있는 아주 늙은 그 부인을 나는 알고 있었던가? 만약 내가 스티오파와 교분이 있었다면 그가 나에게 자기의 친구들을, 그리고 아마도 마리 드 로장을 소개해주었을 가능성이 있다. 그 여자는 그 시절에 우리들보다 나이가 훨씬 많았었을 것이다.

그들이 들어갔던, 식이 거행되고 있는 예배당으로 통하는 것 같은 문, 내가 끊임없이 지켜보고 있던 문이 갑자기 열리고 총사의 모자를 쓴 금발의 여자가 문턱에 나타났다. 검은 숄을 쓴 갈색 머리 여자가 뒤따랐다. 그러고는 줄이 쳐진 회색 양복을 입은 아버지와 아들이 석고로 빚은 듯 뻣뻣한 늙은이를 부축하고, 늙은이는 몽골 사람 같이 째진 눈의 뚱뚱한 대머리 남자에게 이야기를 하고 있었다. 그 남자는 상대편 사람의 입에 거의 귀를 갖다 대다시피 하면서 몸을 기울이고 있었다. 석고로 빚은 것 같은 늙은이의 목소리는 분명 한숨 소리로밖에 들리지 않는 모양이었다. 다른 사람들이 뒤따라 나왔다. 나는 가슴을 두근거리며 스티오파를 기다리고 있었다.

마침내 마지막 남은 사람들 속에 섞인 채 그가 밖으로 나왔다. 매우 큰 키와 청색 외투 덕분에 나는 그를 놓치지 않을 수 있었다. 그들은 적어도 사십 명은 될 만큼 수가 많았던 것이다. 대부분의 사람들은 어느 정도 나이가 지긋한 것 같았지만 몇몇 젊은 여자들도, 심지어는 두 어린아이까지도 눈에 띄었다. 모두들 소로에 머물러 서서 서로 이야기를 주고받고 있었다. 마치 어떤 시골 학교 휴식 시간의 교정 같았다. 그들은 석고로 빚은 것 같은 얼굴의 늙은이를 의자 위에 앉혀놓고 각자 돌아가면서 찾아가 인사했다. 그는 누구일까? 신문의 부고란에 적혀 있던 '조르주 사세'일까? 혹은 시종무관侍從武官 양성학교의 어떤 옛 졸업생일까? 어쩌면 그와 마리 드 로장 부인은 모든 것이 붕괴되기 전 페테르부르크나 흑해 바닷가에서 서로 간에 순정을 주고받는 짧은 한때를 보냈던 것일까? 몽골 사람 같은 눈을 가진 뚱뚱보 대머리도 역시 많은 사람들에게 둘러싸여 있었다. 줄무늬 회색 양복을 입은 아버지와 아들은 마치 이 테이블에서 저 테이블로 돌아다니는 사교장 댄서처럼 이 그룹 저 그룹으로 왔다갔다하고 있었다. 그들은 우쭐해진 모양으로 아버지는 때때로 머리를 뒤로 젖히고 웃음을 터뜨리곤 했지만 내 눈에는 생뚱맞아 보였다.

스티오파는 총사의 회색 모자를 쓴 부인과 심각하게 이야기를 하고 있었다. 그는 다정하고 점잖은 몸짓으로 그 여자의 팔과 어깨를 잡고 있었다. 그는 젊었을 때는 매우 미남이었을 것이다. 나는 그가 칠십 세쯤 된다고 생각했다. 그의 얼굴은 약간 살이 찌고 이마는 벗어졌지만 억센 코와 머리의 풍채는 대단히 귀족적이었다. 적어도 멀리서 본 나의 인상은 그러했다.

시간이 흘러갔다. 거의 반시간이 지났는데도 그들은 여전히 이야기를 하고 있었다. 그들 중 한 사람이 마침내 여기 인도 위에 서 있는 나를 알아볼까봐 걱정이 되었다.

그리고 택시 운전사는? 나는 성큼성큼 걸어서 샤를 마리 비도르 가로 돌아왔다. 미터기는 여전히 돌고 있었고 그는 크림색이 도는 초록색 신문 속에 파묻힌 채 운전대에 앉아 있었다.

"자, 뭐가 좀?" 하고 그가 나에게 물었다.

"모르겠어요." 하고 나는 그에게 말했다. "아마 한 시간쯤 더 기다려야 할 것 같아요."

"당신 친구는 아직 교회에서 나오지 않았나요?"

"나왔어요. 그런데 다른 사람들과 이야기를 하고 있군요."

"그럼 그에게 오라고 말할 수 없나요?"

"못해요."

그의 굵고 푸른 눈이 불안한 표정으로 나를 가만히 쳐다봤다.

"걱정할 것 없어요." 하고 내가 그에게 말했다.

"당신을 위해서 그러는 거죠 뭐. 나는 시동을 걸어놓고 기다리는 수밖에요……"

나는 러시아 교회 앞 내 자리로 돌아왔다.

스티오파는 몇 미터가량 앞으로 나와 있었다. 과연 그는 소로 가운데가 아니라 이제는 총사 모자를 쓴 금발 여인과 검은 숄을 쓴 갈색 머리 여자와 몽골 사람같이 찢어진 눈의 대머리 남자, 그리고 다른 두 남자로 이루어진 그룹의 한가운데, 인도 위에 서 있었다.

이번엔 내가 길을 건너가 등을 돌린 채 그들 옆에 가서 섰다. 러시아 말의 애무하는 듯한 목소리들이 나를 둘러싸고 있었다. 다른 목소리보다 더 심각하고 쉰소리가 나는 저 소리는 스티오파의 것일까? 나는 몸을 돌렸다. 그는 총사 모자를 쓴 금발 여인을 오랫동안 껴안은 채 그 여자를 흔들다시피 하고 있었는데 그의 얼굴 표정은 고통스럽게 일그러졌다. 그리고 그는, 눈이 찢어진 뚱뚱한 대머리 남자와 다른 사람들을 차례차례 마찬가지 방식으로 포옹했다. 작별의 시간이구나, 하고 나는 생각했다. 나는 택시로 달려가서 뒷좌석에 몸을 던졌다.

"빨리…… 똑바로…… 러시아 교회 앞으로……"

스티오파는 계속하여 그들에게 말을 하고 있었다.

"어떻게 하면 되는 거지요?" 하고 운전사가 나에게 물었다.

"청색 옷을 입은 키 큰 사람, 보이지요?"

"예."

"그가 자동차를 타면 뒤따라가야 해요."

운전사는 몸을 뒤로 돌려 나를 물끄러미 바라보았고 그의 푸른색 눈이 튀어나와 보였다.

"선생님, 위험한 일은 아니기를 바랍니다만?"

"걱정할 것 없어요" 하고 내가 말했다.

스티오파는 그룹에서 떨어져 나와 몇 걸음 걸어가면서 뒤를 돌아보지 않은 채 팔을 흔들었다. 다른 사람들은 꼼짝 않고 서서 그가 멀어져 가는 것을 바라보고 있었다. 회색의 총사 모자를 쓴 여자는 모자의 커다란 깃털을 바람에 부드럽게 날리면서 마치 육상 선수의 조상影像처럼 약간 몸을 굽힌 채 그룹 밖으로 조금 나와 서 있었다.

스티오파가 자동차의 문을 여는 데 약간 시간이 걸렸다. 열쇠를 잘못 고른 것 같았다. 그가 운전석에 앉자 나는 택시 운전사에게 말했다.

"청색 외투를 입은 저 사람이 탄 자동차를 따라가요."

그리고 나는 혹시나 잘못된 단서를 따라 추적하는 것은 아니기를 빌었다. 왜냐하면 그 사람이 반드시 스티오파 드 자고리에프라고 확인해 주는 것은 아무것도 없었기 때문이다.

넷

그를 따라가는 것은 그다지 어렵지 않았다. 그는 천천히 차를 몰았던 것이다. 마요 문에서 그는 빨간 신호등을 지나쳐 갔고 택시 운전사는 그렇게 하지 않았다. 그러나 우리는 모리스 바레스 가에서 그를 따라잡았다. 우리 두 자동차는 어떤 건널목 앞에서 나란히 서게 되었다. 복잡하게 막힌 길에서 차 옆구리를 맞댄 운전사들이 그러하듯이, 그는 무심한 시선을 나에게 던졌다.

그는 퓌토 다리와 센 강 가까이, 마지막 건물들 앞, 리샤르 발라스 가에 차를 세웠다. 그는 쥘리앵 포탱 대로로 걸어들어갔고 나는 택시 요금을 치렀다.

"행운을 빕니다. 선생님, 조심하세요……"

그리고 나는 쥘리앵 포탱 대로로 접어들면서 그의 시선이 나를 따라

오고 있다는 것을 짐작할 수 있었다. 아마 그는 내가 걱정이 되는 모양이었다.

밤이 내리고 있었다. 전중식戰中式의 특징 없는 건물들이 늘어선 좁은 길이었다. 쥘리앵 포탱 대로의 끝에서 끝까지 양쪽으로 그런 건물들이 하나의 긴 벽을 만들고 있었다. 스티오파는 나보다 십여 미터가량 앞서 가고 있었다. 그는 오른쪽으로 돌아 에르네스트 들루아종 가로 가다가 어느 식료품 가게로 들어갔다.

그에게 말을 걸 때였다. 부끄러움을 타는 내 성격 때문에 그것은 지극히 어려운 일이었다. 그가 나를 미친 사람으로 여길까봐 겁이 났다. 나는 말을 더듬거릴 것이고 그에게 앞뒤가 맞지 않는 이야기를 늘어놓게 될 것이다. 혹시 그가 나를 알아보게 된다면 별문제지만. 그러면 나는 그가 말을 하도록 내버려두면 될 것이다.

그는 손에 종이봉투를 하나 든 채 식료품점에서 나왔다.

"스티오파 드 자고리에프 씨입니까?"

그는 정말 깜짝 놀란 표정이었다. 우리는 키가 비슷했다. 그래서 나는 더욱 기가 죽었다.

"바로 접니다. 그런데 당신은 누구시죠?"

아니다. 그는 나를 알아보지 못했다. 그는 다른 억양이 섞이지 않은 프랑스말로 말했다. 용기를 낼 필요가 있었다.

"저는…… 당신을 오래전부터 만나…… 만나뵙고자 했습니다."

"그런데 왜요, 선생?"

"저는 책을 한 권 쓰고 있는데…… 망명귀족에 대해서…… 저는……"

"당신은 러시아 사람입니까?"

나는 두번째로 이 질문을 받은 것이었다. 택시 운전사 역시 나에게 그 질문을 했었다. 사실 나는 러시아 사람이었는지도 모른다.

"아니요."

"그런데 당신은 망명귀족에 대해 관심이 있단 말이죠?"

"저는…… 저는…… 저는 망명귀족에 대한 책을 쓰고 있습니다. 그런데…… 저…… 누군가 나에게 당신을 찾아가보라고 그러더군요…… 폴 소나쉬체라고……"

"소나쉬체요?……"

그는 러시아식으로 발음했다. 그것은 나뭇잎들 속에 술렁거리며 지나가는 바람처럼 부드러웠다.

"그루지야식 이름이군요…… 저는 모르겠는데요."

그는 눈썹을 찌푸렸다.

"소나쉬체라…… 모르겠는데요……"

"방해하고 싶지는 않습니다만, 선생님. 그저 몇 가지만 여쭤보겠습니다."

"물론 기꺼이 응해드리지요."

그는 쓸쓸한 미소를 지었다.

"비극적인 주제로군요. 망명귀족 문제라면…… 그렇지만 당신은 어떻게 내 이름이 스티오파라는 것을 아시지요?……"

"저는…… 그게 아니라…… 저……"

"내 이름을 스티오파라고 부르던 사람들의 대부분은 죽고 없어요. 남은 사람들은 손가락으로 셀 정도밖에 안 된답니다."

"소나쉐체라는 사람이 일러줬습니다."

"난 모르는 사람인데요."

"혹시…… 저 몇 가지 질문을 해봐도 될까요?"

"예. 우리집으로 가시겠어요? 가서 이야기를 하지요."

쥘리앵 포탱 대로에서 어떤 큰 대문을 지나 우리는 빌딩숲으로 둘러싸인 어떤 광장을 건너갔다. 두 짝의 여닫이문이 달리고 쇠그물로 싸여 있는 나무로 된 엘리베이터를 타고 우리는 올라갔다. 우리의 몸집에 비하여 옹색한 공간의 엘리베이터 때문에 우리는 이마가 서로 맞닿지 않도록 머리를 숙이고 벽 쪽을 향해 돌아서야만 했다.

그는 육층의 방 두 개짜리 아파트에서 살고 있었다. 그는 나를 자기의 침실로 안내하고는 곧 침대에 드러누웠다.

"미안합니다만" 하고 그가 말했다. "천장이 너무 낮아서요. 서 있으면 숨이 막혀요."

과연 내 머리에서 천장까지는 불과 몇 센티미터밖에 되지 않아 나는 머리를 숙이지 않을 수 없었다. 게다가 통로의 문틀은 우리 두 사람 키보다 머리 하나만큼이나 낮아서 그리로 지나다닐 때 그는 심심찮게 이마를 부딪히곤 할 것이라고 나는 상상했다.

"당신도 좀 누우시지요…… 원하신다면……" 하고 그는 창가에 있는 밝은 초록색 비로드 소파를 손가락질했다.

"괜찮습니다…… 누우시면 훨씬 나을 거예요…… 앉아 있기만 해도 너무 작은 짐승 우리에 들어앉아 있는 느낌이 드니까요…… 어서요, 누우세요……"

나는 몸을 눕혔다.

그는 침대머리의 작은 탁자 위에 놓인 불그레한 갓이 달린 등을 켰다. 그러자 부드러운 불빛과 그늘이 천장에 어렸다.

"그래 망명귀족에 관심이 있단 말씀이지요?"

"대단히."

"아니 그렇지만 당신은 아직 젊은데요……"

젊다고? 나는 내가 젊다고 생각해본 일은 한 번도 없었다. 나와 아주 가까운 곳 벽에 금빛 테가 달린 큰 거울이 하나 걸려 있었다. 나는 내 얼굴을 비춰보았다. 젊다고?

"오…… 그다지 젊지 않답니다……"

잠시 침묵이 흘렀다. 방의 한쪽 구석에 제각기 반듯이 누워 있자니까 마치 아편 피우는 사람들 같았다.

"나는 지금 막 어떤 장례식에서 돌아오는 길입니다" 하고 그가 나에게 말했다. "돌아가신 그 나이 많으신 부인을 당신이 만나보지 못한 건 정말 유감이군요…… 그분이라면 당신에게 무척 많은 이야기를 해주셨을 텐데…… 그분이야말로 망명귀족들 중에서도 가장 훌륭한 인물 중 한 분이었지요……"

"아, 그래요?"

"대단히 용기 있는 부인이셨어요. 초창기에 그분은 몽 타보르 가에 조그만 찻집을 열고 있었고 모든 사람들을 도와주셨어요…… 매우 어려운 일이었지요……"

그는 등을 구부리고 팔짱을 낀 채 침댓가에 일어나 앉았다.

"그 당시 나는 열다섯 살이었어요…… 가만히 꼽아보면 이제 살아남은 사람은 별로 없어요……"

"조르주 사셰는…… 살아 있지요……"하고 나는 그냥 한번 말해보았다.

"오래 살지는 못할 겁니다. 그를 아세요?"

그는 석고로 빚은 것 같은 늙은이였을까? 아니면 몽골 사람 같은 얼굴의 뚱뚱한 대머리였을까?

"그런데 말이죠"하고 그가 나에게 말했다. "그런 모든 이야기를 이젠 더이상 할 수가 없군요…… 너무나 가슴이 아파서요…… 그저 사진들이나 보여드리도록 하겠어요…… 뒤에 이름과 날짜가 적혀 있으니…… 알아서 하십시오……"

"그토록 애써주시니 정말 감사합니다."

그는 나에게 미소를 지어 보였다.

"사진은 굉장히 많아요…… 뭐든지 다 잊어버리게 되니까 나는 사진 뒤에 이름과 날짜들을 적어두었습니다……"

그는 자리에서 일어나 몸을 수그린 채 옆방으로 건너갔다.

그가 어떤 서랍을 여는 소리가 들렸다. 그는 붉은색의 커다란 통을 손에 들고 돌아와서 자리에 앉더니 침대 가장자리에 등을 기댔다.

"내 옆에 와 앉으세요. 사진들을 보려면 그게 더 편할 겁니다."

나는 그렇게 했다. 제과점 이름이 상자의 뚜껑 위에 고딕체로 새겨져 있었다. 그는 상자를 열었다. 그 속에는 사진들이 가득 들어 있었다.

"이 상자 속에는 망명귀족들 중 주된 인물들의 사진이 들어 있습니다."

그는 사진들을 나에게 한 장씩 한 장씩 건네주며 그 뒤에 적힌 이름과 날짜를 읽어주었다. 그것은 때로는 심벌즈 소리처럼 크게 울리고 때

로는 탄식하듯 숨을 죽여 울리면서, 러시아 이름들 때문에 특이한 음
색으로 들리는 일종의 기도 소리 같았다. 트루베츠코이, 오르벨리아니,
셰레메테프, 갈리친, 에리스토프, 오볼렌스키, 바그라티온, 차브차바
제…… 때때로 그는 나에게 주었던 사진을 다시 펴들고 한번 더 이름
과 날짜를 들여다보기도 했다. 축제의 사진들, 대혁명이 훨씬 지난 뒤
샤토 바스크의 대연회 때 보리스 대공의 식탁, 그리고 1914년 대연회
의 '흑백' 사진 속에 가득히 꽃핀 얼굴들…… 페테르부르크의 알렉산
드리아 고등학교의 어느 반 학생들의 사진.

"나의 큰형이지요……"

그는 사진들을 나에게 점점 더 빨리 건네주기만 할 뿐 자신은 거의
들여다보지도 않았다. 짐작건대 어서 끝을 내고 싶어하는 것 같았다.
갑자기 나는 다른 사진들보다 종이가 더 두껍고 등에 아무 표시도 없
는 한 장의 사진에 눈길을 멈췄다.

"왜요?" 하고 그가 나에게 물었다. "뭔가 이상한 점이 있나요, 선생?"

전면에는 안락의자에 앉아서 뻣뻣하게 웃고 있는 늙은 남자, 그의
뒤에는 매우 맑은 눈의 젊은 금발의 여자, 그 주위에는 대부분 등을 돌
리고 있는 작은 무리의 사람들. 왼쪽으로 오른쪽 팔이 사진의 테두리로
끊어진 어떤 키 큰 남자가 줄무늬 모직 양복을 입고 검은 머리에 섬세
한 콧수염을 기르고 금발의 젊은 여자의 어깨에 손을 얹고 있는데 삼
십 세가량 먹어 보였다. 나는 정말이지 그것이 나였다고 생각한다.

"이 사람들은 누구지요?" 하고 나는 그에게 물었다.

그는 사진을 집어들고 따분한 표정으로 들여다보았다.

"이 사람은 조르지아제예요……"

그리고 그는 안락의자에 앉아 있는 늙은이를 가리켰다.

"이 사람은 파리 주재 그루지아 영사관에 있었지요. 그러다가……"

그는 마치 내가 그뒤의 이야기는 곧 알 수 있으리라는 듯이 말을 잇지 않았다.

"이 여자는 그의 손녀였어요…… 사람들은 그를 게이라고 불렀어요…… 게이 오를로프…… 그 여자는 자기 부모와 아메리카로 이민갔어요……"

"그와 당신은 아는 사이였나요?"

"아뇨, 별로. 그 여자는 오랫동안 아메리카에 머물렀어요."

"이 남자는요?" 하고 나는 사진 속의 나를 가리키면서 억양이 없는 목소리로 물었다.

"이 남자요?"

그는 눈썹을 찡그렸다.

"이 사람은…… 모르겠는데요."

"정말요?"

"몰라요."

나는 크게 숨을 내쉬었다.

"그가 나하고 비슷하게 생겼다고 생각지 않으세요?"

그는 나를 바라보았다.

"당신하고 비슷하냐고요? 아뇨, 왜요?"

"그냥요."

그는 나에게 다른 사진 한 장을 건넸다.

"이것 참…… 우연한 일이 많군요……"

그것은 긴 금발머리에 흰 옷을 입은 어린 계집아이 사진이었다. 탈의장과 해변의 한 귀퉁이가 보이는 것으로 봐서 그것은 어느 해수욕장에서 찍은 것이었다. 사진의 등에는 보라색 잉크로 '갈리나 오를로프—알타'라고 쓰여 있었다.

"이것 봐요…… 같은 여자예요…… 게이 오를로프…… 그 여자의 이름이 갈리나였지요…… 아직 미국 이름을 가지지 않았을 때였지요……"

그리고 그는 여전히 내가 들고 있는 다른 사진의 금발머리 젊은 여자를 손가락질해 보였다.

"우리 어머니는 이런 것들을 안 버리고 죄다 가지고 계셨어……"

그는 갑자기 자리에서 일어났다.

"이제 그만 해도 괜찮을까요? 머리가 어지러워서요……"

그는 한 손을 이마로 가져갔다.

"옷을 갈아입어야겠어요…… 원하신다면 같이 식사를 하지요……"

나는 주위에 사진들을 잔뜩 늘어놓은 채 땅바닥에 혼자 앉아 있었다. 나는 사진들을 붉은 상자 속에 집어넣고 그중 두 장만을 침대 위에 올려놓았다. 내가 게이 오를로프 곁에 같이 찍힌 사진과 알타에서 어린아이 적의 게이 오를로프가 찍혀 있는 사진 두 장. 나는 자리에서 일어나 창가로 갔다.

밤이었다. 창은 건물들로 둘러싸인 다른 광장 쪽으로 나 있었다. 저 안쪽으로는 센 강이었고 왼쪽에는 퓌토 다리가 보였다. 그리고 기지개를 켜는 것 같은 섬. 여러 줄의 자동차들이 다리를 건너가고 있었다. 나는 그 모든 건물의 정면 벽들과 내가 서 있는 창과 똑같이 불 켜져 있는 그 모든 창들을 바라보았다. 어지럽게 늘어선 그 건물들과 층계들과 엘리베이터들과 저 수백 개의 벌집 같은 창문들 속에서 한 남자를 발견했던 것이다. 어쩌면 그 남자는……

나는 이마를 창유리에 바싹 갖다 댔다. 그 아래 각 건물의 입구에는 밤새도록 밝혀져 있을 노란 불빛이 비치고 있었다.

"식당은 요 옆에 있습니다" 하고 그가 나에게 말했다.

나는 침대 위에 놓아두었던 두 장의 사진을 집어들었다.

"드 자고리에프 씨" 하고 나는 그에게 말했다. "이 두 장의 사진을 혹시 저에게 빌려주실 수 있을는지요?"

"아주 드리지요."

그는 붉은 통을 나에게 손가락질해 보였다.

"그 사진들을 모두 다 당신에게 드리겠습니다."

"그렇지만…… 저는……"

"가져요."

어조가 어찌나 명령조였던지 나는 그저 시키는 대로 할 뿐이었다. 우리가 아파트를 떠날 때 나는 그 큰 상자를 옆구리에 끼고 있었다.

건물 밑으로 내려와 우리는 제네랄 쾨니히 강변로를 따라갔다.

우리는 어떤 돌층계를 따라 내려갔다. 거기 센 강 바로 가에 어떤 벽돌 건물이 하나 서 있었다. 문 위쪽에는 '바 레스토랑 드 릴'이라는 간판이 보였다. 우리는 안으로 들어갔다. 천장이 나지막하고 흰 종이를 덮은 식탁들과 버드나무 의자들이 놓인 홀. 창문으로 센 강과 퓌토의 불빛들이 보였다. 우리는 홀 안쪽으로 가 앉았다. 우리가 유일한 손님이었다.

스티오파는 주머니 속을 뒤지더니 식탁 한가운데에 그가 식료품 상점에서 사는 것을 본 적이 있었던 꾸러미를 꺼내놓았다.

"평소와 같은 걸로 하시지요?" 하고 웨이터가 물었다.

"평소와 같은 걸로."

"저분은요?" 하고 웨이터는 나를 가리키며 물었다.

"저분도 나와 같은 걸 드실 겁니다."

웨이터는 매우 빨리 두 접시의 발트 해산産 연어를 날라왔고 꼭 골무만한 크기의 유리잔에 음료수를 따라주었다. 스티오파는 식탁 한가운데 놓아둔 꾸러미에서 작은 오이들을 꺼냈고 우리는 서로 나누어 먹었다.

"이렇게 해도 괜찮겠어요?"

"예."

나는 빨간 상자를 내 곁에 있는 의자 위에 놓았다.

"정말 이 모든 기념될 사진들을 간직해두고 싶지 않으세요?" 하고 내가 물었다.

"아뇨. 그건 이제 당신 겁니다. 횃불의 바통을 당신에게 넘기는 겁니다."

우리는 말없이 식사를 했다. 거룻배 한 척이 어찌나 가까이로 지나가는지 나는 그 창틀을 통해서 우리와 마찬가지로 식탁에 둘러앉아 식사를 하며 타고 가는 사람들을 살펴볼 시간 여유까지 있었다.

"그런데 그…… 게이 오를로프는요?" 하고 내가 그에게 말했다. "그 여자가 어떻게 되었는지 아십니까?"

"게이 오를로프요? 죽은 걸로 알고 있어요."

"죽었어요?"

"그런 것 같아요. 내가 그 여자를 본 것이 두세 번쯤 될까요…… 난 그 여자를 잘 알지 못해요…… 우리 어머니가 조르지아제 노인의 친구였지요. 오이를 좀 드시겠어요?"

"감사합니다."

"그 여자는 아메리카에서 매우 기복이 심한 생활을 한 것으로 알고 있어요……"

"그래 당신은 그…… 오를로프에 대하여 좀더 자세히 이야기해줄 만한 사람으로 아시는 분이 없나요?"

그는 내게 정다운 눈길을 던졌다.

"안됐군요…… 아무도 없어요…… 아마 미국에 살고 있는 누군가가……"

마치 버려뒀던 것처럼 꺼먼 거룻배가 또 한 척 천천히 지나갔다.

"나는 항상 후식으로 바나나를 먹습니다만, 당신은?" 하고 그가 내게 말했다.

"저도요."

우리는 각기 바나나를 먹었다.

"그럼 그…… 게이 오를로프의 부모는요?" 하고 내가 물었다.

"그들은 아메리카에서 죽은 모양이에요. 아시다시피 어디서나 사람들은 죽는 것이니까요……"

"조르지아제는 프랑스에 다른 친척들이 없었나요?"

그는 어깨를 으쓱했다.

"그런데 도대체 당신은 왜 그토록 게이 오를로프에 대하여 관심이 많은 거지요? 당신의 누이였었나요?"

그는 내게 정답게 웃어 보였다.

"커피 한잔 하시겠어요?" 하고 그가 내게 물었다.

"아뇨, 괜찮습니다."

"나도 안 마셔요."

그가 계산을 하려고 했지만 내가 앞질러 냈다. 우리는 '드 릴' 식당에서 나왔고 그는 강변의 층계를 올라가기 위하여 내 팔을 잡았다. 안개가 피어오르고 있었다. 가슴을 어찌나 서늘한 공기로 가득 채우는지 마치 공기 속에 몸이 떠 있는 듯한 느낌을 주는 부드러우면서도 서늘한 안개였다. 강둑 위의 인도에서 몇 미터 떨어져 있는 건물 군群이 간신히 보일까 말까 했다.

나는 그가 마치 장님이나 되는 것처럼 그를 광장에까지 인도했다. 광장 주위에 있는 층계들의 입구가 노란 반점으로 드러나 보이면서 유일한 방향 표지 구실을 해주고 있었다. 그는 내 손을 꽉 잡았다.

"그럼 게이 오를로프를 다시 찾도록 노력해보세요" 하고 그는 나에게 말했다. "당신이 그토록이나 관심을 기울이는 문제니 말입니다……"

나는 그가 건물의 불 켜진 현관으로 들어가는 것을 보았다. 그는 걸음을 멈추고 나에게 손짓을 해 보였다. 나는 마치 생일 다과 파티에 참석했다가 돌아오는 어린아이처럼 커다란 붉은 상자를 옆구리에 끼고 가만히 서 있었다. 그때 분명 그가 나에게 무슨 말인가를 또 하고 있었지만 그의 목소리는 안개에 짓눌려 들리지 않았다.

다섯

우편엽서에는 니스의 프롬나드 데 장글레 대로*의 사진이 찍혀 있고
여름이었다.

　친애하는 기. 당신의 편지 잘 받았습니다. 이곳은 하루하루가 똑같
은 모습으로 흘러갑니다. 그러나 니스는 매우 아름다운 도시랍니다.
당신이 나를 찾아 꼭 이곳으로 오면 좋겠습니다. 신기하게도 나는
거리를 가다가 우연히 삼십 년이나 못 보았던 사람이라든가 죽은 줄
알고 있었던 사람들을 마주치는 일이 종종 있습니다. 우리들은 서로
서로를 놀라게 하지요. 니스는 죽었다 살아 돌아온 사람들과 유령들

---

* 니스 중심가의 화려한 건물들과 바다 사이로 난, 종려수가 늘어선 대로.

의 도시입니다. 그러나 나는 당장에 그들 가운데 일원이 되지는 않기를 바라고 있습니다.

당신이 찾고 있는 그 여자를 위해서는 막 마옹 00 - 08번으로 베르나르디에게 전화를 걸어보는 것이 가장 좋을 듯합니다. 그 사람은 여러 기관 사람들과 매우 가까운 관계를 맺고 있습니다. 그는 기꺼이 정보를 제공해줄 것입니다.

당신을 니스에서 만나게 되기를 기대하면서. 친애하는 기, 나의 충실하고 변함없는 우정을 믿어주시기 바랍니다.

위트

추신—아시다시피 흥신소의 사무실을 당신은 항상 사용하실 수 있습니다.

여섯

1965년 10월 23일

제목 : 오를로프, 갈리나, 일명 '게이' 오를로프

생년월일 : 모스크바(러시아), 1914년 부父─키릴 오를로프,

모母─이렌 조르지아제

국적 : 무국적. (오를로프 양의 부모와 본인은 러시아 출신 망명
자의 신분으로서 소비에트사회주의공화국연방 정부로부터 국민으
로 인정받지 못했음.) 오를로프 양은 평상 거류민증을 소지하고 있
었음. 오를로프 양은 미국으로부터 1936년에 프랑스에 도착한 것으
로 추정됨.

미국에서 그녀는 윌도 블런트 씨와 결혼하였다가 이혼했음.

오를로프 양은 아래와 같은 주소에 차례로 거주하였음.

호텔 샤토브리앙, 시르크 가 18번지, 파리(8구)

몽테뉴 가 56번지, 파리(8구)

마레샬 리요테 가 25번지, 파리(16구)

프랑스에 오기 전 오를로프 양은 미국에서 댄서였음.

파리에서 그 여자는 화려한 생활을 했음에도 불구하고 여하한 재정적 수입의 출처도 밝혀져 있지 않음.

오를로프 양은 1950년 마레샬 리요테 가 25번지, 파리(16구)의 자택에서 진정제 바르비투르산의 과용으로 사망하였음.

월도 블런트 씨(그녀의 전남편)는 1952년 이후 파리에 거주하며 다양한 야간업소들에서 피아니스트로 일했음. 그는 미국 시민임.

1910년 9월 30일 시카고 출생.

체류허가증 번호 No. 534HC828

이렇게 타이프가 쳐진 카드에 장 피에르 베르나르디라는 이름의 명함 한 장이 동봉되고 거기에는 아래의 글이 적혀 있었다.

이것이 수집 가능한 모든 정보입니다. 안녕히 계십시오. 위트에게 안부 부탁드립니다.

일곱

　유리가 끼워진 문에는 광고지에 '피아니스트 월도 블런트는 힐튼 호텔의 바에서 매일 18시에서 20시까지 연주를 합니다'라는 알림말이 붙어 있었다.

　바에는 미어질 듯 사람들이 가득했고 금테안경을 쓴 어떤 일본인의 테이블에 남아 있는 빈 의자 하나를 제외하고는 자리가 전혀 없었다. 내가 그에게로 몸을 숙이고 자리에 앉아도 좋으냐고 물었지만 그는 내 말을 알아듣지 못했다. 내가 자리에 앉아도 그는 전혀 알은체를 하지 않았다.

　미국인, 일본인 등 손님들이 들어오고 서로 부르고 점점 더 큰 소리로 이야기들을 하고 있었다. 몇몇 사람들은 손에 잔을 들고 의자의 등받이나 팔걸이에 몸을 의지하고 있었다. 어떤 젊은 여자는 아예 머리가 희끗희끗한 어느 남자의 무릎에 올라앉아 있었다.

월도 블런트는 십오 분쯤 늦게 도착하여 피아노 앞에 가 앉았다. 이마가 벗어지고 가는 콧수염을 기른 뚱뚱하고 키 작은 남자였다. 그는 회색 양복을 입고 있었다. 우선 그는 고개를 돌리고 사람들이 서로 밀면서 둘러앉은 테이블들 쪽으로 시선을 한 바퀴 돌렸다. 오른쪽 손으로 피아노의 건반을 한 번 쓰다듬더니 그냥 몇 가지 음정을 소리내보았다. 나는 다행히도 그에게서 가장 가까운 테이블들 중 하나에 앉아 있었다.

그는 우선 한 곡을 시작했다. 그것은 〈해묵은 파리의 강변길에서〉라는 곡인 듯했지만 이야기 소리와 웃음소리들 때문에 음악은 겨우 들릴까 말까였고 피아노 바로 곁에 앉아 있는 나까지도 멜로디를 전부 다 알아듣는 것은 불가능했다. 그는 상체를 꼿꼿이 하고 머리를 숙인 채 상관없이 계속 피아노를 쳤다. 나는 그를 생각하면 마음이 아팠다. 지난날 어느 한때는 그래도 그가 피아노 연주를 할 때면 사람들이 귀를 기울였을 것이라는 생각이 들었다. 그때 이후 그는 아마도 그의 연주가 들리지 않을 정도로 끊임없이 떠들어대는 사람들의 소리에 익숙해질 수밖에 없었을 것이다. 내가 게이 오를로프의 이름을 말하면 그는 뭐라고 할까? 그 이름은 지금 그가 계속하여 자기의 곡을 치고 있는 동안의 저 무관심으로부터 그를 깜짝 놀라 깨어나게 할 것인가? 혹은 저 떠들썩한 말소리를 다스리지 못하고 있는 피아노의 곡조처럼 그 이름도 그에게는 아무런 연상도 불러일으키지 못하고 말 것인가?

바는 차츰차츰 비어갔다. 이제는 금테안경의 일본인과 나, 그리고 안쪽에 머리가 희끗희끗한 남자의 무릎 위에 앉아 있는 것이 보였던 젊은 여자밖에 남지 않았다. 그 여자는 이제 밝은색의 양복을 입은 뚱뚱하고 얼굴이 뻘건 남자 곁에 앉아 있었다. 그들은 독일어로 말을 주고받았다. 그것도 매우 큰 목소리로. 월도 블런트는 내가 잘 알고 있는 어떤 느린 곡조의 곡을 연주하고 있었다.

그는 우리들 쪽으로 몸을 돌렸다.

"신사 숙녀 여러분, 혹시 특별히 주문하고 싶은 곡이 있으신지요?" 하고 그는 가벼운 미국 억양이 섞인 차가운 목소리로 물었다.

내 곁에 앉아 있던 일본인은 아무런 반응도 보이지 않았다. 그는 매끈매끈한 얼굴로 꼼짝도 않고 앉아 있었다. 나는 바람이 조금만 불어도 그가 의자에서 굴러떨어질 것만 같아서 겁이 났다. 꼭 향유를 발라놓은 시체로밖에 보이지 않았기 때문이다.

"〈사그 바룸〉을 부탁합니다" 하고 홀 안쪽에 앉아 있던 여자가 쉰 목소리로 말했다.

블런트는 약간 머리를 으쓱하더니 〈사그 바룸〉을 연주하기 시작했다. 마치 첫번 블루스 곡의 시작과 더불어 분위기가 변하는 댄스홀처럼 바의 불빛이 약해졌다. 그들 남녀는 그 기회를 이용하여 서로 키스를 했고 여자의 손이 뚱뚱하고 얼굴이 뻘건 사내의 셔츠 사이로 미끄러져 들어가고 그다음에는 더 밑으로 내려갔다. 일본인의 금테안경이 잠깐씩 번뜩번뜩 빛을 발했다. 피아노 앞에 앉아 있는 블런트는 움찔거리며 몸을 놀리는 자동인형 같은 표정이었다. 〈사그 바룸〉의 곡조는 끊임없이 건반을 두드리지 않을 수 없게 만드는 것이었다.

등뒤에서 뚱뚱하고 얼굴이 뻘건 사내가 금발 여자의 엉덩이를 쓰다듬고 향유를 바른 일본인이 며칠 전부터 이 힐튼 호텔 바의 의자에 버티고 앉아 있을 때, 그는 무슨 생각을 하고 있는 것일까? 그는 아무 생

각도 하고 있지 않았다. 나는 그렇다고 확신했다. 그는 점점 더 어두워
만 가는 무감각 속에서 떠 있을 뿐이었다. 갑자기 그를 그 무감각 상태
에서 이끌어내고 그의 가슴속에 괴로운 그 무엇을 불러 깨울 권리가
과연 나에게 있을까?

분명 방을 하나 잡을 목적인 듯 뻘건 얼굴의 뚱뚱보 사내와 금발 여
자는 바에서 나갔다. 사내는 그 여자의 팔을 잡아끌었고 여자는 하마터
면 쓰러질 뻔했다. 이제는 나와 일본인밖에 남지 않았다.

블런트는 다시 한번 우리 쪽으로 몸을 돌리고 차가운 목소리로 말
했다.

"또 무슨 곡을 연주할까요?"

일본인은 눈썹 하나 까딱하지 않았다.

"〈우리들 사랑에서 무엇이 남았나〉, 그 곡을 부탁합니다. 선생" 하고
내가 말했다.

그는 그 곡을 이상하게도 느리게 연주했고 곡조는 늘어지고 어떤 늪
속에 잠겨서 각 소절들이 매우 힘들게 밖으로 솟아오르는 것 같았다.
때때로 그는 마치 기진맥진하여 뒤뚱거리는 도보 여행자처럼 연주를
멈추곤 했다. 그는 시계를 들여다보더니 갑자기 자리에서 일어나 우리
쪽으로 몸을 숙였다.

"여러분, 21시가 되었습니다. 안녕히 계십시오."

그는 밖으로 나갔다. 나는 지하매장실 같은 바 안에 일본인을 혼자
남겨놓은 채 그의 뒤를 따라갔다.

그는 복도를 따라가서 사람 하나 없는 홀을 가로질러갔다.

나는 그를 따라잡았다.

"월도 블런트 씨?…… 하고 싶은 이야기가 있는데요."

"무슨 일로 그러시지요?"

그는 쫓기는 듯한 시선을 나에게 던졌다.

"당신이 전에 알고 있었던 어떤 사람에 관한 일인데…… 게이라고 부르는 어떤 여자 일로 말입니다. 게이 오를로프라고……"

그는 홀의 한가운데 꼼짝 않고 서 있었다.

"게이……"

그는 마치 어떤 조명등 불빛이 그의 얼굴로 쏘아진 것처럼 눈을 깜박거렸다.

"당신은…… 당신은 게이라는 사람을…… 알지요?"

"아뇨."

우리는 호텔에서 나왔다. 요란한 색깔의 야회복—초록색 혹은 하늘색 새틴천의 긴 옷과 검붉은색 스모킹—을 입은 남녀가 줄을 서서 택시를 기다리고 있었다.

"방해하고 싶지는 않습니다만……"

"방해될 것 없어요" 하고 그는 생각에 잠긴 듯한 표정으로 내게 말했다.

"게이에 대하여 말하는 것을 들은 지가 하도 오래되어서요…… 그런데 당신은 누구시죠?"

"그 여자의 사촌 됩니다. 저는…… 저는 그녀에 대하여 자세한 것을 좀 알고 싶어요……"

"자세한 것을요?"

그는 검지손가락으로 관자놀이를 문질렀다.

"내가 무슨 말을 해주기를 바라는 거지요?"

우리는 호텔을 끼고 돌다가 센 강 쪽으로 뻗은 길로 들어섰다.

"나는 집에 돌아가야 하는데요" 하고 그가 나에게 말했다.

"제가 함께 가겠습니다."

"그래 당신은 정말 게이의 사촌입니까?"

"예. 우리 집안 식구들은 모두 그 여자에 대해서 궁금해하고 있습니다."

"그 여자는 오래전에 죽었습니다."

"알고 있어요."

그는 빠른 걸음으로 걸었고 그를 따라가기가 힘들었다. 나는 그와 보조를 맞추어 걸으려고 애를 썼다. 우리는 브랑리 강변로에 도달했다.

"나는 요 앞에 삽니다만" 하고 그는 센 강의 맞은편을 나에게 가리켜 보였다.

우리는 비르 아켐 다리 위로 접어들었다.

"당신에게 알려줄 정보가 별로 없어요. 내가 게이를 알았던 것은 아주 오래전 일이니까요."

그는 마치 이제는 안심이라는 듯이 걸음걸이를 늦추었다.

아마도 지금까지 그가 걸음을 빨리한 것은 자신이 미행당하고 있다고 생각했기 때문인지도 모른다. 아니면 나를 떼어버리기 위해서였는지도 모른다.

"게이한테 가족이 있는 줄은 몰랐네요" 하고 그가 나에게 말했다.

"있어요…… 있어요, 조르지아제 쪽으로……"

"뭐라구요?"

"조르지아제 집안 말입니다…… 그의 할아버지 이름이 조르지아제 였지요……"

"아, 그래요……"

그는 걸음을 멈추더니 다리의 돌난간에 가서 몸을 기댔다. 나는 현기증을 느끼기 때문에 그처럼 할 수는 없었다. 그래서 나는 그의 앞에서 있었다. 그는 말하기를 주저했다.

"내가 그 여자와 결혼했었다는 것을…… 당신은 아시지요?……"

"알고 있어요."

"어떻게 알고 있지요?"

"오래된 서류에 그렇게 적혀 있었습니다."

"우리는 뉴욕의 어느 댄스홀에서 함께 지냈어요…… 나는 피아노를 쳤고…… 그 여자는 순전히 미국에 남아 있고 싶고, 이민국과 말썽을 일으키고 싶지 않다는 이유로 나와 결혼해달라고 했었어요……"

그는 그 추억을 되살리면서 머리를 으쓱했다.

"참 이상한 여자였지요. 그러고 나서, 그녀는 러키 루치아노와 사귀었어요…… 팜 아일랜드의 카지노에 가서 일하게 되면서부터 그 남자를 알게 된 거지요……"

"루치아노요?"

"예, 그래요, 루치아노요…… 루치아노가 아칸소에서 체포되었을 당시 그 여자는 그와 함께 있었다고요…… 그다음에 그 여자는 어떤 프랑스 사람을 만났고 그와 함께 프랑스로 떠났다는 이야기를 들었어요……"

그의 시선이 밝아졌다. 그는 나에게 미소를 던졌다.

"게이 이야기를 할 수 있게 되다니 기쁘군요……"

우리 머리 위로 전철이 하나 센 강의 우안右岸 방향으로 지나갔다. 그
러고 나서 또하나가 반대편으로 지나갔다. 그 덜컹거리는 소리가 블런
트의 목소리를 가려버렸다. 그는 나에게 이야기를 하고 있었다. 나는
그의 입이 움직이는 것을 보고 그것을 알 수 있었다.

"……내가 알았던 여자 중에서 가장 미인이었지요……"

내가 알아들을 수 있었던 그 짧은 한마디로 인하여 나는 강한 실망
감을 느꼈다. 밤중에, 다리 한가운데서, 알지도 못하는 한 남자로부터
나 자신에게 도움이 될 정보를 얻어낼 수 있을까 하고 애를 쓰고 있는
데 전철의 소리가 그의 말을 알아들을 수 없게 만드는 것이었다.

"좀더 걷고 싶지 않으세요?"

그러나 그는 어찌나 자기 생각에 열중해 있었던지 나에게는 대답도
하지 않았다. 아마도 그가 그 게이 오를로프 생각을 안 한 지가 너무나
오래되어, 그 여자에 대한 모든 추억이 표면으로 솟아오르면서 마치 바
닷바람처럼 그를 어리둥절하게 만드는 모양이었다. 그는 거기 다리 난
간에 몸을 기댄 채 가만히 서 있었다.

"좀 걷고 싶지 않으신가요?"

"당신이 게이를 알았었단 말이지요? 그녀를 만난 적이 있나요?"

"아뇨, 바로 그렇기 때문에 자세한 것을 알고 싶은 거지요."

"금발이었어요…… 초록색 눈에…… 금발이지만…… 매우 특수
한…… 뭐라고 말해야 좋을까요? 금발이지만……잿빛……"

잿빛 금발. 어쩌면 내 삶에서 중요한 역할을 했을지도 모르는. 그녀
의 사진을 자세히 들여다봐야겠다. 그러면 차츰차츰 모든 것이 되살아

나겠지. 혹시 그가 나에게 좀더 자세한 힌트를 준다면 또 어떨지 모르지만. 그 월도 블런트를 찾아낸 것만 해도 벌써 행운이었다.

나는 그의 팔을 잡았다. 줄곧 다리 위에만 서 있을 수는 없는 일이었다. 우리는 파시 강변길을 따라갔다.

"당신은 그녀를 파리에서 다시 만났습니까?" 하고 나는 그에게 물었다.

"아뇨, 내가 프랑스에 도착했을 때 그 여자는 이미 죽고 없었어요, 그 여자는 자살해버렸어요……"

"왜요?"

"그녀는 몇 번이나 늙는 것이 무섭다고 나에게 말하곤 했었어요."

"그녀를 마지막으로 본 것은 언제지요?"

"루치아노와의 일 이후에 그녀는 그 프랑스 사람을 만났지요. 그 무렵에 우리는 이따금 서로 만나곤 했습니다."

"당신은 그를 알았나요? 그 프랑스 사람 말입니다."

"아뇨, 그 여자는 프랑스 국적을 얻기 위하여 그와 결혼할 생각이라고 내게 말하더군요…… 국적을 갖는다는 것은 그녀의 강박관념이었으니까요……"

"그렇지만 당신은 이미 이혼한 뒤였지요?"

"물론이지요…… 우리 결혼생활은 여섯 달밖에 가지 않았으니까요…… 그녀를 미국에서 추방하려고 하는 이민국 사람들을 진정시키기에 겨우 알맞은 시간이었지요."

나는 이야기의 줄거리를 잊어버리지 않기 위하여 정신을 집중하지 않으면 안 되었다. 그의 목소리가 매우 나지막했기 때문에 더욱 그랬다.

"그녀는 프랑스로 떠났어요…… 그러고 나서 다시는 그 여자를 만나지 못했어요…… 그녀의 자살 소식을…… 듣게 되기까지……"

"그 소식을 어떻게 알았지요?"

"게이를 알고 있고 그 당시 파리에 와 있었던 미국 친구를 통해서였지요. 그가 어떤 조그마한 신문기사를 내게 오려서 보내주었지요……"

"그걸 간직하고 있습니까?"

"예, 우리집 어떤 서랍에 분명히 들어 있을 겁니다."

우리는 트로카데로 공원에까지 왔다. 분수에는 조명이 되어 있었고 지나가는 차들이 많았다. 관광객들이 분수들 앞과 예나 다리 위에 모여 있었다. 10월의 토요일 저녁이었지만 따뜻한 공기와 산책객들과 아직 잎이 지지 않은 나무들 때문에 마치 봄날의 어느 토요일 저녁 같았다.

"나는 여기서 조금 떨어진 곳에 사는데요……"

우리는 공원들을 지나 뉴욕 가로 접어들었다. 거기 강변로의 나무들 아래서 나는 악몽을 꾸고 있는 듯한 불쾌한 기분을 느꼈다. 나는 벌써 나의 삶을 다 살았고 이제는 어느 토요일 저녁의 따뜻한 공기 속에서 떠돌고 있는 유령에 불과했다. 무엇 때문에 이미 끊어진 관계들을 다시 맺고 오래전부터 막혀버린 통로를 찾으려 애쓴단 말인가? 그리고 내 옆에서 걷고 있는 이 뚱뚱하고 콧수염이 난 키 작은 사내가 현실 속에 있다고 믿기가 어려웠다.

"기이한 일이군요. 갑자기 게이가 미국에서 알았던 그 프랑스 남자의 이름이 생각나요."

"그 이름이 무엇이었지요?" 하고 나는 떨리는 목소리로 물었다.

"하워드…… 그게 그의 성姓이었어요…… 이름이 아니라…… 가만 있어봐요……"

나는 걸음을 멈추고 그에게 몸을 기울였다.

"하워드 뭐요?"

"드…… 드…… 드 뤼즈. L…… U…… Z…… 하워드 드 뤼즈…… 하워드 드 뤼즈…… 그 성이 인상적이었어요…… 반쯤은 영국식이고…… 반쯤은 프랑스식…… 혹은 스페인식 성이니까요……"

"그럼 이름은요?"

"그건……"

그는 도무지 생각이 나지 않는다는 시늉을 했다.

"그가 어떻게 생겼는지 모르십니까?"

"몰라요."

나는 게이가 조르지아제 노인과 나로 추정되는 사람과 함께 찍은 사진을 그에게 보여줄 작정이었다.

"그런데 하워드 드 뤼즈는 직업이 뭐였나요?"

"게이는 그가 귀족집안 출신이라고 말했었지요…… 그는 아무 일도 하지 않고 지냈어요."

그는 조금 웃었다.

"아 참…… 가만있어봐요…… 생각나는 것 같아요…… 그는 할리우드에 오랫동안 체류했었어요…… 거기서 그는 배우 존 길버트의 절친한 친구였다고 게이가 나에게 그러더군요……"

"존 길버트의 절친한 친구라구요?"

"예…… 길버트의 만년에요……"

자동차들이 뉴욕 가로 빨리 지나가고 있었지만 엔진 소리는 들리지 않았다. 그래서 내가 느끼는 악몽의 인상이 더욱 짙어졌다. 자동차들은 마치 물위로 미끄러져 가듯이 소리를 죽인 채 달리고 있었다. 우리는 알마 다리 직전에 있는 가교에까지 이르렀다. 하워드 드 뤼즈. 그것이 나의 성이었을 가능성이 없지 않았다. 하워드 드 뤼즈. 그렇다. 이 음절들은 나의 마음속에 그 무엇인가를, 어느 물건 위로 비치는 달빛만큼이나 덧없는 그 무엇을 일깨웠다. 만약에 내가 그 하워드 드 뤼즈였다면 나는 나의 삶을 통하여 어떤 독창성을 발휘한 것임에 틀림없었다. 왜냐하면 그보다 더 명예롭고 더 매력적인 수많은 직업들 가운데서 '존 길버트의 절친한 친구'가 되기를 선택했으니까 말이다.

현대 미술관 바로 앞에서 우리는 작은 골목으로 들어섰다.

"나는 여기서 삽니다" 하고 그는 나에게 말했다.

엘리베이터의 불이 고장이었고 복도의 등은 우리가 올라가기 시작하는 순간 꺼져버렸다. 어둠 속에서 웃음소리와 음악 소리가 들렸다.

엘리베이터가 멈추었고 나는 내 곁에서 블런트가 층계참 쪽 문의 손잡이를 찾으려고 애쓰는 것을 느꼈다. 나는 문을 열었지만 눈앞이 너무나 캄캄했기 때문에 엘리베이터에서 나오면서 그를 떠밀었다. 웃음소리와 음악 소리는 우리가 있는 층에서 흘러나오고 있었다. 블런트는 열쇠 구멍에 열쇠를 넣고 돌렸다.

그는 우리 등뒤로 문을 열어둔 채 두었고 우리는 천장에 매달린 알전구가 희미한 빛을 던지고 있는 현관 한가운데 서 있었다. 블런트는 어리둥절한 표정으로 그곳에 꼼짝도 않고 서 있었다. 나는 이제 인사를 하고 나와야 할 때가 아닌지 생각해보았다. 음악은 귀가 아플 정도였다. 아파트에서 붉은색 욕의를 입은 붉은 머리의 젊은 여자가 나왔다. 그 여자는 놀란 눈으로 우리를 번갈아 쳐다보았다. 매우 헐렁하게 입은 욕의 사이로 그녀의 젖가슴이 드러나 보였다.

"내 아내입니다" 하고 블런트가 나에게 말했다.

그 여자는 나에게 가벼운 머리 인사를 하고 욕의의 옷깃을 두 손으로 목에까지 끌어당겼다.

"이렇게 일찍 돌아오실 줄은 몰랐어요" 하고 여자는 말했다.

우리 세 사람은 얼굴들을 희끄무레한 빛으로 물들이는 그 빛 아래서 가만히 서 있었고 나는 블런트에게로 몸을 돌렸다.

"미리 연락을 좀 해줬으면 좋았을걸……"

"이런 줄은 몰랐지……"

거짓말을 하다가 현장에서 들켜버린 어린아이 같은 얼굴, 그 여자는 머리를 숙였다. 귀청이 찢어질 듯 시끄럽던 음악이 뚝 그치고 너무나도 맑아서 공기 속에 녹아드는 것 같은 색소폰의 멜로디가 뒤따랐다.

"여러 사람인가?" 하고 블런트가 물었다.

"아뇨…… 아뇨…… 친구 몇 사람……"

어떤 머리 하나가 문의 반쯤 열린 틈 사이로 지나갔다. 매우 짧은 금발에 밝은 장밋빛의 루주를 칠한 얼굴. 그리고 또다른 머리 하나. 매끈한 피부의 갈색 머리. 전등 불빛으로 인하여 그 얼굴들이 가면처럼 보였고 갈색 머리가 미소를 지었다.

"친구들 있는 데로 가봐야 돼요…… 두세 시간 뒤에 돌아오세요……"

"알았어" 하고 블런트가 말했다.

그 여자는 다른 두 사람을 따라 현관을 떠났고 문이 닫혔다. 깔깔거리는 웃음소리와 쫓고 쫓기는 소리가 들렸다. 그러더니 또다시 귀청을 찢을 것 같은 음악.

"이리 오세요" 하고 블런트가 말했다.

우리는 다시 층계로 나왔다. 블런트는 시간제한등을 켜고 층계 위에 앉았다. 그는 나도 자기 곁에 와 앉으라는 시늉을 했다.

"아내는 나보다 나이가 훨씬 어리지요…… 삼십 년 차이랍니다…… 자기보다 훨씬 젊은 여자와는 절대로 결혼하면 안 됩니다…… 절대로……"

그는 한 손을 내 어깨 위에 올려놓았다.

"그런 결혼은 절대로 성공할 가능성이 없어요…… 성공한 예란 하나도 없으니까요…… 이 점 똑똑히 알아두시라고요……"

시간제한등이 꺼졌다. 블런트는 분명 등을 다시 켤 생각이 전혀 없는 것 같아 보였다. 나도 사실은 마찬가지였다.

"만약 게이가 나를 보았더라면……"

그는 그 생각에 웃음을 터뜨렸다. 어둠 속의 기이한 웃음.

"그녀는 나를 이해할 수 없었을 거예요…… 그뒤에 나는 적어도 삼십 킬로는 몸무게가 불었어요……"

웃음소리, 그러나 그전의 웃음소리보다는 다른, 더 신경질적이고 억지로 웃는 웃음소리.

"그 여자는 매우 실망했을 거예요…… 생각이나 할 수 있겠어요…… 호텔 바의 피아니스트라니……"

"아니, 왜 실망해요?"

"게다가 한 달 후에는 실직당하게 되어 있으니……"

그는 내 팔의 위쪽을 꽉 잡았다.

"게이는 내가 제2의 콜 포터*가 될 것이라고 믿고 있었다구요……"

갑자기 여자들의 고함치는 소리가 들렸다. 블런트의 아파트에서 나는 소리였다.

"무슨 일이 일어났을까요?" 하고 내가 그에게 말했다.

"아무것도 아녜요. 장난치는 거지요."

문 안 열어? 다니, 너 문 안 열어? 하고 고함치는 어떤 남자의 목소리, 웃음소리, 문이 쾅 닫히는 소리.

"다니는 아내 이름이에요" 하고 블런트가 속삭이며 말했다.

그는 일어서서 시간제한등을 켰다.

"바깥 공기를 좀 쐽시다."

우리는 현대 미술관 앞 광장을 건너가서 층계 위에 앉았다. 나는 그 아래 뉴욕 가를 따라 자동차들이 지나가는 것을 바라보았다. 아직도 삶이 계속되고 있다는 유일한 표시였다. 우리들 주위의 모든 것이 황량하게 굳어 있었다. 심지어는 저쪽, 센 강의 반대편에서 바라보곤 했던 에펠탑, 평소에는 그토록이나 마음을 가라앉게 해주던 에펠탑마저도 메마른 쇠붙이 덩어리같이 보였다.

"여기에 오니 숨통이 좀 트이는군요" 하고 블런트가 말했다.

과연 따뜻한 바람이, 광장 위로, 반점처럼 그림자를 던지는 석상들 위로, 그 안쪽의 커다란 돌기둥들 위로 불고 있었다.

---

* 1930년대에서 1950년대 사이에 브로드웨이 뮤지컬 스테이지에서 활약한 작곡가, 연주자.

"당신에게 사진들을 보여주고 싶은데요" 하고 나는 블런트에게 말했다.

나는 주머니에서 봉투 하나를 꺼내서 열고는 거기서 두 장의 사진을 꺼냈다. 조르지아제 노인과 나로 생각되는 남자와 함께 찍은 게이 오를로프의 사진과 그 여자의 어린아이 적 사진이었다. 나는 첫번 사진을 그에게 내밀었다.

"여기선 아무것도 안 보이는데요" 하고 블런트가 중얼거렸다.

그는 라이터를 켜려고 했지만 바람에 꺼졌기 때문에 몇 번이나 다시 켜지 않으면 안 되었다. 그는 손바닥으로 불을 가리고 라이터를 사진 쪽으로 가까이 가져갔다.

"사진 속의 남자가 보이지요?" 하고 내가 그에게 말했다. "왼쪽에…… 아주 맨 끝 왼쪽에요……"

"예."

"그 사람을 아세요?"

"아뇨."

그는 라이터의 불꽃을 막기 위하여 손을 모자의 챙처럼 이마에 대고 사진 위로 몸을 숙였다.

"그 사람이 나를 닮은 것 같지 않으세요?"

"모르겠는데요."

그는 다시 잠시 동안 사진을 살펴보고는 나에게 돌려주었다.

"내가 그녀를 알았을 때 게이는 꼭 이런 모습이었어요" 하고 그는 쓸쓸한 목소리로 나에게 말했다.

"자, 이건 그 여자의 어렸을 적 사진입니다."

나는 그에게 사진을 내밀었고, 그는 극도로 정확을 요하는 일을 하는 시계수리공 같은 자세로 여전히 손을 모자챙처럼 이마에 대고 라이터 불로 사진을 자세히 들여다보았다.

"아주 예쁜 계집아이였군요. 그 여자의 다른 사진들은 더 없습니까?"

"불행하게도 없어요…… 당신은?"

"결혼사진이 있었는데 아메리카에서 잃어버렸어요…… 심지어, 자살했을 때의 신문기사 스크랩은 버리지 않고 잘 둬두었는지 잘 모르겠네요……"

처음에는 알아차리기 어렵던 미국 악센트가 점점 더 심해졌다. 피로 때문일까?

"집에 돌아가기 위하여 이렇게 기다려야 하는 일이 자주 있는 모양이지요?"

"점점 잦아지는 일이지요. 그렇지만 처음 시작 때는 다 좋았는데…… 아내는 매우 친절했었어요……"

그는 바람 때문에 매우 힘들게 담배에 불을 붙였다.

"게이가 이 꼴이 된 나를 보았다면 놀랐을 거예요……"

그는 나에게 다가와서 내 어깨에 손을 얹었다.

"당신은 그 여자가 너무 늦어지기 전에 사라져버리길 잘했다고 생각지 않으세요?"

나는 그를 바라보았다. 그의 생김새는 하나같이 동글동글했다. 그의 얼굴도, 그의 푸른 눈도, 심지어는 반원형으로 길러 자른 콧수염조차도. 그는 아이들이 실에 매달아 하늘 위 어디까지 높이 떠오르는지 보기 위해 이따금 손에서 놓아보는 풍선을 연상시켰다. 그리고 월도 블런트라는 그의 이름도 그런 풍선처럼 부풀어 있었다.

"친구, 미안해요…… 게이에 대해서 별로 알려준 게 없군요……"

나는 그가 피곤과 낙담한 마음 때문에 무거운 상태임을 느꼈다. 그러나 나는 그를 가까이에서 유심히 지켜보고 있었다. 왜냐하면 광장에 바람이 조금 세게 불어와도 그가 나의 의문들과 함께 나를 홀로 남겨두고 날려가버릴 것만 같아서 걱정이 되었기 때문이었다.

여덟

대로大路는 오퇴유의 경마장을 끼고 뻗어 있었다. 한쪽은 말들이 달리는 트랙이었고 다른 쪽은 모두 같은 모형에 따라 지은, 작은 광장들로 분리된 건물 군群이었다. 나는 그 화려한 병영 같은 건물들을 지나 게이 오를로프가 자살한 집 앞에 이르렀다. 마레샬 리요테 가 25번지. 몇층일까? 그후 분명 수위는 바뀌었을 것이다. 게이를 층계에서 만나곤 했거나 그 여자와 엘리베이터를 같이 탄 적이 있는 어떤 주민이 아직도 이 건물에 살고 있을까? 아니면 내가 이곳에 자주 오곤 하는 것을 보았던 어떤 사람이 나를 알아보지 않을까?

저녁이면 가끔 나는 가슴을 두근거리며 마레샬 리요테 가의 계단을 올라가곤 했을 것이다. 그 여자는 나를 기다리고 있었으리라. 그의 창문들은 경마장 쪽으로 나 있었다. 그 꼭대기에서 경마를 구경하면 재미 있었을 것이다. 마치 사격놀이 스탠드의 한쪽 끝에서 다른 쪽 끝으로 달려나가서 모든 목표물들을 다 맞히면 큰 상을 타게 되어 있는 작은 인형들처럼 아주 조그맣게 보이는 기수들이 내닫는 모습을 보고 있으면 과연 기이한 느낌이었을 것이다.

우리는 서로 어느 나라 말로 이야기했을까? 영어? 조르지아제 노인과 함께 있는 사진은 그 아파트에서 찍은 것일까? 아파트는 어떤 가구들로 꾸며져 있었을까? '귀족집안 출신'이며 '존 길버트의 절친한 친구'였던 하워드 드 뤼즈란 이름의—나?—남자와 모스크바에서 태어나고 팜 아일랜드에서 러키 루치아노를 알았던 옛날 댄서는 서로 무슨 이야기를 할 수 있었을까?

기이한 사람들. 지나가면서 기껏해야 쉬 지워져버리는 연기밖에 남기지 못하는 그 사람들. 위트와 나는 종종 흔적마저 사라져버린 그런 사람들의 이야기를 서로 나누곤 했었다. 그들은 어느 날 무無로부터 문득 나타났다가 반짝 빛을 발한 다음 다시 무로 돌아가버린다. 미美의 여왕들, 멋쟁이 바람둥이들, 나비들. 그들 대부분은 심지어 살아 있는 동안에도 결코 단단해지지 못할 수증기만큼의 밀도조차 지니지 못했다. 위트는 '해변의 사나이'라고 불리는 한 인간을 그 예로 들어 보이곤 했다. 그 남자는 사십 년 동안이나 바닷가나 수영장 가에서 여름 피서객들과 할 일 없는 부자들과 한담을 나누며 보냈다. 수천수만 장의 바캉스 사진들 뒤쪽 한구석에 서서 그는 즐거워하는 사람들 그룹 저 너머에 수영복을 입은 채 찍혀 있지만 아무도 그의 이름이 무엇인지를 알지 못하며 왜 그가 그곳에 사진 찍혀 있는지 알 수 없다. 그리고 아무도 그가 어느 날 문득 사진들 속에서 보이지 않게 되었다는 것을 알아차리지 못할 것이다. 나는 위트에게 감히 그 말을 하지는 못했지만 나는 그 '해변의 사나이'는 바로 나라고 생각했다. 하기야 그 말을 위트에게 했다 해도 그는 놀라지 않았을 것이다. 따지고 보면 우리는 모두 '해변의 사나이'들이며 '모래는—그의 말을 그대로 인용하자면—우리들 발자국을 기껏해야 몇 초 동안밖에 간직하지 않는다'고 위트는 늘 말하곤 했다.

건물의 정면들 중 하나는 버려진 것 같은 어느 광장의 경계를 이루고 있었다. 커다란 나무들, 잡목, 덤불, 오래전부터 풀을 깎아주지 않은 잔디밭. 어린아이 하나가 혼자서 햇빛 밝은 그 저녁나절에 쌓아놓은 모래 무더기 앞에서 한가하게 놀고 있었다. 나는 잔디밭 가까운 곳에 앉아서 혹시 게이 오를로프의 유리창들은 이쪽으로 나 있지 않았을까 하고 생각하면서 건물 쪽으로 머리를 들었다.

아홉

밤이다. 흥신소 사무실의 젖빛 램프는 위트의 사무용 책상의 가죽판 위에 강한 빛의 반점을 던진다. 나는 그 책상에 앉아 있다. 나는 옛날 전화번호부들, 그리고 그보다 좀더 근래의 것들을 열람하면서 발견되는 것이 있을 때마다 노트를 한다.

하워드 드 뤼즈(장 심티)와 부인. 처녀명 마벨 도나위, 발브뢰즈에서 출생. 오른 T. 21 및 23, 레누아르 가, 전화 AUT 15-28 ―CGP ― MA YO

이런 것이 기록된 사교계 신사록은 삼십여 년 전 것이다. 이것은 과연 우리 아버지에 관한 것일까?

그에 뒤이은 다른 연도들의 신사록들에도 마찬가지 기록들이 적혀 있다.

나는 기호 및 약자 목록을 참조해본다.

HHM : 무공훈장의 의미

CGP : 그랑 파부아 클럽

MA : 코트 다쥐르 모터 요트 클럽

YO : 범선의 소유주

그러나 십 년이 지난 뒤에는 레누아르 가 23번지 전화 AUT 15-28번 이라는 기록들이 사라져버리고 마찬가지로 MA와 HHM도 없어진다.

그다음해 기록에 남은 것이라고는 오직 '하워드 드 뤼즈와 부인, 처녀명 마벨 도나위, 오른 현 발브뢰즈에서 출생, T. 21'뿐이다.

그리고 아무것도 남은 것이 없다.

그다음에 나는 지난 십 년간의 파리 시의 전화번호부들을 참조한다. 매번 하워드 드 뤼즈는 아래와 같은 방식으로 나타나 있다.

하워드 드 뤼즈 C.3 앙리 파테 광장 16구―MOL 50-52

동생일까? 사촌일까?

같은 연도의 사교계 신사록에는 그에 해당하는 기록은 전혀 없다.

열

"하워드 씨가 기다리고 계십니다."

그녀는 아마도 바사노 가의 그 식당 여주인인 것 같았다. 눈이 맑은 갈색 머리의 여자였다. 그 여자의 따라오라는 손짓에 우리는 어떤 층계를 내려갔고, 그녀는 나를 홀 안쪽으로 안내했다. 여자는 어떤 남자가 혼자 앉아 있는 식탁 앞에서 발을 멈추었다. 남자가 자리에서 일어섰다.

"클로드 하워드입니다" 하고 그가 나에게 말했다.

그는 맞은편에 있는 의자를 나에게 손짓해 보였다. 우리는 자리에 앉았다.

"늦게 와서 죄송합니다."

"천만에요."

그는 호기심에 가득찬 눈길로 나를 쳐다보았다. 그는 나를 알아보는 것일까?

"당신 전화로 나는 상당한 궁금증이 생겼답니다" 하고 그가 나에게 말했다.

나는 그에게 웃음을 지어 보이려고 애를 썼다.

"특히 하워드 드 뤼즈 집안에 대한 당신의 관심 말입니다…… 제가 그 가문의 마지막 후손입니다만……"

그는 그 말을 마치 자신을 조롱하는 듯 아이로니컬한 어조로 말했다.

"나는 사실 더 간단하게 하워드라고 부르게 합니다. 그러면 좀 덜 복잡해지니까요."

그는 식당의 메뉴 카드를 나에게 내밀었다.

"반드시 나와 똑같은 것을 시켜야 할 필요는 없습니다. 나는 식도락 비평가입니다…… 그래서 각 음식점의 특별 요리를 맛봐야 합니다…… 송아지 흉선, 생선 아가미 등등……"

그는 한숨을 내쉬었다. 그는 참으로 맥없는 표정을 지었다.

"나는 이제 더이상 견딜 수 없을 지경입니다…… 내 생활 속에 무슨 일이 일어나든 항상 먹어야만 하니 말입니다……"

벌써 그에게는 껍질이 단단한 고기파이가 날라져왔다. 나는 샐러드와 과일을 주문했다.

"당신은 편하시겠네요…… 나는 싫어도 먹어야 해요…… 오늘 저녁으로 기사를 써야 하니까요…… 나는 내장 요리 콩쿠르 대회에 참석했다 오는 길입니다. 하루 반 동안에 백칠십 개의 내장을 삼켜야 했답니다……"

그는 나이를 짐작하기 어려웠다. 짙은 갈색 머리를 뒤로 빗어 넘기고 있었다. 그의 눈은 갈색이었고, 그의 지극히 창백한 안색에도 불구하고 얼굴 모습 속에는 흑인 같은 그 무엇인가가 깃들어 있었다. 옅은 푸른색 나무벽에 새틴과 18세기의 싸구려를 연상시키는 수정등으로 장식하여 지하실에 꾸며놓은 식당의 이쪽 부분에는 오직 우리 두 사람뿐이었다.

"당신이 전화로 말했던 것에 대하여 한참 생각해보았습니다. 당신이 관심을 가지고 있는 그 하워드 드 뤼즈는 내 사촌 프레디임에 틀림없습니다만……"

"정말 그렇게 생각하십니까?"

"확신합니다. 그렇지만 나는 그를 조금밖에 알지 못했으니까……"

"프레디 하워드 드 뤼즈를요?"

"예. 우리는 어렸을 때 가끔 같이 놀았지요."

"혹시 그의 사진을 가지고 계신가요?"

"하나도 없습니다."

그는 고기파이를 한 입 넘기면서 구역질을 간신히 참았다.

"그는 친사촌도 아니었는걸요…… 두 번 세 번 다리를 건너는 재종再從도 넘는 사이였지요. 하워드 드 뤼즈 성을 가진 사람은 아주 극소수였습니다…… 아버지와 나, 프레디와 그의 할아버지가 고작 전부였다고 생각돼요…… 모리스 섬의 프랑스계 집안이랍니다……"

그는 따분하다는 몸짓으로 자기의 접시를 밀어놓았다.

"프레디의 할아버지는 아주 부유한 미국 여자와 결혼했지요……"

"마벨 도나위?"

"맞아요…… 그분은 오른 현에 아주 멋진 영지를 가지고 있었어요……"

"발브뢰즈에 있는?"

"아니 당신은 진짜 사교계 신사록이나 다름없군요."

그는 나에게 놀란 눈길을 던졌다.

"그러다가 나중에 그들은 그 모든 걸 다 잃어버렸던 것 같아요…… 프레디는 미국으로 떠났고요…… 더 정확한 내용은 말씀드릴 수 없습니다만…… 그런 모든 것은 전부 전해들어서 아는 일들이니까요…… 프레디가 아직 살아 있는지 어떤지도 나는 잘 모른답니다……"

"어떻게 하면 알 수 있을까요?"

"혹시 그의 아버지가 있었다면…… 그를 통해서 나는 그 집안 소식을 듣곤 했지요…… 불행하게도……"

나는 주머니에서 게이 오를로프와 조르지아제 노인의 사진을 꺼내서 나와 비슷하게 생긴 갈색 머리 남자를 그에게 손가락질해 보였다.

"혹시 이 사람을 모르시나요?"

"몰라요."

"그가 나를 닮았다고 생각지 않으세요?"

그는 사진 위로 몸을 숙였다.

"그런 것도 같군요" 하고 그는 자신 없는 목소리로 말했다.

"그럼 금발머리 여자는 모르세요?"

"몰라요."

"그렇지만 이 여자는 당신 사촌 프레디의 친구였는데요."

그는 갑자기 무엇인가 기억난다는 표정을 지었다.

"가만있어보세요…… 생각나요…… 프레디는 미국으로 떠났다가…… 그곳에서 배우 존 길버트의 절친한 친구가 되었다고 해요……"

존 길버트의 절친한 친구, 벌써 두번째로 듣는 이야기였지만 그것으로 별 진전이 있는 것은 아니었다.

"그가 그 시절에 미국에서 내게 그림엽서를 한 장 보냈기 때문에 나는 그걸 알고 있어요……"

"그걸 보관해두셨나요?"

"아뇨. 그렇지만 나는 아직도 거기 쓰여 있던 글을 다 외우고 있어요. '모든 일이 잘되어가고 있다. 아메리카는 아름다운 나라다. 나는 일을 찾았다. 나는 존 길버트의 말동무가 된 것이다. 너와 너의 아버지에게 우정을 보내며, 프레디.' 그건 내게 매우 인상적이었거든요……"

"그뒤에 그를 다시 만나지 못했습니까? 프랑스로 돌아온 뒤에? 그럼 만약 그가 지금 당신 앞에 앉아 있다면 그를 알아보실 수 있겠어요?"

"아마 못 알아볼 거예요."

나는 그 프레디 하워드 드 뤼즈가 바로 나라고 감히 그에게 암시하지는 못했다. 나는 그 점에 대한 결정적인 증거를 가지고 있지는 못했지만 큰 희망을 가지고 있었다.

"내가 안 프레디는 열 살 먹은 프레디였어요…… 아버지는 내가 그와 같이 놀게 하려고 발브뢰즈에 데려가주셨어요……"

웨이터가 우리 식탁 앞에 발걸음을 멈추고 클로드 하워드가 먹을 것을 고르기를 기다리고 있었지만 하워드는 그가 옆에 와 있다는 것도 알아차리지 못하고 있었다. 웨이터는 마치 보초병 같은 태도로 뻣뻣하게 서 있었다.

"솔직히 말씀드리자면, 프레디는 죽었다는 느낌이 들어요……"

"그런 말씀 하시는 것 아닙니다……"

"우리 불행한 가문에 대하여 관심을 가져주셔서 감사합니다. 우리는 운이 없었어요…… 내가 유일하게 살아남은 것 같아요. 그런데 내가 먹고살기 위하여 하는 일이 뭔지 좀 보세요……"

그는 주먹으로 테이블을 쳤고 웨이터가 생선 아가미 요리를 가져왔다. 한편 식당의 여주인이 상냥스러운 웃음을 띠며 우리에게 다가왔다.

"하워드 씨…… 금년에도 내장 요리 콩쿠르 대회를 잘 치르셨나요?"

그러나 그는 못 들었는지 나에게로 몸을 기울였다.

"따지고 보면 우리는 모리스 섬을 절대로 떠나서는 안 되는 거였는데 그랬어요……"

열하나

누렇고 회색빛 나는 낡고 작은 역. 양쪽에는 시멘트를 다져서 만든 방책, 그리고 그 방책 뒤의 플랫폼, 거기에서 나는 미슐린 카*에서 내렸다. 역 앞 광장은 둑 위의 나무들 아래서 롤러스케이트를 타고 있는 어떤 어린아이만 없었다면 퍽 황량했을 것이다.

나도 그곳에서 옛날에 놀았었지, 하고 나는 생각했다. 그 조용한 광장은 나에게 참으로 무엇인가를 상기시켰다. 나의 할아버지 하워드 드 뤼즈가 파리발 기차로 나를 데리러 오셨던 것일까, 혹은 그 반대였을까? 여름날 저녁이면 나는 마벨 도나위라는 처녀명을 가진 나의 할머니와 더불어 그 역의 플랫폼에서 할아버지를 기다리러 가곤 했다.

---

* 1930년대에 미슐린 회사가 개발한 타이어 바퀴를 장착한 소형 레일 카.

좀더 먼 곳에는 국도만큼이나 널찍하지만 자동차들이 매우 드물게 지나다니는 길 하나, 나는 역 앞 광장에서 이미 본 시멘트 벽돌로 둘러싸인 공원을 끼고 걸어갔다.

길의 반대편에는 지붕 덮인 운동장 같은 곳에 몇 개의 상점들. 그리고 약간 비탈져 올라가는 대로의 한구석에 나무 잎들로 가려진 여인숙 하나. 나는 주저하지 않고 그곳으로 접어들었다. 나는 이미 발브뢰즈의 지도를 찬찬히 살펴두었던 것이다. 나무들이 늘어선 그 대로의 끝에는 두꺼운 벽과 철책이 나타났고 그 위에 썩은 나무의 간판이 하나 붙어 있었다. 나는 그곳에서 지워진 글자들의 반쪽을 짐작해가면서 '영지 관리소'라고 읽을 수 있었다. 철책 뒤에는 버려진 잔디밭이 펼쳐져 있었다. 안쪽으로 깊숙이 벽돌과 돌로 지은 루이 13세식의 길쭉한 건물 하나. 그 건물의 한가운데에는 한층 더 높은 정자가 솟아 있고 건물 정면에는 그 양끝에 궁륭 지붕이 덮인 직각의 두 정자가 이어져 있었다. 모든 창문들의 덧문은 닫혀 있었다.

퇴락했다는 느낌이 내 마음을 사로잡았다. 나는 어쩌면 내가 어린 시절을 보냈던 성 앞에 와 있는지도 모를 일이었다. 나는 철책문을 밀어서 어렵지 않게 열 수 있었다. 얼마나 오래전부터 나는 이 문턱을 넘어서지 않았던 것일까? 오른쪽에는 옛날에 마구간이었음직한 벽돌 건물이 보였다.

풀들이 웃자라 내 오금까지 왔다. 나는 성을 향해 가급적 빨리 잔디밭을 건너질러가려고 애를 썼다. 그 고요한 건물이 내게 궁금증을 불러일으켰다. 나는 그 건물의 전면 뒤에 오직 높게 자란 풀들과 무너진 벽돌뿐일까봐 겁이 났다.

누군가 나를 불렀다. 나는 돌아섰다. 저쪽 마구간 건물 앞에서 어떤 남자가 나에게 손을 흔들고 있었다. 그는 나를 향하여 걸어오고 있었고 나는 밀림과도 흡사한 잔디밭 한가운데 우뚝 박혀 선 채 그를 바라보았다. 상당히 크고 우람한 체격에 초록색 비로드 옷을 입은 남자였다.

"무슨 일로 오셨지요?"

그는 나에게서 몇 걸음 떨어진 곳에 멈춰 섰다. 콧수염을 기른 갈색 머리의 남자였다.

"하워드 드 뤼즈 씨에 대하여 좀 알고 싶은 것이 있어서요."

나는 앞으로 걸어나갔다. 혹시 그는 나를 알아볼 것인가? 매번 나는 같은 희망을 품고 매번 실망한다.

"어느 하워드 드 뤼즈 씨 말입니까?"

"프레디요."

나는 마치 그것이 수년의 망각을 지나 처음으로 발음하는 나의 이름인 것처럼 변한 목소리로 '프레디'라고 내뱉었다.

그는 눈을 껌뻑거렸다.

"프레디라……"

그 순간 나는 정말로 그가 나의 이름을 부르는 것이라고 생각했다.

"프레디요? 그 사람은 이제 여기 있지 않은데요……"

아니다, 그는 나를 알아본 것이 아니었다. 아무도 나를 알아보지 못했던 것이다.

"정확하게 무엇을 원하시는 거지요?"

"나는 프레디 하워드 드 뤼즈가 어떻게 되었는지를 알고 싶습니다만……"

그는 의심스러운 눈길로 나를 빤히 쳐다보더니 한 손을 바지 주머니 속에 넣었다. 그가 무기를 꺼내어 나를 위협하려는 것일까. 아니었다. 그는 주머니에서 손수건 하나를 꺼내 이마의 땀을 찍어냈다.

"누구신가요?"

"저는 오래전에 아메리카에서 프레디와 알고 지냈습니다. 그의 소식을 알면 좋겠습니다."

그의 얼굴은 이 거짓말에 갑자기 밝아졌다.

"아메리카에서요? 당신은 아메리카에서 프레디와 알고 지냈단 말이죠?"

'아메리카'라는 말이 그를 꿈꾸게 하는 것 같았다. 그는 할 수만 있다면 나를 껴안기라도 했을 것이다. 그만큼이나 그는 내가 '아메리카'에서 프레디와 알고 지낸 것을 반기고 있었다.

"아메리카에서요? 그러면 당신은 그가 저, 누구라던가…… 누구의 절친한 친구였을 때 아셨단 말이죠?"

"존 길버트요."

그의 모든 경계심이 다 녹아버렸다.

그는 나의 팔목을 잡았다.

"이쪽으로 오십시오."

그는 두꺼운 벽을 따라 왼쪽으로 나를 인도했다. 그쪽으로는 풀이 좀 덜 높게 자랐고 옛날에 길이 나 있었던 곳임을 짐작할 수 있었다.

"벌써 아주 오래전부터 나는 프레디의 소식을 듣지 못하고 있답니다" 하고 그는 심각한 목소리로 나에게 말했다.

초록색 비로드로 만든 그의 옷은 이곳저곳에 올이 보일 정도로 닳아 있었고 어깨, 팔꿈치, 무릎에는 가죽 조각을 대고 꿰맨 것이 보였다.

"당신은 미국 사람입니까?"

"예."

"프레디는 아메리카에서 그림엽서를 여러 장 나에게 보내왔었지요."

"그걸 간직하고 계십니까?"

"물론이지요."

우리는 성을 향하여 걸어갔다.

"당신은 이곳에 한 번도 와보신 일이 없습니까?" 하고 그가 나에게 물었다.

"전혀."

"그럼 주소를 어떻게 알았지요?"

"프레디의 사촌을 통해서요. 클로드 하워드 드 뤼즈라고."

"모르겠는데."

우리는 궁륭 지붕이 달린 정자들 중 하나 앞에 이르렀다. 성의 양쪽 끝에는 각기 그런 지붕이 있는 것을 이미 눈여겨보았었다. 우리는 그 집을 끼고 돌았다. 그는 어떤 조그만 문을 나에게 가리켰다.

"안으로 들어갈 수 있는 유일한 문이지요."

그는 열쇠 구멍에 열쇠를 넣고 돌렸다. 우리는 안으로 들어갔다. 그는 어둡고 텅 빈 방을 가로질러간 다음 복도를 따라 나를 인도했다. 우리는 예배당이나 겨울 정원 같은 인상이 들게 하는 색유리들이 끼워진 또다른 방으로 들어가게 되었다.

"이건 여름용 식당이지요" 하고 그가 나에게 말했다.

헐어빠진 붉은색 비로드의 낡은 장의자 하나 이외에는 아무 가구도 없었다. 우리는 그곳에 가 앉았다. 그는 주머니에서 파이프를 꺼내서 편안하게 불을 붙였다. 유리창은 대낮의 햇빛을 받아 희미한 푸른 색조를 띠었다.

나는 머리를 들고 천장 역시 희미한 푸른색임을 알아차렸다. 보다 더 밝은 반점들이 드문드문 보이는 것은 구름들이었다. 그는 나의 시선을 좇았다.

"벽과 천장은 프레디가 채색한 거예요."

그 방의 오직 한 벽만이 초록색으로 칠해져 있었는데 그곳에는 거의 다 지워진 종려나무 한 그루가 보였다. 나는 옛날에 우리가 식사를 하곤 할 때 이 방이 어떠했었는지를 상상해보려고 애를 썼다. 내가 하늘을 그려 넣은 천장. 저 종려수를 그려넣어서 열대지방의 기분을 내려고 했던 초록색의 벽. 유리창으로 푸르스름한 빛이 우리들 얼굴 위로 떨어지곤 했었지. 그렇지만 그 얼굴들은 어떻게 생긴 것들이었을까?

"여전히 들어갈 수 있는 유일한 방이랍니다. 문이란 문에는 모두 봉인이 붙어 있어요."

"왜요?"

"집 전체가 공탁되어 있으니까요."

그 말은 나를 섬뜩하게 했다.

"그들은 모든 것을 공탁시켰어요. 그렇지만 나는 여기 남겨둔 거예요. 그게 언제까지가 될지……?"

그는 파이프를 한 모금 빨아들이고 나서 머리를 으쓱했다.

"때때로 관리소 사람이 찾아와서 검사를 하지요. 도무지 결정을 내릴 것 같지가 않군요."

"누가요?"

"관리소 사람들 말예요."

나는 그가 하는 말의 뜻을 잘 알아들을 수 없었지만 썩은 나무 간판에 쓰여 있던 표지가 생각났다. '영지 관리소'.

"여기 계신 지 오래됩니까?"

"아 그럼요…… 나는 하워드 드 뤼즈 씨가 세상을 떠나실 때 이곳으로 온걸요…… 프레디의 조부 말입니다…… 나는 정원을 돌보고 마님의 운전사로 일했지요…… 프레디의 조모 말입니다……"

"그럼 프레디의 부모는요?"

"그분들은 매우 젊어서 돌아가신 걸로 알고 있어요. 그는 그의 조부모 손에서 컸지요."

그렇다면 나는 조부모의 손에 컸던 것이다. 할아버지가 돌아가시고 난 뒤에 여기서 우리는 처녀 때의 이름이 마뻴 도나위인 할머니와 이 남자와 같이 살았던 것이다.

"성함이 어떻게 되시지요?" 하고 나는 그에게 물었다.

"로베르입니다."

"프레디는 당신을 뭐라고 불렀지요?"

"그의 조모는 나를 보브라고 불렀어요. 그분은 미국 사람이었거든요. 프레디도 나를 보브라고 불렀어요."

보브라는 이름은 나에게 아무것도 상기시키는 것이 없었다. 그러나 따지고 보면 그 역시 나를 알아보지 못하는 것이었다.

"그다음에 조모도 돌아가셨지요…… 벌써 재정적인 면에서 사정은 그다지 좋지 못했어요…… 프레디의 조부가 그의 부인의 많은 재산을

탕진했거든요…… 막대한 미국 재산이었는데……"

그는 차분하게 파이프를 빨아 내뿜었고 연기의 선이 천장으로 파랗게 피어올랐다. 유리창과 프레디의—나의?—그림이 벽과 천장에 그려진 이 방은 아마도 그에게는 피난처였던 것 같다.

"그다음에 프레디도 사라졌어요…… 아무 예고도 없이…… 무슨 일이 생겨서 그랬는지 나는 몰라요. 그렇지만 그들은 모두 다 공탁에 넣어버렸어요."

또다시, 마치 막 넘어서려고 하는 순간 갑자기 눈앞에 쾅 닫히는 문처럼 떨어지는 '공탁에 넣는다'는 말.

"그후, 나는 기다리고 있어요…… 도대체 저들이 나를 어떻게 하려는 것인지 궁금해요…… 저들이 그래도 나를 밖으로 쫓아내지는 못하겠지요……"

"당신은 어디에 삽니까?"

"옛날 마구간에요. 프레디의 조부께서 그걸 수리해서 방을 들였지요."

그는 파이프를 이빨 사이에 문 채 나를 살펴보았다.

"그런데 당신은 어떻게 해서 프레디를 아메리카에서 알게 되었는지 얘기 좀 해보시지요."

"오…… 그 이야기를 하자면 길어요……"

"좀 걷지 않겠어요? 저쪽 정원을 보여드리지요."

"좋아요."

그는 창문 겸 출입문 하나를 열었고 우리는 몇 개의 돌계단을 내려갔다. 우리는 좀전에 내가 성에 이르기 위하여 가로지르려고 했던 잔디밭 비슷한 어떤 풀밭 앞으로 오게 되었다. 그러나 이곳에는 풀이 훨씬 덜 높게 자라 있었다. 놀랍게도 성의 후면은 전면과 전혀 어울리지 않았다. 그쪽은 회색빛 돌로 지어져 있었으니 말이다. 지붕도 같은 것이 아니었다. 이쪽은 끊어진 벽면과 박공들로 지붕이 복잡하게 얽혀있어서, 첫눈에 루이 13세식 성처럼 보이던 이 건물이 뒤쪽에서 보면 비아리츠 지방에 아주 드문 견본들이 남아 있는 19세기 말엽의 해변 유원지 별장들과 흡사해 보였다.

"나는 이 정원 쪽을 가능한 한 모두 잘 보살피려고 애쓰고 있습니다" 하고 그가 말했다. "그렇지만 이건 혼자 힘으로는 어려워요."

우리는 잔디밭을 따라 나 있는 자갈 깔린 소로를 따라갔다. 우리 왼쪽에 사람 키만큼 자란 덤불숲은 정성껏 가꾸어져 있었다. 그는 그 숲을 가리켰다.

"미로迷路지요. 프레디의 조부께서 심은 것이랍니다. 내가 할 수 있는 한 잘 보살피고 있어요. 무엇인가 전과 같은 모습으로 남아 있는 것이 한 가지는 있어야겠으니까요."

우리는 측면의 입구들 중 하나를 통하여 '미로' 속으로 들어갔다. 식물의 궁륭 때문에 우리는 몸을 숙여야 했다. 여러 개의 소로들이 서로 교차되고 교차로와 둥근 광장과 원형으로 도는 길들과 직각의 모퉁이들, 막다른 길, 초록색 나무 벤치가 하나 놓인 관목 덮인 정자도 있었다…… 어린 시절에 나는 이곳에서 할아버지나 혹은 내 또래의 친구들과 숨바꼭질을 했을 것이고 쥐똥나무와 소나무 냄새가 나는 이 마술의 미궁 속에서 아마도 내 생애의 가장 아름다운 순간들을 경험했을 것이다.

"참 이상하군요. 이 미로는 무엇인가 연상시키는 것이 있는데
요……"

그러나 그는 내 말을 듣지 못한 것 같았다.

잔디밭 가에는 녹슨 낡은 문이 하나 있고 거기에는 두 개의 그네가
매어져 있었다.

"실례하겠습니다……"

그는 그중 한 그네 위에 걸터앉아 파이프에 다시 불을 붙였다. 나는
다른 그네에 앉았다. 해가 기울어가면서 잔디밭과 미로의 작은 나무숲
을 부드럽고 오렌지색 감도는 빛으로 감싸고 있었다. 성의 회색 돌에는
같은 빛으로 반점이 찍혔다.

나는 이때를 이용하여 게이 오를로프와 조르지아제 노인과 나의 사
진을 그에게 내밀었다.

"이 사람들을 아세요?"

그는 파이프를 입에 문 채로 오랫동안 사진을 들여다보았다.

"이 여자는 잘 알고 지냈지요……"

그는 둘째손가락으로 게이 오를로프의 얼굴을 꼭 눌렀다.

"러시아 여자……"

그는 꿈에 잠긴 것 같으면서도 재미있다는 듯한 어조로 이 말을
했다.

"당신은 내가 그 러시아 여자를 알았느냐고 묻는 거로군요……"

그는 짧은 웃음을 터뜨렸다.

"프레디는 자주 그 여자와 함께 이곳으로 왔었지요. 마지막 몇 해 동
안…… 참 대단한 여자였지요…… 금발이고…… 그 여자 술 한번 깨

끗이 마셨지…… 당신은 그 여자를 아세요?"

"예" 하고 나는 말했다. "나는 아메리카에서 그 여자를 프레디와 함께 만났었습니다."

"그는 러시아 여자를 아메리카에서 사귄 거지요, 그렇지요?"

"예."

"프레디가 지금 어디 있는지 말해줄 수 있는 사람은 그 여자일 거예요…… 그 여자한테 가서 그걸 물어보는 게 좋을 거요……"

"그리고 여기 러시아 여자 옆에 있는 갈색 머리 남자는요?"

그는 사진 위로 좀더 머리를 숙이고 자세히 관찰했다. 내 가슴이 크게 뛰었다.

"암, 그럼…… 이 사람도 알아요…… 가만있어봐요…… 암, 그럼, 프레디의 친구였어요…… 그는 프레디와, 러시아 여자, 그리고 다른 어떤 여자와 같이 여기 오곤 했어요…… 그 사람은 남미 사람이라던가 뭐 하여간 그쪽의 어떤 나라 사람이었어요……"

"이 사람이 나하고 닮았다고 생각지 않으세요?"

"예, 그럴 수도 있겠지요?" 하고 그는 자신 없게 말했다.

마침내 모든 것이 분명해졌다. 나의 이름은 프레디 하워드 드 뤼즈가 아니었다. 나는 풀이 높게 자라 있는 잔디밭을 바라보았다. 오직 그 끝부분에만 아직 석양빛이 깃들고 있었다. 나는 미국 할머니의 팔을 잡고 이 잔디밭을 따라 산책한 일은 한 번도 없었던 것이다. 나는 어린 시절에 '미로'에서 놀아본 적이 한 번도 없었다. 두 개의 그네가 매어진 이 녹슨 문은 나를 위하여 세워진 것이 아니었다. 유감스러운 일이었다.

"남미 사람이라고 그러셨죠?"

"예, 그렇지만 그는 당신이나 나와 마찬가지로 프랑스말을 했어요……"

"당신은 그를 여러 번 여기서 보았나요?"

"여러 번이죠."

"그가 남미 사람인지 어떻게 알았습니까?"

"왜냐하면 어느 날 내가 그를 이곳으로 데려오기 위해서 자동차로 파리까지 갔었거든요. 그는 당시에 자기가 일하고 있던 곳에서 만나기로 약속을 했었지요…… 남미의 어떤 나라 대사관에서요……"

"어느 대사관이었나요?"

"아, 그건…… 너무 힘든 질문인걸요……"

나는 이 변화에 습관이 되지 않으면 안 되었다. 이제 나는 그 이름이 낡은 사교계 신사록에, 심지어는 그해의 전화번호부에 나와 있는 어떤 집안의 아들이 아니라, 그 자취를 찾아내기가 한없이 더 어려울 어떤 남아메리카 사람이었던 것이다.

"그는 프레디의 어린 시절 친구였던 것으로 생각됩니다만……"

"그는 어떤 여자와 함께 여길 왔단 말이지요?"

"예. 두세 번쯤. 프랑스 여자였어요. 그들은 러시아 여자와 프레디와 넷이서 같이 왔었어요…… 조모가 돌아가신 뒤에……"

그는 자리에서 일어섰다.

"안으로 들어가지 않겠어요? 선선해지기 시작하니까……"

거의 밤이 되었고 우리는 다시 '여름용 식당'으로 돌아왔다.

"이건 프레디가 특히 좋아했던 방이랍니다…… 저녁에 그들은 매우 늦게까지 러시아 여자, 남미 사람, 그리고 또 한 사람의 여자와 같이 여기에 남아 있곤 했었지요……"

장의자는 이제 다사로운 하나의 반점으로밖에 보이지 않았고 천장에는 그림자들이 격자무늬와 마름모 모양으로 끊어져 보였다. 나는 헛되이 우리들의 옛날 저녁나절의 메아리를 다시 잡아보려고 애를 쓰고 있었다.

"그들은 여기에 당구대를 하나 차려놓았었지요…… 특히 남미 사람의 여자친구가 당구를 쳤지요…… 매번 그 여자가 이겼어요…… 내가 그 여자와 여러 번 시합을 했기 때문에 확실히 말할 수 있는 거랍니다…… 여기 보세요, 당구대는 아직도 여기 있어요……"

그는 나를 어두운 복도로 인도하고는 손전등을 켰다. 우리는 요란한 층계가 시작되는 포석이 깔린 어떤 홀로 들어가게 되었다.

"정식 입구지요……"

층계가 시작되는 곳 밑에는 과연 당구대가 하나 보였다. 그는 손전등으로 그것을 비춰 보였다. 마치 시합이 중단되었다가 이제 금방이라도 다시 계속되려는 듯이 하얀 공 하나가 가운데 놓여 있었다. 게이 오클로프, 혹은 나, 혹은 프레디, 혹은 이곳으로 나와 동반해 오곤 했던 그 신비스러운 프랑스 여자가, 혹은 보브가 벌써 공을 겨누기 위하여 몸을 숙이고 있는 것만 같았다.

"이거 보세요. 당구대는 여전히 여기 있거든요……"

그는 손전등으로 그 거대한 층계를 한 번 획 비추었다.

"위층으로는 올라가봐야 아무 소용이 없어요…… 도처에 봉인을 붙여놓았으니까요……"

나는 프레디의 방이 그 위에 있으리라고 생각했다. 어린아이 적의 방, 그리고 청년시절의 방이 말이다. 책장이 있고 벽에 사진들이 붙어 있으며, 그리고—누가 알겠는가?—그 사진들 중 어느 한 장에는 우리들 네 사람이, 혹은 프레디와 내가 팔짱을 끼고 찍혀 있는 방. 그는 파이프에 불을 붙이기 위하여 당구대에 몸을 기댔다. 저 위에는 모든 것이 '봉인 상태'이기 때문에 올라가봐야 아무 소용이 없는 그 커다란 층계를 물끄러미 바라보고 있지 않을 수 없었다. 우리는 측면의 작은 문을 통해 나왔고 그는 열쇠를 두 번 돌려 문을 잠갔다. 캄캄했다.

"나는 파리행 기차를 다시 타야 됩니다" 하고 나는 그에게 말했다.

"나와 같이 갑시다."

그는 내 팔을 잡더니 성벽을 따라 나를 이끌었다. 우리는 옛날 마구간 앞에 이르렀다. 그는 유리 끼운 어떤 문을 열더니 석유등에 불을 켰다.

"오래전부터 전기를 끊어가버렸어요…… 그렇지만 수도를 끊어가는 것은 잊어버린 모양이에요……"

한가운데 짙은 색 나무 탁자 하나와 버드나무 의자들이 놓인 방이 나타났다. 벽에는 도자기 접시들과 구리 그릇들이 걸려 있었다. 창문 위에는 박제된 산돼지 머리 하나.

"선물을 하나 드리지요."

그는 방 안쪽에 놓인 어떤 궤짝 쪽으로 가더니 그것을 열었다. 그는 거기에서 상자 하나를 꺼내어 탁자 위에 놓았다. 그 뚜껑 위에는 '르페브르 위틸 비스킷―낭트'라는 표시가 되어 있었다. 그러더니 그는 내 앞에 와 섰다.

"당신은 프레디의 친구였지요, 그렇지요?" 하고 그는 감동한 목소리로 말했다.

"예."

"그렇다면 이걸 당신에게 드리겠어요……"

그는 나에게 상자를 가리켰다.

"이것은 프레디의 기념품들이랍니다…… 저들이 이 집을 공탁에 넣으러 왔을 때 내가 건져낼 수 있었던 보잘것없는 자질구레한 것들이에요……"

그는 참으로 감격한 상태였다. 심지어는 그의 눈에 눈물까지 글썽거리는 것 같았다.

"나는 그를 어지간히도 좋아했지요…… 그가 아주 어릴 적부터 알았으니까요…… 꿈 많은 친구였어요. 자기는 꽃 돛단배 한 척을 사겠노라고 내게 말하곤 했지요…… '보브, 당신을 내 조수로 삼겠어요……' 하고 내게 말하곤 했답니다. 지금 그가 어디 있는지 누가 안담…… 여전히 살아 있기나 하다면……"

"그를 찾아내게 될 거예요" 하고 내가 말했다.

"그는 조모 손에서 너무 응석받이로 컸어요. 아시겠어요……"

그는 상자를 집어서 나에게 내밀었다. 나는 스티오파 드 자고리에프와 그 역시 나에게 주었던 빨간 상자를 생각했다. 결국 모든 것이 초콜릿이나 비스킷을 담았던 낡은 상자들 속에서 끝이 나는 것이었다. 혹은 담배 상자 속에서.

"감사합니다."

"기차역까지 바래다드리지요."

우리는 숲속의 오솔길을 따라 나갔고 그는 그의 손전등으로 우리 앞을 비추었다. 그가 길을 잘못 찾는 것은 아닐까? 나는 우리가 숲 한가운데로 점점 깊숙이 들어가고 있는 듯한 느낌을 받았다.

"프레디 친구의 이름을 기억하려고 애를 씁니다만. 당신이 사진 속에서 보여준 그 남자 말입니다…… 남아메리카 사람요……"

우리는 달빛을 받아 잎사귀가 형광빛을 내는 숲속의 빈터를 가로질러갔다. 그곳에는 소복하고 둥글게 가지를 뻗은 소나무가 한 무더기 서 있었다. 그는 손전등을 껐다. 거의 대낮처럼 훤했기 때문이다.

"바로 여기서 프레디는 그의 친구와 말을 탔지요…… 경마 선수였는데…… 프레디는 그 경마 선수 이야기를 당신에게 한 번도 하지 않던가요?"

"전혀요."

"이젠 그의 이름도 생각나지 않는군요…… 그렇지만 그는 유명했었는데…… 그는 프레디 할아버지의 경마 선수였어요. 그 노인이 경마 사육장을 가지고 계실 적에……"

"남미 사람도 그 경마 선수를 알고 있었나요?"

"물론이죠. 그들은 함께 여기에 오곤 했거든요. 경마 선수는 다른 이들과 같이 당구도 쳤었어요…… 프레디에게 러시아 여자를 소개한 것은 바로 그였던 것 같은 생각까지 나는데요……"

나는 이런 자세한 내용을 모두 다 기억하지 못하게 될까봐 걱정이 되었다. 조그만 수첩에 그것들을 즉시 적어놓으면 좋았을 걸 그랬다.

길은 약간 비탈져 올라갔고 나는 두껍게 쌓인 낙엽 때문에 걷기가 힘들었다.

"그럼 그 남미 사람 이름은 기억나세요?"

"잠깐만…… 잠깐만 기다려봐요…… 생각나게 될 거예요……"

나는 비스킷 상자를 허리에 꼭 붙여 들었고 그 속에 든 것이 무엇인지 알고 싶어 조바심이 났다. 어쩌면 그 속에서 내 의문에 대한 몇 가지 해답을 얻게 될지도 몰랐다. 내 이름, 혹은 예를 들어서 그 경마 선수의 이름 같은 것을.

우리는 어떤 비탈길 가에 이르렀고 그 비탈을 내려가기만 하면 역 앞 광장에 이르게 되어 있었다. 역 앞 광장은 네온 불빛으로 빛나는 역의 홀과 함께 황량해 보였다. 자전거 탄 어떤 사람이 광장을 천천히 가로질러서 역 앞에 와 멈추었다.

"잠깐만…… 그의 이름은, 저…… 페드로였어요……"

우리는 비탈길 가에 서 있었다. 또다시 그는 주머니에서 파이프를 꺼냈고 어떤 이상한 작은 도구로 그것을 소제했다. 나는 마음속으로 태어났을 적에 내가 얻은 그 이름을, 내 생애의 오랜 세월 동안 사람들이 나를 가리켜 불렀던 그 이름을, 어떤 사람들에게 내 얼굴을 환기시켜주었던 그 이름을 스스로 되뇌어보았다. 페드로.

열둘

그 비스킷 상자 속에는 별것이 없었다. 표면이 벗겨진 북을 찬 납 병정인형 하나, 하얀 봉투 한가운데 붙여놓은 네 잎 클로버 잎사귀, 사진들.

그중 두 장의 사진 속에는 내 모습이 나타나 있었다. 의심의 여지도 없이 그는 게이 오를로프와 조르지아제 노인 옆에 보이는 같은 남자였다. 키가 큰 갈색 머리, 수염을 기르고 있지 않다는 차이점을 제외하고는 나였다. 사진들 중 어느 한 장에는 내가 나만큼 젊고 나만큼 크지만 머리 색깔이 더 옅은 다른 남자와 같이 있었다. 프레디일까? 그렇다. 왜냐하면 사진의 뒷면에 누군가 연필로 이렇게 써놓았기 때문이다. '페드로, 프레디, 라 볼*에서'. 우리는 바닷가에 있었고 각자 해수욕장의 욕의를 입고 있었다. 얼른 보기에도 매우 오래된 사진이었다.

두번째 사진에는 우리는 모두 네 사람이다. 프레디, 나, 내가 쉽사리 알아볼 수 있는 게이 오를로프, 그리고 다른 한 여자. 모두들 여름용 식당의 붉은 비로드 장의자에 등을 기댄 채 바닥에 앉아 있다. 오른쪽에는 당구대가 보인다.

세번째 사진에는 여름용 식당에 우리와 함께 사진 찍었던 젊은 여자가 보인다. 그 여자는 당구대 앞에 서서 두 손으로 당구의 큐를 들고 있다. 어깨보다도 더 아래로 내려오는 밝은 빛의 머리털. 내가 프레디의 성으로 데리고 가곤 했던 그 여자일까? 또다른 사진에서는 그 여자가 어떤 베란다의 난간에 팔꿈치를 괴고 있다.

'오른 현 발브뢰즈, 로버트 브런 씨' 앞으로 보낸 우편엽서 한 장에는 뉴욕 항구의 정경을 보여주는 사진이 찍혀 있다. 거기에는 이렇게 적혀 있다.

친애하는 보브. 아메리카에서 우정을 보내며, 그럼 다시 만날 때까지, 프레디.

이상한 서류에는 그 머리에 이상한 두서頭書.

아르헨티나공화국 총영사관
No. 106
점령 지구의 그리스 이해관계 담당 주불 아르헨티나공화국 총영

---

* 프랑스 북서부 바닷가 코트 다무르의 해수욕장.

사관은, 1914~1918년 일차대전 당시 살로니카 시청의 고문서들이
화재로 소실되었음을 증명함.

파리. 1941년 7월 15일

그리스 이해관계 담당 아르헨티나공화국 총영사

서명 밑에는 다음과 같이 쓰여 있다.

R. L. 드 올리베이라 세자르

총영사

나일까? 아니다, 그의 이름은 페드로가 아니다.
조그만 신문 스크랩 하나.

하워드 드 뤼즈의 공탁물

오른 현 발브뢰즈, 생 라자르 성의 영지 관리소의 신청에 따라 일
반 경매함.

시일 : 4월 7일 및 11일

상당량의 가구

골동 및 현대 미술품 및 장식품,

회화, 자기, 도기,

양탄자, 침구류, 가내용 시트 및 커튼,

에라르 그랜드 피아노,

냉장고 등

전시 : 4월 6일 토요일 14시에서 18시까지
경매일의 오전 10시에서 12시까지

나는 네 잎 클로버가 붙어 있는 봉투를 연다. 거기에는 흔히 '즉석사
진기'라고 부르는 것으로 찍은 사진 크기만한 네 장의 작은 사진들이
들어 있다. 하나는 프레디, 다른 하나는 나, 세번째는 게이 오를로프, 그
리고 네번째는 밝은색 머리카락의 젊은 여자의 사진.
나는 또한 도미니카공화국의 미사용 여권 하나를 꺼냈다.
우연히 밝은 빛 머리카락의 젊은 여자의 사진을 넘기다가 푸른 잉크
로, 아메리카에서 보낸 우편엽서의 글씨와 마찬가지로 무질서한 글씨
로 아래와 같이 쓴 내용을 본다.

페드로 : 앙주국 15-28번

열셋

지난날 나의 것이었던 그 전화번호가 아직도 얼마나 많은 수첩들 속에 적혀 있을까? 그것은 단순히 어느 오후에만 나와 통할 수 있는 어떤 사무실의 전화번호에 지나지 않았을까?

나는 앙주국 15-28번을 돌린다. 벨은 계속하여 울리지만 아무도 받지 않는다. 오늘 저녁 전화벨이 혼자서 울리고 있는 텅 빈 아파트, 오래전부터 사람이 살지 않는 그 방안에는 내가 지나간 자취들이 남아 있을까?

나는 구태여 안내를 불러볼 필요도 없다. 발뒤꿈치를 딛고 위트의 가죽의자를 한 바퀴 빙 돌리기만 하면 충분하다. 내 앞에는 신사록들과 전화번호부들이 가지런히 꽂힌 선반이 있다. 그중 다른 것보다 더 작은 한 권은 흐린 초록색으로 글자가 찍힌 양피 ¥皮 표지로 제본되어 있다.

내게 필요한 것은 바로 그것이다. 삼십 년 동안 파리에 존재했던 모든 전화번호들이 그 속에 해당 주소와 함께 정리 기록되어 있다.

나는 가슴을 두근거리며 책장을 넘긴다. 다음과 같은 사항이 적혀 있다.

앙주국 15-28번 — 캉바세레스 가 10번지, 8구

그러나 그해의 주소별 신사록에는 그 전화번호에 대하여 아무런 사항도 기록되어 있지 않다.

캉바세레스 가, 8구

10번지 다이아몬드 상인 친목회	MIR 18-16
패션 양장점	ANJ 32-49
필그람(엘렌)	ELY 05-31
르뱅데르(협회)	MIR 12-08
르퓌주(드)	ANJ 50-52
S.E.F.I.C.	MIR 74-31
	MIR 74-32
	MIR 74-33

열넷

이름이 페드로였던 한 남자, 앙주국 15-28번. 캉바세레스 가 10번 지, 8구.

그는 어떤 남아메리카 영사관에서 일했다고 한다. 위트가 사무실에 남겨두고 간 벽시계가 새벽 두시를 가리키고 있다. 저 밑에 있는 니엘 가에는 아주 드문드문 자동차들이 지나갈 뿐 때때로 붉은 신호등 앞에 서 그 자동차들의 브레이크가 내는 삐익 하는 소리가 들리곤 한다.

나는 그 첫머리에 대사관들과 영사관들의 목록과 직원 이름들이 기 록된 낡은 신사록을 펼친다.

도미니카공화국
메신 가 21번지(8구) 카르노국 10-18번

N······ 특명 전권대사

귀스타보 J. 앙리케즈 박사, 일등 서기관

살바도르 E. 파라다스 박사, 이등 서기관(및 그 부인)

알자스 가 41번지(10구)

비엔베니도 카라스코 박사, 보좌관

R. 드캉 가 45번지(16구) 전화 트로캉 42-91번

베네수엘라

코페르니크 가 11번지(16구) 파시국 72-29번

영사과 : 라 퐁프 가 115번지(16구) 파시국 10-89번

카를로 아리스티무노 콜 박사, 특명 전권대사

젬 피콩 페브르 씨, 참사관

안토니오 마투리브 씨, 일등 서기관

안토니오 브리우노 씨, 보좌관

H. 로페즈 멘데즈 대령, 무관

페드로 살로아가 씨, 상무관

과테말라

조프르 광장 12번지(7구) 전화 세귀르국 09-59번

아담 모리스크 리오스 씨, 국제정치 담당 참사관

이스마엘 곤잘레스 아레발로 씨, 비서관

프레데리코 무르고 씨, 보좌관

에콰도르

바그람 가 91번지(17구) 전화 에투알국 17-89

곤잘로 잘둠비드 씨, 특명 전권대사(및 그 부인)

알베르토 퓌그 아로세메나 씨, 일등 서기관(및 그 부인)

알프레도 강고테나 씨, 삼등 서기관(및 그 부인)

카를로스 구즈만 씨, 보좌관(및 그 부인)

빅토르 제발로스 씨, 참사관(및 그 부인) 예나 가 21번지(16구)

엘살바도르

리케즈 베가 씨, 특명대사

J. H. 위쇼 소령, 무관(및 그의 영애)

F. 카푸로, 일등 서기관

루이스……

글자들이 춤을 춘다. 나는 누구일까?

열다섯

당신이 왼쪽으로 돌았을 때 놀라운 것은 캉바세레스 가의 그 지점의 침묵과 공허일 것이다. 자동차 한 대 지나가지 않는다. 나는 어떤 호텔 앞을 지났다. 입구의 복도에서 현란한 빛을 발하는 수정 등불 때문에 눈이 부셨다. 해가 떠 있었다.

10번지는 좁은 오층 건물이다. 이층에는 높은 창문이 나 있고 경찰관 한 사람이 맞은편 인도 위에 보초를 서고 있다.

건물의 대문 중 한쪽이 열려 있고 시간제한등이 켜져 있다. 회색 벽으로 둘러싸인 긴 현관, 그 안쪽에 작은 네모꼴의 유리들을 끼운 문이 하나 있는데 문고리 때문에 잡아당기기가 어려웠다. 양탄자가 깔리지 않은 계단이 위층으로 나 있다.

나는 이층의 문 앞에 발걸음을 멈추었다. 나는 각층의 아파트에 사는 사람들에게 앙주국 15-28번 전화가 어느 때인가 그들의 것이었던 일이 있는지를 물어보기로 결심했는데 내가 하는 짓이 너무나 이상하다는 것을 느끼고서는 목이 꽉 막혔다. 문에는 구리판에 '엘렌 필그람'이라고 새겨진 것을 읽을 수 있었다.

초인종이 찌르릉 울렸지만 어찌나 낡은 것인지 이따금 끊어지며 들릴 뿐이었다. 나는 둘째손가락으로 최대한 오랫동안 벨을 누르고 있었다. 문이 빠끔히 열렸다. 희긋한 회색 머리를 짧게 자른 여자의 얼굴이 열린 문틈으로 나타났다.

"부인…… 한 가지 여쭤볼 게 있어서 그럽니다만……"

그 여자는 매우 맑은 눈으로 나를 빤히 바라보았다. 나이를 짐작하기 어려워 보였다. 서른 살? 쉰 살?

"댁의 옛날 전화번호가 혹시 앙주국 15-28번이 아니었나요?"

그 여자는 눈살을 찌푸렸다.

"그런데요. 왜 그러시죠?"

그 여자는 문을 열었다. 그녀는 검은 실크로 된 남자용 실내의를 입고 있었다.

"그걸 왜 묻지요?"

"왜냐하면…… 제가 여기에서 산 적이 있어서……"

여자는 층계참으로 걸어나와서 나를 유심히 바라보았다. 그녀는 두 눈을 깜빡거렸다.

"아니…… 당신은……맥케부아 씨죠?

"네"하고 나는 아무렇게나 말했다.

"들어오세요."

그 여자는 참으로 감동한 것 같아 보였다. 우리는 바닥이 낡은 현관 한가운데서 서로 얼굴을 마주보고 서 있었다. 몇 군데의 오리목을 리놀륨으로 갈아끼운 바닥이었다.

"당신은 그다지 변하지 않으셨군요" 하고 여자는 나에게 웃음을 띠며 말했다.

"당신 역시 그런데요."

"아직도 저를 기억하고 계세요?"

"잘 기억하고 있지요" 하고 나는 그녀에게 말했다.

"고마워요……"

그녀의 눈이 부드럽게 내 위에 머물렀다.

"오세요……"

그 여자는 매우 천장이 높고 매우 큰 방으로 앞서 들어갔다. 그 방의 창문들은 내가 이미 밖에서 보았던 창문들이었다. 현관만큼이나 헐어 있는 방바닥은 여기저기 흰 양털로 짠 양탄자들로 덮여 있었다. 창문을 통해서 가을 햇볕이 향기가 감도는 빛으로 방을 밝혀주고 있었다.

"앉으세요……"

그 여자는 벽에 기대어진 채 비로드를 씌운 쿠션들이 벽을 따라 잔뜩 늘어놓인 장의자를 나에게 손가락질했다. 여자는 나의 왼쪽에 앉았다.

"당신을 이렇게…… 갑작스레 다시 만나다니 이상하군요."

"이리로 지나던 길이었어요" 하고 내가 말했다.

그 여자는 빠끔히 열린 문틈으로 나타났을 때보다 더 젊어 보였다. 입가에도, 눈 가장자리에도, 이마에도 주름이라고는 하나도 찾아볼 수 없었고 매끄러운 그녀의 이마는 흰 머리와 대조적이었다.

"당신은 머리 색깔이 달라진 것 같은 느낌이 드는군요" 하고 내가 떠보았다.

"아뇨…… 스물다섯 살 적부터 머리가 하얬는걸요…… 저는 오히려 이 머리색을 그대로 가지고 있고 싶었어요."

비로드를 씌운 장의자를 제외하고는 가구는 별로 없었다. 반대편 벽에 직사각형의 테이블, 두 개의 창문 사이에 낡은 마네킹 하나. 더러운 베이지색 천을 씌운 마네킹이 엉뚱하게 거기 보이는 것이 양재점의 작업장을 연상시켰다. 아닌 게 아니라 나는 방 한구석 어떤 탁자 위에 놓인 재봉틀을 알아볼 수 있었다.

"아파트를 알아보시겠어요?" 하고 여자는 나에게 물었다. "물건들을 그대로 다 가지고 있어요……"

여자는 양재사용 마네킹 쪽으로 팔을 뻗어 보였다.

"이런 걸 다 남겨둔 것은 드니즈였어요……"

드니즈?

"과연" 하고 내가 말했다. "많이 변하지도 않았군요……"

"그런데 드니즈는요?" 하고 여자는 초조하게 물었다. "어떻게 되었어요?"

"저……" 하고 나는 말했다. "못 본 지 오래되었어요……"

"아, 그래요……"

그 여자는 실망한 표정을 짓더니 마치 그 '드니즈' 이야기는 더이상 꺼내고 싶어하지 않는 심정을 이해하겠다는 듯이 머리를 으쓱했다. 상대방 입장을 고려한 것이다.

"그런데 참" 하고 내가 그녀에게 말했다. "당신은 드니즈를 오래전부터 알았었나요?"

"그래요…… 레옹을 통해서 그녀를 알게 되었지요……"

"레옹이요?"

"레옹 반 알렌 말예요."

"아 참 그렇지요" 하고 내가 말했다.

그녀의 어조에 '레옹'이라는 이름이 즉각적으로 나에게 그 '레옹 반 알렌'을 환기시키지 않은 것을 나무라거나 하는 것 같은 기세에 나는 놀란 것이다.

"그는 어떻게 되었지요, 레옹 반 알렌은?" 하고 내가 물었다.

"오…… 그의 소식을 못 들은 지 벌써 이삼년은 돼요…… 그는 네덜란드령 기아나로 떠났지요. 파라마리보로요. 거기 가서 댄스 교습소를 차렸어요……"

"댄스 교습소를요?"

"예, 양재일을 하기 전에 레옹은 무용을 했거든요…… 모르셨어요?"

"아, 네. 잊고 있었지요."

그 여자는 벽 쪽으로 등을 기대기 위하여 뒤로 물러나며 실내의의 허리띠를 다시 맸다.

"그래 당신은 어떻게 지내셨어요?"

"오, 나요?…… 그냥 그렇죠 뭐."

"당신은 이제 도미니카공화국 영사관에서 일하지 않으세요?"

"아뇨."

"당신이 나한테 도미니카 여권을 주겠다고 제안했던 일 기억하고 계세요?⋯⋯ 살아가노라면 항상 사람이란 예비를 할 필요가 있다면서 항상 여권을 여러 개 가지고 있어야 한다고 그랬었지요⋯⋯"

그 추억이 그 여자에게는 재미있는 모양이었다. 그녀는 짧게 웃었다.

"저⋯⋯ 드니즈의 소식을 마지막으로 들으신 것이 언제지요?"하고 내가 그녀에게 물었다.

"당신은 그 여자와 같이 므제브로 떠나셨지요? 드니즈는 거기서 편지를 한 번 보냈어요. 그후로는 통 소식을 못 들었지요."

그 여자는 의문 나는 듯한 시선으로 나를 가만히 바라보았지만 아마도 감히 직접적인 질문을 하지 못하고 있는 것 같았다. 그 드니즈란 누구였을까? 그 여자는 내 삶 속에서 중요한 역할을 했었을까?

"그런데 말예요"하고 나는 그녀에게 말했다. "때때로 나는 완전히 안개 속에 묻혀 있는 것 같은 느낌이 들 때가 있어요⋯⋯ 기억에 구멍이 나버리는 거예요⋯⋯ 아주 의기소침해지는 때에는⋯⋯ 그래서 거리를 지나가다가 나는 혹시 뭔가 기억날까 해서⋯⋯ 올라왔는데⋯⋯ 뭔가 그⋯⋯"

나는 적당한 말을 찾으려고 애를 썼지만 소용이 없었다. 그러나 별로 중요한 일은 아니었다. 왜냐하면 그 여자는 웃음을 띠었고 그 웃음은 내가 하는 짓이 놀랍지 않다는 것을 뜻하고 있었기 때문이었다.

"좋았던 시절을 되찾고 싶어서 그랬다는 말씀이시죠?"

"예, 그래요. 좋았던 시절 말예요⋯⋯"

그 여자는 장의자 끝에 놓여 있는 나지막한 작은 탁자 위에서 금박이 입혀진 상자를 집어들더니 그것을 열었다. 그 속에는 담배가 가득 담겨 있었다.

"아뇨, 괜찮습니다" 하고 나는 그녀에게 말했다.

"이제는 담배를 안 피우세요? 영국 담밴데요…… 당신이 영국 담배를 피웠다는 기억이 나요. 드니즈하고 우리 셋이 여기서 만날 때마다 당신은 영국 담배가 가득 들어 있는 주머니를 저에게 가져오시곤 했어요……"

"아 그래요, 정말 그랬어요."

"당신은 도미니카 영사관에서 그건 원하시는 대로 얻을 수 있었거든요……"

나는 금박의 상자로 손을 내밀어 엄지와 검지 사이에 담배 한 개비를 집어들었다. 나는 조심스럽게 그것을 입으로 가져갔다. 그 여자는 자기의 담배에 불을 붙이고 난 뒤에 라이터를 나에게 건네주었다. 나는 몇 번을 켠 뒤에야 비로소 불을 붙일 수 있었다. 나는 담배를 빨아들였다. 곧 꼭 찌르는 것 같은 맛 때문에 기침이 났다.

"이제는 버릇이 안 되어서요" 하고 나는 그녀에게 말했다.

내가 그 담배를 어떻게 치워야 할지를 몰라서 엄지와 검지 사이에 여전히 끼워 들고 있는 동안 담배는 저절로 타들어갔다.

"그래" 하고 나는 그녀에게 말했다. "당신은 지금 이 아파트에 사는군요?"

"예. 더이상 드니즈의 소식을 듣지 못하게 되자 나는 다시 여기로 이사왔어요…… 사실 드니즈는 떠나기 전에 나에게 이 아파트로 돌아와도 좋다고 말했었으니까요……"

"떠나기 전에요?"

"그럼요. 당신들이 므제브로 떠나기 전에 말예요……"

그 여자는 그 일이 나에게 당연한 일이기나 하다는 듯이 어깨를 으쓱했다.

"나는 이 아파트에 있었던 일이 불과 얼마 되지 않은 것 같은 느낌인데요……"

"당신은 여기서 드니즈와 몇 달 동안 같이 있었어요……"

"그럼 당신은 우리보다 먼저 여기서 살았었나요?"

그 여자는 깜짝 놀라서 나를 쳐다보았다.

"아, 그럼요, 그걸 말이라고 해요…… 내 아파트였는걸요…… 내가 파리를 떠나게 되었기 때문에 내가 이걸 드니즈에게 빌려준 거라구요……"

"미안합니다…… 딴생각을 하고 있었군요……"

"여기가 드니즈에게 편리했어요…… 드니즈는 양재 작업장을 차릴 만한 충분한 공간을 가질 수 있었거든요."

그녀는 양재사였나?

"나는 우리가 무엇 때문에 이 아파트를 떠났는지 잘 알 수가 없는데요" 하고 내가 그녀에게 말했다.

"나도 몰라요……"

다시 저 의문스러운 눈길. 그렇지만 내가 그녀에게 무엇이라고 설명할 수 있단 말인가? 나는 그 여자보다도 더 아는 것이 없었다. 그 모든 것들에 대하여 나는 아무것도 모르고 있었다. 나는 마침내 손가락을 뜨겁게 하는 담배꽁초를 재떨이에 내려놓았다.

"우리가 여기 와서 살기 전에 우리 서로 만난 일이 있었던가요?" 하고 나는 용기를 내어 물어보았다.

"예, 두세 번 당신의 호텔에서……"

"무슨 호텔요?"

"캉봉 가에 있는 카스티유 호텔요. 당신이 드니즈와 함께 투숙해 있던 초록색 방 기억나세요?"

"예."

"당신은 그곳에서 안전하게 있을 수 없다고 해서 카스티유 호텔을 떠났었지요…… 그랬지요. 안 그래요?"

"맞아요."

"정말 얄궂은 시절이었어요……"

"무슨 시절요?"

그 여자는 대답하지 않고 담배 한 대를 더 붙여 물었다.

"당신에게 사진을 몇 장 보여주고 싶은데요" 하고 내가 그녀에게 말했다.

나는 내 재킷 안주머니에서 이제는 내게서 떠나지 않는, 모든 사진들이 정리되어 담긴 봉투를 꺼냈다. 나는 그녀에게 프레디 하워드 드 뤼즈, 게이 오를로프, 낯선 젊은 여자 그리고 내가 '여름용 식당'에서 찍은 사진을 보여주었다.

"나를 알아보시겠어요?"

그 여자는 사진을 햇빛에 비춰 보기 위하여 몸을 돌렸다.

"당신은 드니즈와 같이 있군요. 그런데 다른 두 사람은 모르겠는데요."

그렇다면 그것은 드니즈였구나.

"당신은 프레디 하워드 드 뤼즈를 몰랐습니까?"

"몰라요."

"게이 오를로프도요?"

"몰라요."

아무리 보아도 사람들은 벽으로 막힌 삶을 살고 있고 그들의 친구들은 서로 알지 못하는 모양이다. 유감스러운 일이다.

"그 여자 사진이 두 장 더 있어요."

나는 그녀에게 조그마한 증명사진과 그 여자가 난간에 팔꿈치를 고이고 있는 사진을 내보였다.

"이 사진은 전에 이미 본 적이 있어요" 하고 그 여자가 나에게 말했다. "드니즈가 이 사진을 므제브에서 나에게 보내줬었다는 기억은 나는데…… 그렇지만 그 사진을 어쨌는지는 기억나지 않는군요."

나는 그 여자의 손에서 그 사진을 받아들고 자세히 들여다보았다. 므제브. 드니즈의 뒤에는 나무덧문이 달린 작은 창문이 나 있었다. 그렇다. 덧문과 난간은 어떤 산장의 것들이었을 가능성이 있다.

"그래도 므제브로 떠난 것은 참 이상한 발상이었어요" 하고 나는 갑자기 말했다. "드니즈는 그 점을 어떻게 생각하는지 당신에게 말하던가요?"

그 여자는 작은 증명사진을 물끄러미 바라보았다. 나는 가슴을 두근거리며 그녀가 대답해주기를 기다렸다.

그 여자는 머리를 들었다.

"예…… 그 얘기를 나한테 한 일이 있어요…… 므제브는 안전한 장소라고 그러더군요…… 그리고 당신이 언제라도 국경을 넘을 수 있을 거라구요……"

"예…… 물론 그렇지요……"

나는 감히 더이상 이야기를 진전시키지 못했다. 무엇 때문에 나는 내 마음에 꼭 짚이는 화제를 건드려야 할 순간에 이렇게도 소심한 겁쟁이가 된단 말인가? 그러나, 그녀의 눈을 보면 알 수 있었다, 그 여자도 내가 자기에게 설명해주기를 바라는 것이었다. 우리는 서로 입을 다문 채 앉아 있었다. 마침내 그 여자가 결심한 듯 말했다.

"도대체 므제브에서 무슨 일이 있었나요?"

그 여자가 나에게 이 질문을 어쩌나 강요하는 듯한 어조로 물어왔는지 나는 처음으로 절망감에, 아니 절망감보다도 더한 감정, 모든 노력, 모든 유리한 점, 모든 선의에도 불구하고 넘을 수 없는 장애물에 부딪히고 있음을 알아차렸을 때 느껴지는 그런 충격에 사로잡혔다.

"설명을 해드리긴 하겠습니다만…… 요다음에 언젠가……"

나의 목소리 속에 혹은 내 얼굴 표정 속에 무엇인가 당황한 구석이 있었던 모양이다. 그 여자는 마치 나를 위로하려는 듯이 내 팔을 꼭 잡고 이렇게 말했던 것이다.

"난처한 질문을 해서 죄송합니다…… 그렇지만…… 저는 드니즈의 친구였으니까요……"

"이해해요……"

그 여자는 자리에서 일어났다.

"잠깐만 기다려주세요……"

그 여자는 방에서 나갔다. 나는 내 발밑의 하얀 양털로 짠 양탄자 위에 햇빛이 만드는 동그라미를 바라보고 있었다. 그리고 방바닥의 각목들과 네모난 탁자와 '드니즈'의 소유였다는 낡은 마네킹을 바라보았다.

자기가 살았던 장소를 끝내 알아보지 못하게 되는 일도 있을까?

그 여자는 손에 무엇인가를 들고 돌아왔다. 두 권의 책과 수첩 하나.

"드니즈가 떠나면서 이걸 잊어버리고 갔어요. 자…… 당신에게 드리겠어요……"

나는 스티오파 드 자고리에프와 프레디 어머니의 옛 정원사가 그랬던 것처럼 그 여자가 그 기념품들을 상자 속에 담아두지 않은 사실에 놀랐다. 요컨대 내 수색 과정중 상자를 받아보지 못한 것은 이번이 처음이었다. 그 생각에 나는 웃음이 나왔다.

"뭐가 우스우세요?"

"아무것도 아닙니다."

나는 책들의 표지를 바라보았다. 그중 하나에는 콧수염을 기르고 중절모를 쓴 어떤 중국인의 얼굴이 푸른 안개 속에 드러나 보였다. '찰리 찬'이라는 제목이었다. 다른 책 표지는 노란색이었고 그 밑에는 거위 깃털이 꽂힌 가면 그림이 그려져 있었다. 그 책의 이름은 '익명의 편지들'이었다.

"드니즈는 탐정소설들을 어찌나 많이 읽었는지!……" 하고 그 여자는 나에게 말했다. "그리고 이것도 있어요……"

그 여자는 나에게 조그마한 악어가죽 수첩을 내밀었다.

"고마워요."

나는 그것을 열고 책장을 넘겼다. 아무것도 쓰여 있지 않았다. 아무 이름도, 아무 약속도 적혀 있지 않았다. 수첩에는 달과 날은 적혀 있지만 해는 적혀 있지 않았다. 나는 마침내 책장들 사이에서 종이 한 장을 발견하고 그것을 펼쳤다.

프랑스공화국

센 현청

파리 제13구 출생신고 사본

1917년 12월 21일 15시,

오스테를리츠 강변로 19번지에서

상기 주소에 거주하는 무직자 폴 쿠드뢰즈와 앙리에트 보게르트 사이에,

여아, 드니즈 이베트 쿠드뢰즈가 출생하였음.

그녀는 1939년 4월 3일 파리(12구)에서 지미 페드로 스테른과 결혼하였음.

원본과 상위 없음.

파리 ─ 1939년 6월 16일

"보셨지요?" 하고 내가 그녀에게 말했다.

그 여자는 놀란 눈길로 그 출생증명서를 바라보았다.

"당신은 그녀의 남편을 안 적이 있습니까? 그······ 지미 페드로 스테른이란 사람 말입니다."

"드니즈는 자기가 결혼한 사실을 나에게 말한 적이 한 번도 없어요······ 당신은 알고 있었어요?"

"아뇨."

나는 사진들이 들어 있는 봉투와 함께 수첩과 출생증명서를 안주머니에 밀어넣었다. 까닭 모르게 한 가지 생각이 내 머리를 스치고 지나

갔다. 한시바삐 이 모든 귀중한 물건들을 내 재킷의 안감 속에다 숨겨야겠다는 생각이 말이다.

"이 기념품들을 저에게 주셔서 감사합니다."

"천만에요, 맥케부아 씨."

나는 그 여자가 다시 한번 내 이름을 되풀이해 불러준 것이 여간 안심되지가 않았다. 왜냐하면 그 여자가 그 이름을 처음 말했을 때 나는 잘 알아듣지 못했기 때문이었다. 나는 거기서 당장 그것을 써두고 싶었지만, 철자에 자신이 없었다.

"당신이 내 이름을 발음하는 방식이 마음에 들어요" 하고 나는 그녀에게 말했다. "프랑스 여자로서는 발음하기가 좀 어려우니까요…… 그렇지만 당신은 그 이름을 어떻게 쓰나요? 남의 이름을 쓸 때는 항상 철자를 잘못 쓰기 쉬우니까요……"

나는 장난기 섞인 어조로 말했다. 여자는 웃었다.

"M…… C…… 대문자 E, V…… O…… Y" 하고 그 여자는 철자를 한 자 한 자 말했다.

"단 한 단어로요? 자신 있어요?"

"아주 자신 있어요" 하고 그 여자는 내가 파놓은 함정을 피하려는 듯이 말했다.

그러니까 이름이 맥케부아였구나.

"브라보" 하고 내가 그녀에게 말했다.

"나는 절대로 철자법을 틀리게 쓰는 일이 없어요."

"페드로 맥케부아…… 그렇긴 하지만 내 이름은 참 괴상해요, 그렇게 생각지 않으세요? 아직도 그 이름에 습관이 되어 있지 않은 것같이 느껴지는 때가 있거든요……"

"참…… 하마터면 이걸 잊어버릴 뻔했어요" 하고 그 여자가 나에게
말했다.

그 여자는 자기의 주머니에서 봉투 하나를 꺼냈다.

"이건 내가 드니즈에게서 마지막으로 받은 쪽지지요……"

나는 그 종이를 펴서 읽었다.

므제브에서, 2월 14일

사랑하는 엘렌.

결정했어. 우리는 내일 페드로와 함께 국경을 넘을 거야. 거기에
도착하는 대로 가능한 한 속히 너에게 소식을 전할게.

그럼 우선 네게 파리에 있는 어떤 사람의 전화번호를 하나 알려줄
게. 그를 통해서 우리는 서로 연락을 할 수 있을 거야.

올레그 드 브레데, 오퇴유국 54-73

키스를 보내며

드니즈 씀

"그래 당신은 전화를 해봤어요?"

"예, 그런데 걸 때마다 그분은 안 계시더군요."

"누구였지요…… 그 브레데란 이는?"

"모르겠어요, 드니즈는 한 번도 그 이야기를 한 일이 없었거든
요……"

해가 차츰차츰 그 방에서 물러나갔다. 그 여자는 장의자 끝에 놓인 낮은 탁자 위의 조그만 등을 켰다.

"내가 거처하던 방을 다시 보았으면 싶군요" 하고 내가 그녀에게 말했다.

"그럼 물론이죠……"

우리는 복도를 따라갔고 그 여자는 오른쪽에 있는 어떤 문을 열었다.

"여기예요" 하고 여자가 나에게 말했다. "나는 이제 이 방을 쓰지 않고 있어요…… 나는 손님용 방에서 자요…… 아시지요…… 안마당 쪽으로 난 방 말입니다."

나는 문턱에 서 있었다. 아직은 훤했다. 유리창문의 양쪽 끝에 연보랏빛 커튼이 걸려 있었다. 벽들은 옅은 푸른빛 모티프가 찍힌 벽지가 발라져 있었다.

"알아보시겠어요?" 하고 그 여자가 나에게 물었다.

"예."

저 안쪽 벽에는 침대 쿠션 하나가 벽에 기대어 놓여 있었다. 나는 그 위에 앉았다.

"잠시 동안 저 혼자 좀 있어도 될까요?"

"물론이죠."

"'좋은 시절' 생각이 날 것 같아서요……"

그 여자는 나에게 쓸쓸한 눈길을 던지더니 머리를 으쓱했다.

"차를 좀 준비하겠어요."

그 여자는 방에서 나갔고 나는 주위를 둘러보았다. 이 방도 역시 바닥이 망가져 판자가 떨어져나갔지만 구멍난 곳들을 메우지 않은 채였다. 유리창문과 반대편 벽에는 흰 대리석으로 된 벽난로 하나와, 그 위에 네 귀퉁이마다 조개껍데기로 복잡하게 장식된 테가 둘러진 거울이하나 있었다. 나는 침대 위에 몸을 뻗고 누워서 천장을 응시했다. 그리고 벽지의 무늬를 바라보았다. 나는 거의 벽에 얼굴을 붙이다시피 하고서 그 세세한 부분들을 샅샅이 들여다보았다. 시골 풍경, 복잡한 가발을 쓰고 그네를 타고 있는 처녀들. 헐렁한 바지를 입고 만돌린을 켜고있는 목동들. 달빛에 비친 큰 숲. 그 모든 것은 나에게 아무 추억도 일깨워주지 않았다. 그렇지만 그 그림들은 내가 그 침대에서 잠잘 때 나에게 익숙한 것이었을 텐데…… 나는 천장에서, 벽에서, 문 쪽에서, 무엇인지 자세히 알 수는 없지만 어떤 흔적, 어떤 표적을 찾아보려고 애를 썼다. 그러나 내 눈에 짚이는 것은 아무것도 없었다.

나는 자리에서 일어나 창문께까지 걸어갔다. 나는 밑을 내려다보았다.

거리는 사람 하나 없이 황량했고 내가 그 건물 안으로 들어올 때보다도 더 어두웠다. 경찰관은 여전히 맞은편 인도 위에서 보초를 서고있었다. 왼쪽으로는 내가 머리를 좀 숙이면 마찬가지로 보초를 서고 있는 다른 경찰관이 있는, 똑같이 인적 없는 광장이 보였다. 이 모든 건물들의 창문들은 차츰차츰 내리는 어둠을 흡수하고 있는 것 같았다. 그 창문들은 까맣게 보였고 여기에는 아무도 살고 있지 않다는 것이 확실하게 느껴졌다.

그때 내 속에서는 무엇인가 털컥 하고 걸리는 소리가 나는 것만 같았다. 이 방의 정경이 어떤 불안감을, 이미 내가 경험한 일이 있는 섬뜩

한 기분을 불러일으켰다. 저 건물의 전면들, 인적이 없는 거리들, 황혼 녘에 보초를 서고 있는 실루엣들이 옛날에 익숙했던 어떤 노래나 어떤 향기와 마찬가지로 은근히 내 마음을 뒤흔들었다. 그리고 나는 이 같은 시간이면 자주 꼼짝도 하지 않고 여기 가만히 서서 감히 등불도 켤 엄두를 내지 못한 채 무엇인가를 노리듯이 지켜보고 있었다는 것을 확신할 수 있었다.

살롱으로 되돌아왔을 때 나는 그곳에 이젠 아무도 없구나 하고 생각했다. 그러나 그 여자가 비로드를 씌운 장의자에 누워 있었다. 그녀는 잠들어 있었다. 나는 가만히 그 곁으로 다가가서 장의자 끝에 자리를 잡고 앉았다. 찻주전자와 두 개의 찻잔이 놓인 쟁반 하나가 흰 양털 양탄자 한가운데 놓여 있었다. 나는 가볍게 기침을 했다. 그 여자는 잠을 깨지 않았다. 그제야 나는 차를 두 개의 잔에 따랐다. 차는 식어 있었다.

장의자 곁에 램프가 놓여 있었지만 방의 상당 부분이 어둠 속에 묻혀 있어서 나는 탁자와 마네킹, 재봉틀, '드니즈'가 그곳에 남겨놓고 간 물건들을 제대로 알아보기 어려웠다. 이 방안에서 우리가 함께 보낸 저녁나절은 어떤 것이었을까? 그걸 어떻게 알 수 있겠는가?

나는 차를 한 모금씩 마셨다. 그 여자의 숨소리가 들렸다. 거의 들릴까 말까 한 숨소리가. 그러나 방안이 어찌나 고요했던지 아주 작은 소리도, 아주 작게 소곤거리는 소리도 불안할 만큼 분명하게 두드러져 들릴 것만 같은 느낌이었다. 여자를 깨워서 무엇하겠는가? 그 여자는 더이상 나에게 알려줄 게 별로 없었다. 나는 양털로 짠 양탄자 위에 나의 찻잔을 내려놓았다.

내가 방을 떠나 복도로 접어드는 바로 그 순간, 방바닥의 마루가 삐걱하는 소리를 냈다.

나는 더듬거리면서 문을, 그리고 층계의 시간제한등을 찾으려 했다. 나는 가능한 한 살그머니 문을 닫았다. 내가 건물의 입구를 통과하기 위하여 네모진 유리들이 끼워져 있는 다른 문을 떠밀자마자, 아까 방의 유리창을 통하여 밖을 내다보다가 느꼈던, 그 무엇인가 털컥 하고 걸리는 것 같은 느낌이 다시 일어났다. 입구는 천장에 매달린 둥근 등으로 밝혀져 있었고 그 등은 하얀빛을 던지고 있었다. 나는 그 너무나도 강렬한 빛에 차츰 익숙해졌다. 나는 그곳에 서서 회색빛 벽들과 번쩍거리는 문의 유리들을 바라보고 있었다.

잠에서 깨어나는 순간 금방 꾼 꿈을 되살리기 위하여 붙잡으려 애써도 도무지 붙잡히지 않는 덧없는 꿈의 조각들처럼, 어떤 인상이 번뜩 내 머리를 스쳐지나갔다. 나는 어두운 파리를 걸어가며 캉바세레스 가의 그 건물 문을 떠미는 나 자신을 다시 그려보았다. 그때 갑자기 두 눈이 부시고 몇 초 동안 나는 아무것도 볼 수가 없었다. 그만큼이나 그 건물 입구의 하얀 불빛과 밖의 어둠이 강한 대조를 이루고 있었던 것이다.

그것은 어느 시절로 거슬러올라간 일일까? 내가 페드로 맥케부아라고 불렸고 저녁마다 이곳으로 돌아오던 시절은? 나는 입구와 직사각형의 커다란 신발 바닥 털개, 회색의 벽들, 그리고 구리로 된 테가 달린 둥근 천장 등을 알고 있었을까? 유리가 끼워진 문 뒤로 층계가 시작되는 부분이 보였다. 나는 전에 내가 하던 몸짓을 되풀이해보고 옛날의 그 도정을 다시 밟아보기 위하여 그리로 천천히 다시 올라가보고만 싶었다.

그 건물들의 입구에서는 아직도 옛날에 습관적으로 그곳을 드나들다가 그후 사라져버린 사람들이 남긴 발소리의 메아리가 들릴 것 같다. 그들이 지나간 뒤에도 무엇인가가 계속 진동하고 있는 것이다. 점점 더 약해져가는 어떤 파동, 주의하여 귀를 기울이면 포착할 수 있는 어떤 파동이. 따지고 보면 나는 한 번도 그 페드로 맥케부아였던 적이 없었는지도 모른다. 나는 아무것도 아니었었다. 그러나 그 파동들이 때로는 먼 곳에서, 때로는 더 세게, 나를 뚫고 지나가고 있었다. 그러다 차츰차츰 허공을 떠돌고 있던 그 모든 흩어진 메아리들이 결정체를 이룬 것이다. 그것이 바로 나였다.

열여섯

캉봉 가의 카스티유 호텔. 프런트의 맞은편에 조그만 살롱. 유리가 끼워진 서가에는 L. 드 비엘 카스텔의 왕정복고사王政復古史가 꽂혀 있다. 어느 날 저녁 어쩌면 나는 내 방으로 올라가기 전에 그 전집들 중의 한 권을 집어들고 보다가 읽던 페이지를 표시하느라고 편지나 사진이나 아니면 전보 한 장을 책갈피에 끼워놓고 잊어버렸었는지도 모른다. 그러나 나는 나 자신의 흔적을 다시 찾기 위하여 그 열일곱 권의 책들을 들춰보고 싶었지만 감히 수위에게 허락을 청하지는 못한다.

호텔의 저 안쪽에는 담쟁이덩굴 자욱한 초록색의 철망 벽들에 둘러싸인 마당이 보였다. 땅바닥은 테니스코트 같은 황톳빛 포석으로 덮여 있었다.

그러니까 나는 그곳에서 그 드니즈 쿠드뢰즈와 같이 살았던 것이다. 우리의 방은 캉봉 가 쪽으로 나 있었을까, 아니면 마당 쪽으로 나 있었을까?

열일곱

오스테를리츠 강변로 19번지. 대문이 노란 벽 사이의 회랑 쪽으로 난 사층 건물. '아 라 마린'이라는 간판이 붙은 카페. 유리가 끼워진 문 뒤에는 짙은 붉은색 글자로 '멘 스프레크트 블라망크'라고 적힌 표시판.

여남은 명쯤 되는 사람들이 카운터 앞에서 웅성대고 있었다. 나는 텅 빈 테이블 중 하나를 골라서 안쪽 벽 앞에 가 앉았다. 벽에는 어떤 항구의 커다란 사진 한 장. 그 밑의 설명이 말해주듯이 앙베르 시*의 사진이었다.

카운터의 손님들은 큰 소리로 말을 하고 있었다. 그들은 모두 그 동

---

* 벨기에의 안트베르펜.

네에서 일을 하고 있는 사람들로 저녁 아페리티프를 들고 있는 것 같았다. 입구의 유리문 옆에는 핀볼 게임기가 하나 놓여 있고 그 앞에는 한 남자가 서 있었다. 그는 짙은 청색 양복에 넥타이를 매고 있어서 안에 털 달린 짧은 외투나 가죽잠바 혹은 작업복 바지를 입은 다른 사람들과 분명히 구별이 되었다. 그는 여린 손으로 핀볼 게임기의 손잡이를 당기면서 덤덤한 표정으로 놀고 있었다.

쿼런과 파이프 담배연기 때문에 눈이 따끔거렸고 기침이 났다. 돼지기름 냄새가 떠돌고 있었다.

"뭘 드시겠습니까?"

나는 그가 내게 다가오는 것을 보지 못했었다. 심지어 홀의 깊숙한 안쪽에 놓인 테이블에 와 앉은 나는 별로 눈에 띄지 않는 상태였기 때문에 아무도 내가 무엇을 주문할지를 물으러 오지 않으리라고 나는 생각했었다.

"에스프레소요" 하고 나는 말했다.

키가 자그마하고 흰 머리에 아마도 갖가지 아페리티프를 마신 탓인지 얼굴이 벌써 벌겋게 충혈된 육십대 가량의 남자였다. 뻘건 안색 때문에 그의 연푸른색 눈은 더욱 흐릿해 보였다. 도자기 색조의 희고 붉고 푸른색이 종합된 인상 속에는 어딘가 유쾌한 기분이 서려 있었다.

"실례합니다만……" 하고 나는 그가 카운터 쪽으로 가려는 순간 말했다. "문 위에 써붙인 글은 무슨 뜻인가요?"

"'멘 스프레크트 블라망크'요?"

그는 이 문장을 낭랑한 목소리로 발음했다.

"네?"

"그것은 '여기서는 플랑드르말*을 합니다'라는 뜻이지요."

그는 나를 그곳에 버려둔 채 춤추듯 몸을 일렁거리며 카운터 쪽으로 나아갔다. 그는 자기가 가는 길에 방해되는 손님들을 거침없이 헤치며 걸어갔다.

그는 두 팔을 앞으로 내민 채 두 손으로 커피잔을 들고 되돌아왔다. 마치 그 커피잔이 떨어지지 않도록 하기 위하여 무척 애쓰고 있다는 듯이.

"여기 있습니다."

그는 마라톤 선수가 골인 선에 들어설 때만큼이나 요란스럽게 헐떡거리면서 커피잔을 테이블 한가운데 내려놓았다.

"여보세요…… 저 혹시 들어본 이름인가요…… 쿠드뢰즈란 이름이?"

나는 밑도 끝도 없이 이렇게 질문을 했다.

그는 내 맞은편 의자에 털썩 주저앉더니 팔짱을 끼었다.

"왜요, 당신은…… 쿠드뢰즈를…… 안 적이 있었나요?"

"아뇨, 그렇지만 집안에서 들어본 적이 있는 이름이에요."

그의 안색은 벽돌빛으로 변했고 땀이 콧등의 양쪽에 맺혔다.

"쿠드뢰즈라면…… 이 위 삼층에 살았지요……"

그는 가벼운 사투리 억양을 섞어 썼다. 그가 그냥 혼자서 말을 하도록 내버려두기로 하고 나는 커피 한 모금을 마셨다. 질문을 한 가지만 더 했다가는 어쩌면 그가 벌컥 화라도 낼 것만 같았기 때문이다.

---

* 벨기에 북부 및 네덜란드에서 쓰는 말.

134

"그는 오스테를리츠 역에서 일했어요…… 그의 부인은 나와 마찬가지로 앙베르 출신이었구요……"

"딸이 하나 있었지요, 아마?"

그는 웃음을 띠었다.

"그래요, 예쁘장한 계집애였지요…… 그애를 안 적이 있으세요?"

"아뇨, 그냥 남들이 하는 이야기를 들었어요……"

"그 여자애는 어떻게 되었어요?"

"나도 바로 그걸 알고 싶답니다."

"그 여자애는 아침이면 늘 아버지의 담배를 사러 이곳으로 오곤 했어요. 쿠드뢰즈는 로렌스 담배를 피웠어요. 벨기에 담배 말입니다……"

그는 그 추억에 완전히 빨려들어 있었고 나와 마찬가지로 그의 귀에는 더이상 말소리도, 웃음소리도, 바로 우리 옆에서 핀볼 게임기가 기관총처럼 내는 소음도 들리지 않는 것 같았다.

"멋있는 사람이었어요. 쿠드뢰즈는…… 나는 자주 저 위에서 그 사람들과 같이 식사를 하곤 했어요…… 우리는 그의 부인과 플랑드르 말로 얘기했었지요……"

"당신은 이제 그들의 소식을 못 듣나요?"

"그는 죽었어요…… 그의 부인은 앙베르로 돌아갔구요……"

그는 크게 몸짓을 하며 손으로 테이블을 쓸었다.

"그런 거 다 까마득한 옛날 얘깁니다……"

"그 여자아이는 그의 아버지 담배를 사러 오곤 했다 하셨는데 그 담배 상표가 뭐였다고요?"

"로렌스요."

나는 그 이름을 외우게 되기를 바랐다.

"묘한 계집아이였지요…… 열 살 때 벌써 우리집 손님들과 당구 시합을 하곤 했었다니까요……"

그는 카페의 안쪽에 있는 어떤 문을 가리켜 보였다. 그 문은 분명 당구장으로 통하게 되어 있는 것 같았다. 그러니까 그 여자아이는 저기서 그 놀이를 배운 것이었다.

"잠깐만요……"하고 그가 나에게 말했다. "당신에게 뭐 한 가지 보여줄 게 있는데……"

그는 무겁게 자리에서 일어나 카운터 쪽으로 갔다. 또다시 그는 그가 지나가는 길에 서 있는 모든 사람들을 팔로 헤쳤다. 대부분의 손님들은 선원 모자를 쓰고 이상한 말을 사용하고 있었다. 아마도 플랑드르 말 같았다. 그 아래 오스테를리츠 강변에 정박하고 있는 벨기에서 온 배들 때문에 그렇다는 생각이 들었다.

"자…… 이거 좀 보세요……"

그는 나의 맞은편에 앉더니 나에게 옛날 모드 잡지 한 권을 내밀었다. 그 표지에는 밤색 머리에 눈이 맑고 어딘지 모르게 아시아 사람 같은 데가 있는 젊은 여자의 사진이 인쇄되어 있었다. 드니즈였다. 그 여자는 검은 볼레로 재킷을 입고 난초꽃을 들고 있었다.

"드니즈였지요. 쿠드뢰즈의 딸 말예요…… 이거 보세요. 예쁜 아가씨죠…… 그 여자는 모델을 했었어요. 나는 그 여자가 어린애였을 때 알았었거든요……"

잡지의 표지는 떨어져 있었고 스카치테이프로 다시 붙여진 채였다.

"그애가 로렌스 담배를 사러 올 때 모습이 항상 눈에 선해요……"

"그 여자는…… 양재사가 아니었나요?"

"아뇨. 그렇지는 않은 것 같아요."

"그래 당신은 그 여자가 그뒤에 어떻게 되었는지 정말 모르세요?"

"몰라요."

"당신은 혹시 앙베르에 있는 그녀의 어머니 주소를 가지고 있지 않으세요?"

그는 머리를 으쓱했다. 그는 딱하다는 표정을 지었다.

"그런 거 이젠 다 끝난 일인데 뭘 그래요……"

왜?

"이 잡지를 저한테 좀 빌려주시지 않겠어요……" 하고 나는 그에게 물었다.

"빌려드리죠. 그렇지만 꼭 돌려준다고 약속해야 돼요."

"약속하지요."

"꼭입니다. 그건 집안의 기념물이나 마찬가지니까요."

"그 여자는 몇시에 담배를 사러 오곤 했었나요?"

"항상 여덟시 십오 분 전에요. 학교 가기 전에 말입니다."

"무슨 학교에 다녔는데요?"

"제네 가에 있는 학교에요. 우리는 가끔 그애 아버지와 함께 그애를 데려다주기도 했거든요."

나는 손을 잡지 쪽으로 내밀어 얼른 움켜잡고는 가슴을 두근거리며 내 쪽으로 끌어당겼다. 사실 그는 생각이 달라져서 그걸 그냥 지니고 있겠다고 할 가능성도 있었던 것이다.

"고맙습니다. 내일 당신에게 돌려드리겠어요."

"틀림없어야 돼요, 네?"

그는 수상쩍다는 듯한 눈길로 나를 바라보았다.

"아니 그런데 무엇 때문에 당신은 그렇게 그 일에 관심이 많은 거지요? 그 가족 중의 한 사람이신가요?"

"예."

나는 잡지의 표지를 가만히 들여다보지 않을 수 없었다. 드니즈는 내가 이미 가지고 있었던 사진 속에서보다 더 젊어 보였다. 귀고리를 달고 있는데 들고 있는 난초 위로 뻗은 고사리 가지들이 그녀의 목을 반쯤 가리고 있었다. 그 뒤쪽에는 나무로 조각한 천사의 상이 있었다. 그리고 아래쪽 사진의 왼쪽 구석에는 지극히 작고 붉은 글자들이 검은 볼레로 재킷을 바탕으로 뚜렷이 보이도록 찍혀 있었다. '사진 장 미셸 망수르'.

"뭘 좀 마시겠어요?" 하고 그가 나에게 물었다.

"아뇨, 괜찮습니다."

"그럼 커피는 내가 내는 겁니다."

"정말 고마워요."

나는 잡지를 손에 든 채 자리에서 일어났다. 그는 내 앞에 서서 점점 더 카운터 쪽에 복잡하게 모여들기 시작한 손님들 사이로 길을 터주었다. 그는 플랑드르말로 그들에게 한마디씩 말했다. 우리는 유리문에 까지 이르는 데 한참이나 걸렸다. 그는 문을 열고 코에서 땀을 찍어 냈다.

"그것 돌려주는 거 잊지 않겠지요, 네?" 하고 그는 나에게 잡지를 가리키면서 말했다.

그는 유리문을 닫고 복도로 나를 따라 나왔다.

"저기 보이지요…… 그들은 저 위에 살았었어요…… 삼층에요……"

창문들은 불이 켜져 있었다. 그 방들 중 어느 하나에서 나는 어두운 색의 목제 옷장을 알아볼 수 있었다.

"이제는 다른 사람들이 들어 살아요……"

"당신이 그들과 식사를 같이 할 때는 어느 방에서 했나요?"

"저쪽 방요…… 왼쪽에 있는……"

그러고는 그는 창문을 나에게 손가락질해 보였다.

"그럼 드니즈의 방은요?"

"그 방은 딴 쪽으로 나 있었어요…… 마당 쪽으로 말입니다."

그는 내 옆에서 생각에 잠긴 듯했다. 나는 마침내 그에게 손을 내밀었다.

"안녕히 계세요. 잡지를 돌려드리러 다시 오지요."

"안녕히 가세요."

그는 카페로 다시 들어갔다. 그는 커다란 머리를 유리에 댄 채 나를 물끄러미 바라보고 있었다. 파이프와 궐련 담배연기가 카운터 옆에 서 있는 손님들을 노란 안개 속에 파묻었고 그의 뻘건 커다란 머리도, 그의 입김이 유리 위를 크게 덮어가고 있었기 때문에 점점 더 희미해졌다.

어두워진 밤이었다. 드니즈가 저녁 공부 때문에 남아 있었다면 학교에서 돌아올 시간이었다. 그녀는 어느 길을 따라왔을까? 왼쪽으로 왔었을까, 오른쪽으로 왔었을까? 나는 그것을 카페의 주인에게 물어보는 것을 잊어버렸다. 그 시절에는 이 거리에 차가 더 적게 지나다녔을 것이고 플라타너스 잎들이 오스테를리츠 강변로 위에 궁륭을 이루고 있었을 것이다. 더 멀리 있는 기차 정거장도 서남부 지방 어떤 소읍의 정거장같이 보였을 것이 틀림없다. 그보다도 더 멀리 있는 식물원, 포도주 도매시장의 어둠과 정적이 이 동네의 고요를 더욱 북돋워주었을 것이다.

나는 건물의 문을 지나서 시간제한등을 켰다. 낡은 바닥돌이 검은색과 회색의 장미 무늬였던 복도. 철사를 꼬아 만든 신발 닦개. 받침 벽, 노란색 벽에 붙은 우편함들, 그리고 언제나 풍기는 저 돼지기름 냄새.

나는 두 눈을 감고 열 손가락으로 이마를 누르며 정신을 집중하면 아마도 저 먼 곳에서 그녀의 샌들이 딸깍거리며 층계를 오르고 있는 소리를 들을 수 있을지도 모른다는 생각을 했다.

열여덟

그러나 우리가, 드니즈와 내가, 처음 만난 것은 어떤 호텔 바에서였다고 생각된다. 나는 사진에 보이는 남자, 내 어린 시절의 친구인 그 프레디 하워드 드 뤼즈와 게이 오를로프와 같이 있었다. 그들은 아메리카에서 돌아왔기 때문에 잠시 동안 호텔에 묵고 있었다. 게이 오를로프는 어떤 여자 친구를, 이제 막 사귄 어떤 아가씨를 기다리고 있노라고 나에게 말했다.

그 여자는 우리에게로 걸어왔고 곧 그녀의 얼굴은 나에게 깊은 인상을 주었다. 그 여자는 거의 금발에 가까웠음에도 불구하고 아시아 사람 같은 얼굴이었다. 튀어나온 광대뼈. 매우 맑고 찢어진 눈. 그 여자는 티롤 지방의 모자 모양을 연상시키는 기이한 모자를 쓰고 있었고 머리는 상당히 짧았다.

프레디와 게이 오를로프는 우리에게 잠시 기다려달라고 말하고 나서는 방으로 올라가버렸다. 우리는 서로 마주보고 앉아 있었다. 그녀가 미소를 지었다.

우리는 말을 하지 않았다. 그 여자는 흐릿한 눈빛을 하고 있었고 그 속으로 이따금 초록빛의 그 무엇인가가 스쳐가곤 했다.

열아홉

망수르. 장 미셸. 가브리엘 가 1번지, 18구. CLI국 72-01번.

스물

"미안합니다." 전화로 저녁 여섯시경에 만나자고 제안했던 블랑슈 광장의 카페 테이블에 내가 가 앉자 그가 말했다. "미안합니다. 나는 언제나 사람들과 만날 때는 밖에서 약속을 합니다…… 특히 처음 만나는 사람과는 말입니다…… 이제 우리집으로 가시죠……"

나는 그를 쉽사리 알아볼 수 있었다. 왜냐하면 그는 자기가 짙은 초록색 비로드 양복을 입고 오겠으며 머리는 매우 희고 스포츠형으로 깎고 있다고 미리 말했었기 때문이다. 엄격해 보이는 그 머리형은 끊임없이 껌벅거리는 검고 긴 속눈썹과 아몬드 열매 같은 두 눈 그리고 여자 같은 입 모양과 대조를 이루고 있었다. 윗입술은 구불구불한 곡선이고 아랫입술은 팽팽하고 단호했다.

서 있는 모습을 보건대 그는 중키쯤 되어 보였다. 그는 바바리코트

144

를 입고 있었다. 우리는 카페 밖으로 나왔다.

우리가 클리시 대로의 둑길에 이르자 그는 물랭루주 옆에 있는 어떤 건물을 손가락으로 가리켰다.

"다른 때 같았으면 나는 당신과 '그라프'에서 만나자고 약속을 정했을 겁니다…… 저기요…… 그렇지만 이젠 없어져버렸어요……"

우리는 대로를 건너서 쿠스투 가로 접어들었다. 그는 왼쪽 인도의 청록색 카페들로 지나가는 시선을 던지면서 발걸음을 재촉했다. 우리가 커다란 차고께에 왔을 때 그는 거의 뛰다시피 했다. 그는 르픽 가 모퉁이에 이르러서야 비로소 발걸음을 멈추었다.

"미안해요" 하고 그는 숨을 헐떡거리며 말했다. "그렇지만 이 거리를 지날 때면 참 얄궂은 추억이 되살아나서 그래요…… 미안해요……"

그는 정말로 겁을 먹었었다. 그는 심지어는 몸까지 떠는 것 같았다.

"이제 좀 낫군요…… 여기에 있으면 모든 게 다 괜찮아질 거예요."

그는 시장 점포 진열대와 불이 훤하게 비친 식료품 가게들이 있는 르픽 가 언덕길을 눈앞에 바라보면서 미소를 지었다.

우리는 데 자베스 가로 접어들었다. 그는 침착하고 안정된 걸음으로 걸었다. 나는 쿠스투 가가 어떤 '얄궂은 추억들'을 불러일으키는지를 그에게 물어보고 싶었지만 그에게 실례가 될 것 같았다. 게다가 내겐 놀랍기만 했던 그의 예민한 신경을 다시 건드리고 싶지 않았다. 그런데 갑자기 데 자베스 광장에 이르기도 전에 그는 또다시 걸음을 재촉했다. 나는 그의 오른쪽에서 걷고 있었다. 우리가 제르맹 필롱 가를 건너가는 순간, 나는 큰길까지 상당히 급하게 경사진 나지막하고 어두운 집들의 좁은 골목 쪽으로 그가 겁에 질린 눈길을 던지는 것을 보았다. 그는 마치 그 골목 쪽을 보지 않으려는 듯이 나에게 바싹 붙었다. 나는 그를 반대편 인도 쪽으로 이끌었다.

"고마워요…… 그런데 말이지요…… 이거 정말 얄궂은 일이지만."

그는 무슨 속내 이야기를 털어놓으려다가 망설였다.

"나는…… 나는 제르맹 필롱 가의 끝을 건너갈 때마다 현기증이 나거든요…… 나는…… 길을 따라 내려가보고만 싶어지는 거예요. 나도 모르게 그렇게 돼요……"

"그런데 왜 내려가보지 않나요?"

"왜냐하면…… 저 제르맹 필롱 가에는…… 옛날에…… 어떤…… 어떤 장소가 하나 있었는데……"

그는 말을 멈추었다.

"오……" 하고 말끝을 흐리는 한숨을 쉬면서 나에게 말했다. "내가 바보 같아서 그래요…… 몽마르트르가 어찌나 변했는지…… 다 설명하자면 너무 길지만…… 당신은 옛날의 몽마르트르를 본 적이 없을 거예요……"

그는 무엇을 알기에 그렇게 말하는 것일까?

그는 사크레 쾨르의 정원 가장자리에 있는 가브리엘 가의 어느 건물에 살고 있었다. 우리는 종업원 전용 계단을 올라갔다. 그가 문을 여는 데 한참이 걸렸다. 열쇠 구멍이 세 개 있었는데 번번이 다른 열쇠를 가지고 천천히, 매우 복잡한 금고 번호를 맞출 때처럼 조심스럽게 돌려여는 것이었다.

아주 손바닥만한 아파트였다. 거실과 방 하나로 원래는 방 한 개였던 것을 둘로 꾸민 것 같았다. 은빛 철삿줄로 매달아놓은 장밋빛 새틴

146

천 커튼이 방과 거실을 갈라놓고 있었다. 거실은 하늘색 명주천으로 벽을 바르고 단 하나뿐인 창문은 같은 색의 커튼으로 가려놓았다. 검정색 래커 칠을 한 탁자 위에는 상아 혹은 비취로 다듬은 물건들이 늘어놓여 있었다. 흐릿한 녹색천의 낮은 안락의자들, 그보다 더 희미한 녹색 꽃무늬 천으로 싸인 소파는 그 전체에 작고 아담한 집안 분위기를 만들어내고 있었다. 빛은 벽의 금빛 등에서 오고 있었다.

"앉으세요" 하고 그가 나에게 말했다.

나는 꽃무늬 소파에 자리잡았다. 그는 나의 옆에 와 앉았다.

"어디…… 그걸 좀 보여주세요……"

나는 재킷 주머니에서 모드 잡지를 꺼내 드니즈의 모습이 보이는 표지를 그에게 가리켰다. 그는 내 손에서 잡지를 받아들고는 자개가 박힌 굵은 테 안경을 썼다.

"그래요…… 그래요…… 사진 장 미셸 망수르…… 분명 나로군요. 의심의 여지가 없는걸요……"

"이 여자를 기억하시겠어요?"

"전혀 생각 안 나요. 이 잡지 일을 나는 아주 가끔 했을 뿐이니까요…… 별로 대단찮은 모드 잡지였어요…… 나는 주로 '보그'지 일을 했었거든요…… 아시겠어요."

그는 발뺌을 하려고 했다.

"그래 당신은 이 사진에 대해 더 자세히 아는 게 없나요?"

그는 재미있다는 듯이 나를 쳐다보았다. 벽등의 불빛 아래서 나는 그의 얼굴 피부에 가는 주름살과 주근깨들이 나 있는 것을 볼 수 있었다.

"그렇지만, 여보세요, 당장 말씀드리겠지만……"

그는 잡지를 손에 든 채 자리에서 일어서더니 하늘빛 비단 휘장이 쳐져 있어서 내가 지금까지 눈여겨보지 못했던 어떤 문을 열쇠로 열었다. 그 문은 벽장으로 통해 있었다. 나는 그가 여러 개의 쇠로 된 서랍들을 여닫는 소리를 들었다. 몇 분 만에 그는 벽장에서 나와서 조심스럽게 문을 닫았다.

"자" 하고 그가 나에게 말했다. "여기 네거티브 사진들과 작은 목록표가 있어요. 나는 처음부터 뭐든지 다 간직하고 있거든요…… 연도별, 알파벳순으로 정리되어 있지요……"

그는 내 옆에 와 앉아서 목록표를 훑어보았다.

"드니즈…… 쿠드뢰즈…… 맞습니까?"

"예."

"그 여자는 그후 다시는 나하고 같이 사진을 찍지 않았어요…… 이제야 그 여자가 기억나는군요…… 그는 호이닝겐 후네와 사진을 많이 찍었었어요……"

"누구요?"

"호이닝겐 후네요, 독일 사진작가죠…… 그럼요…… 맞아요…… 그 여자는 호이닝겐 후네와 많이 일했다고요……"

망수르가 그 흐릿하고 탄식하는 듯한 목소리로 그 이름을 발음할 때마다 나는 드니즈의 창백한 눈길이 마치 창날처럼 내 위에 던져지는 것을 느꼈다.

"내게 그 시절의 그 사람 주소가 있어요. 혹 관심이 있으시다면……"

"관심 있습니다" 하고 나는 변한 목소리로 대답했다.

"로마 가 97번지, 파리 17구지요, 로마 가 97번지……"

그는 갑자기 나를 향하여 머리를 들었다. 그의 얼굴이 무섭도록 창백해졌고 두 눈이 껌벅거렸다.

"로마 가 97번지요……"

"아니…… 왜 그러십니까?" 하고 나는 물었다.

"이젠 그 여자가 아주 똑똑히 기억나는군요…… 같은 건물에 내 친구가 하나 살고 있었어요……"

그는 수상쩍다는 표정으로 나를 바라보았다. 그는 쿠스투 가와 제르맹 필롱 가의 꼭대기를 지나올 때와 마찬가지로 당황한 기색이었다.

"묘한 우연의 일치로군요…… 아주 똑똑히 기억나요…… 사진을 찍기 위해서 나는 로마 가에 있는 그녀의 집으로 그녀를 데리러 간 일이 있어요. 그래서 그 기회를 이용하여 그 친구에게 인사를 하러 들른 적이 있지요…… 그 친구는 한 층 위에 살고 있었거든요……"

"당신이 그 여자의 집에 갔었어요?"

"네, 그렇지만 우리는 내 친구의 아파트에서 사진을 찍었어요. 그 친구가 우리와 같이 있어주었지요……"

"어떤 친구 말입니까?"

그는 점점 더 창백해졌다. 그는 겁을 먹고 있었다.

"내가…… 설명을 해드리겠습니다만…… 그렇지만 먼저, 정신을 차리기 위해…… 뭘 좀 마셨으면 좋겠어요……"

그는 자리에서 일어나 작은 회전식 탁자 쪽으로 걸어가더니 그것을 소파 앞으로 밀고 왔다. 그 위층 탁자에는 수정 마개와 은으로 된 딱지들이 붙은 몇 개의 작은 술병들이 가지런히 놓여 있었다. 그 은딱지들은 베르마흐트*의 악대들이 목에 걸고 있는 것 같은 사슬 팔찌 모양인데 그 위에는 술 이름들이 새겨져 있었다.

"단 술밖에 없군요…… 괜찮겠습니까?"

"괜찮습니다."

"나는 마리 브리자르**를 좀 마시겠습니다만…… 당신은요?"

"저도요."

그는 좁은 유리잔에 마리 브리자르를 따랐다. 그 술맛을 보자 그 술은 새틴천과 상아들과 내 주위에 잔뜩 널려 있는 약간 구역질나는 도금한 색깔들과 잘 구별이 되지 않을 만큼 하나가 되어 뒤섞이는 것이었다. 그것은 이 아파트의 정수 그 자체였다.

"로마 가에 살던 그 친구는…… 살해당했어요……"

그는 그 마지막 단어를 역겨운 듯이 발음했다. 그는 분명 나를 위하여 그 같은 노력을 하는 것이었다. 그렇지 않았더라면 그는 결코 그처럼 정확한 표현을 사용할 용기를 내지 못했을 것이다.

"그는 이집트에서 온 그리스 사람이었지요…… 여러 편의 시와 두 권의 책을 썼어요……"

"그런데 당신은 드니즈 쿠드뢰즈가 그를 알고 있었다고 생각하십니까?"

"오…… 그 여자는 그를 계단에서 마주치곤 했겠지요" 하고 그는 신경이 거슬린다는 듯이 나에게 말했다. 왜냐하면 그런 자질구레한 것은 그에게 전혀 중요하지 않았기 때문이다.

---

* 2차대전시의 독일군.

** 아니스와 향료를 원료로 만든 프랑스산 리쾨르.

"그러면…… 그 일은 건물 안에서 일어났나요?"

"예."

"드니즈 쿠드뢰즈는 그때 그 건물에 살고 있었나요?"

그는 내 질문은 듣지도 않았다.

"밤중에 일이 생겼어요…… 그는 누군가를 자기 아파트로 올라오게 한 거예요…… 그는 아무나 자기 아파트로 들어오게 했으니까요……"

"살인자는 찾았나요?"

그는 어깨를 으쓱했다.

"그런 종류의 살인자는 절대로 못 찾아요…… 나는 언젠가 그런 일이 그에게 일어나고 말 거라고 확신하고 있었어요…… 만약 그가 밤중에 자기 집에 초대하는 젊은 녀석들 얼굴을 당신이 보았다면…… 심지어 대낮이었다 해도 나는 겁이 났을 거예요……"

그는 감동되고 동시에 겁에 질린 이상한 미소를 띠었다.

"당신 친구 이름이 무엇이었나요?" 하고 나는 그에게 물었다.

"알렉 스쿠피요. 알렉산드리아에서 온 그리스 사람이었지요."

그는 갑자기 자리에서 일어나더니 하늘색 비단 커튼을 열고 창문이 드러나게 했다. 그러고는 내 옆 소파의 자기 자리로 되돌아왔다.

"미안해요…… 누군가가 저 커튼 뒤에 숨어 있는 것 같은 기분이 들 때가 있어요. 마리 브리자르를 좀더 드시겠어요? 네, 마리 브리자르를 한 모금만……"

그는 유쾌한 어조를 띠려고 애를 썼고 분명 내가 거기, 자기 옆에 있는지를 확인해보기라도 하려는 듯 내 팔을 꽉 잡았다.

"스쿠피는 프랑스에 와서 자리를 잡았지요…… 나는 그를 몽마르트르에서 알게 되었답니다…… 그는 '닻을 내린 배'라는 제목의 아주 멋진 책을 썼었지요……"

"그렇지만, 선생님" 하고 나는 이번에는 적어도 그가 내 질문을 들어주도록 하기 위하여 음절을 똑똑히 끊어가며 단호한 목소리로 말했다. "드니즈 쿠드뢰즈가 아래층에 살고 있었다는 말씀이시라면, 그 여자는 그날 밤 무엇인가 비정상적인 소리를 들었을 텐데…… 그 여자는 증인으로 심문받았을 테고요……"

"그랬을지도 모르죠."

그는 어깨를 으쓱했다. 아니, 아무리 보아도 나에게는 그토록 중요한 것이기에 가능하다면 가장 작은 행동까지도 알고 싶은 터인 그 드니즈 쿠드뢰즈가 그에게는 아예 관심 밖인 것 같았다.

"가장 끔찍한 일은 내가 그 살인자를 안다는 사실이지요. 그는 천사 같은 얼굴을 하고 있기 때문에 착각을 한 거지요. 그렇지만 그의 눈길은 대단히 모질었어요. 회색빛 눈에다가……"

그는 몸을 부르르 떨었다. 그가 이야기하고 있는 그 남자가 마치 거기 우리 앞에 와 서서 회색빛 눈으로 그를 찌를 듯이 노려보고 있기라도 하는 것 같았다.

"아주 몹쓸 불량배지요…… 내가 그를 마지막으로 본 것은 독일군 점령 당시 캉봉 가의 어떤 지하실 식당에서였어요. 어떤 독일인과 함께 있더군요."

그의 목소리는 그 추억으로 떨렸고, 나는 비록 드니즈 쿠드뢰즈 생각에 골몰해 있기는 했지만, 그 날카로운 목소리, 그런 식으로 분노에 찬 탄식은, 왠지는 알 수 없으나 어떤 자명한 사실 못지않게 강렬하다는 인상을 내 마음속에 불러일으켰다. 사실상 그는 친구의 운명을 부러워하고 있다는, 그래서 그 회색빛 눈의 사내가 바로 자기 자신을 살해해주지 않은 것을 원망스러워한다는 그런 인상을 주는 것이었다.

"그는 여전히 살아 있다구요…… 그는 여기 파리에 여전히 살아 있어요…… 어떤 사람을 통해서 그 사실을 알게 됐지요…… 물론 이제는 그 천사 같은 얼굴이 아니지요…… 그의 목소리를 들어보시겠어요?"

나는 그 놀라운 질문에 미처 대답할 사이가 없었다. 그는 우리 옆에 놓여 있던 팔걸이 없는 붉은 가죽의자 위의 전화기를 집어들고 번호를 돌리고 있는 것이었다. 그는 나에게 수화기를 건네주었다.

"이제 그의 목소리가 들릴 겁니다…… 주의해요…… 그는 '푸른 기사'라고 자기소개를 할 거예요……"

우선은 통화중임을 알리는 짧게 반복되는 신호음밖에 들리지 않았다. 그리고 나서 신호음 사이사이에 서로 부르는 남자들과 여자들의 목소리를 분간할 수 있었다. '모리스와 조지는 르네가 전화해주기를 바라오……' '뤼시앵이 라 콩방시옹 가에서 자노를 기다립니다……' '마담 뒤 바리는 파트너를 찾습니다……' '알시비아드는 오늘 저녁 혼자입니다……'

대화들이 들리고 그 대화를 규칙적으로 가리는 신호음에도 불구하고 목소리들이 서로서로를 찾고 있었다. 그리고 그 얼굴 없는 모든 사람들이 그들끼리 어떤 만남의 희망을 가지고 전화번호와 암호를 교환하려고 애를 쓰고 있었다. 나는 마침내 좀더 먼 어떤 목소리가 이렇게 반복하는 것을 듣게 되었다.

"'푸른 기사'는 오늘 저녁에 시간이 있습니다…… '푸른 기사'는 오늘 저녁에 시간이 있습니다…… 전화번호를 주십시오. 전화번호를 주십시오……"

"그래" 하고 망수르가 나에게 물었다. "그의 목소리가 들립니까? 들리지요?"

그는 보조 수화기를 귀에 바싹 붙이고 얼굴을 내 얼굴에 가까이 가져왔다.

"내가 돌린 번호는 오래전부터 아무에게도 배당된 적이 없는 번호라구요" 하고 그는 나에게 설명했다. "그래서 그들은 이런 식으로 서로 통화할 수 있다는 것을 알아차린 거지요."

그는 '푸른 기사'의 말에 더 열심히 귀를 기울이기 위하여 입을 다물었고 나는 이 모든 목소리들이 저승의 목소리들, 사라져버린 사람들의 목소리들―쓰지 않는 전화번호들을 통해서만 비로소 서로서로 응답할 수 있을 뿐인 방황하는 목소리들이라는 생각을 하고 있었다.

"이건 정말 섬뜩해요…… 섬뜩하고말고요……" 하고 그는 보조 수화기를 귀에 바싹 갖다붙이면서 되풀이해서 말했다. "저 살인자가…… 들려요?……"

그는 갑자기 수화기를 내려놓았다. 그는 땀에 젖어 있었다.

"그 조무래기 불량배가 살해한 내 친구의 사진 하나를 보여드리겠어요…… 그리고 그의 소설 '닻을 내린 배'도 찾아보지요…… 그 책을 읽어보시는 게 좋을 겁니다……"

그는 자리에서 일어나 장밋빛 새틴천의 커튼으로 격리되어 있는 그의 방으로 들어갔다. 커튼에 반쯤 가려진 채 야생 라마의 털로 덮인 매우 낮은 침대가 하나 보였다.

나는 창문께로 걸어가서 맞은편 아래로, 몽마르트르의 케이블카 선로, 사크레 쾨르와 더 멀리의 빛과 지붕들과 그림자들에 잠긴 파리 시가를 물끄러미 바라보았다. 골목들과 대로들의 저 미궁 속에서 어느 날 드니즈 쿠드뢰즈와 나는 서로 만났던 것이다. 거대한 전기 당구대 위에서 때때로 서로 마주쳐 부딪치기도 하는 수천수만 개의 작은 당구공들처럼 파리 시내에서 오가는 수천수만의 사람들이 따라가는 저 도정道程들 가운데서 서로 마주치는 도정들. 그런데 그것으로부터 이제는 아무것도, 심지어는 하나의 반딧불이 지나가면서 남기는 저 가느다란 빛의 줄무늬조차도 남은 것이 없는 것이었다.

망수르는 숨을 헐떡거리며 손에 한 권의 책과 여러 장의 사진을 들고 장밋빛 커튼 사이로 다시 나타났다.

"찾았어요!…… 찾았어요!……"

그는 만면에 웃음을 띠고 있었다. 그는 아마도 그 유물들을 잃어버려 못 찾는 줄 알고 걱정을 했던 모양이었다. 그는 내 맞은편에 앉아서 책을 나에게 내밀었다.

"여기 있어요…… 내가 몹시 아끼는 것이지만 당신에게 빌려드리겠어요…… 당신은 그걸 꼭 읽어봐야 돼요…… 아름다운 책이지요…… 그리고 얼마나 대단한 예감이었는지!…… 알렉은 그의 죽음을 예견한 거예요……"

그의 얼굴이 어두워졌다.

"당신에게 그의 사진도 두세 장 드리겠어요……"

"간직하지 않으시고요?"

"아뇨, 아뇨! 걱정하실 것 없어요…… 나는 이런 건 십여 장 있으니까요…… 그리고 네거티브 전부하고요!……"

나는 그에게 드니즈 쿠드뢰즈의 사진들을 몇 장 뽑아달라고 청하고 싶었지만 감히 그럴 용기가 나지 않았다.

"당신 같은 청년에게 알렉의 사진을 주는 건 기분좋은 일이거든요……"

"고맙습니다."

"당신은 창밖을 내다보고 있었지요? 멋진 경치지요, 네? 알렉을 죽인 놈이 저 안에 어딘가 살아 있다니……"

그리고 그는 손등으로 그 아래의 파리 시 전체를 창유리 위로 쓰다듬었다.

"그는 이제 늙은이가 되어 있을 거예요…… 끔찍하고…… 낯짝에 분칠을 한 늙은이가 되어……"

그는 춥다는 듯한 몸짓을 하며 장밋빛 새틴 커튼을 닫았다.

"차라리 생각을 안 하고 싶어요."

"이제 돌아가봐야 되겠습니다. 사진 정말 감사합니다."

"나를 혼자 두고 가는 거예요? 마리 브리자르를 마지막으로 한 모금 더 하지 않겠어요?"

"아뇨, 괜찮습니다."

그는 까만 비로드 휘장이 드리워지고 작은 수정 벽등들로 밝혀진 복도를 지나 종업원 전용 층계의 문에까지 나를 따라 나왔다. 문 옆에는 둥근 메달 속에 어떤 남자의 사진이 끼워져 벽에 걸린 것이 보였다. 정력적인 미남의 얼굴에 꿈꾸는 듯한 눈을 가진 남자의 사진.

"리처드 월이지요…… 미국 친구예요…… 그 역시 살해당했지요……"

그는 내 앞에 몸을 구부리고 가만히 서 있었다.

"그리고 또다른 사람들도 있었어요…… 많은 다른 사람들이…… 그 수를 다 세어본다면…… 그 모든 죽은 사람들을……"

그는 나에게 문을 열어주었다. 그가 너무나도 어쩔 줄 몰라하기에 내가 그를 껴안아주었다.

"걱정하지 마요" 하고 나는 그에게 말했다.

"나를 보러 또 오겠지요, 예? 나는 너무 적적해서요…… 그리고 겁이 나요……"

"다시 오겠어요."

"그리고 무엇보다 알렉의 책을 읽어보세요……"

나는 용기를 내어 말했다.

"미안하지만…… 혹시 사진을 몇 장 뽑아주실 수 있을지요…… 드니즈 쿠드뢰즈의 사진을……"

"그럼 물론이죠. 무엇이든지 원하신다면…… 알렉의 사진을 잃어버리지 마세요. 그리고 길 가면서 조심해요……"

그는 문을 다시 닫았다. 그가 문고리를 하나씩 잠그는 소리가 들렸다. 나는 잠시 층계참에 서 있었다. 그가 저 검고 푸른 복도를 지나 장밋빛과 초록색 새틴천으로 도배한 살롱으로 들어가는 모습을 상상해보았다. 그리고 거기서 그가 다시 전화기를 들고 번호를 돌리고 열에 들뜬 사람처럼 수화기를 귀에 바싹 붙인 채, 여전히 전율하면서 '푸른 기사'의 머나먼 부름에 귀를 기울일 것임을 나는 확신할 수 있었다.

스물하나

우리는 그날 아침 드니즈의 무개차를 타고 일찍 떠났었고 생 클루 문을 지나갔던 것으로 생각된다. 드니즈가 커다란 밀짚모자를 쓰고 있었던 것으로 보아 햇빛이 있었던 모양이다.

우리는 센 에 우아즈 현이나 아니면 센 에 마른 현의 어떤 마을에 도착했고 나무들이 늘어선 약간 비탈진 길을 따라갔다. 드니즈는 어떤 정원으로 통하는 흰 울타리 앞에 차를 세워두었다. 그녀는 울타리 문을 밀고 들어갔고 나는 인도 위에서 그녀를 기다렸다.

정원 한가운데는 한 그루의 수양버들. 안쪽에는 방갈로가 하나. 나는 드니즈가 방갈로로 들어가는 것을 보았다.

그 여자는 금발에 회색 치마를 입은 여남은 살 먹은 계집아이와 함께 돌아왔다. 우리 셋은 다 같이 자동차에 올랐다. 계집아이는 뒤에 앉고 나와 운전하는 드니즈는 앞자리에 앉았다. 우리가 어디에서 점심식사를 했는지는 이제 기억나지 않는다.

그러나 오후에 우리는 베르사유 공원을 산책했고 그 계집아이와 보트를 탔다. 물위에 반사된 햇빛에 나는 눈이 부셨다. 드니즈는 나에게 자기의 검은 안경을 빌려주었다.

나중에 우리 셋은 어떤 파라솔이 쳐진 테이블에 둘러앉았고 계집아이는 초록색과 장밋빛의 아이스크림을 먹었다. 우리들 주위에는 여름옷 차림을 한 많은 사람들이 있었다. 오케스트라의 음악이 들렸다. 우리는 해질녘에 계집아이를 데려다주었다. 그 마을을 건너질러가다가 우리는 어떤 장터 앞을 지나게 되었고 거기에서 우리는 멈추었다.

지금도 황혼의 그 인적 없는 대로며, 뒤꽁무니로 불똥을 튀기던 보라색 소형 전기 자동차를 탄 드니즈와 계집아이의 모습이 눈에 선하다. 그들 두 사람은 웃고 있었고 계집아이는 나에게 손을 흔들어 보였다. 그 계집아이는 누구였을까?

스물둘

그날 저녁 흥신소의 사무실에 앉아서 나는 망수르가 나에게 준 사진들을 유심히 살펴보고 있었다.

소파 한가운데 앉아 있는 어떤 뚱뚱한 남자. 그는 꽃이 수놓인 비단 실내의를 입고 있다. 오른쪽 손의 엄지와 검지 사이에는 담배 물부리, 왼쪽 손으로 그는 무릎 위에 얹어놓은 어떤 책의 책장을 붙잡고 있다. 대머리인 그는 눈썹이 짙고 눈꺼풀을 밑으로 내리깔고 있다. 그는 책을 읽고 있다. 짧고 두툼한 코, 쓸쓸해 보이는 입가의 주름, 기름기 있고 동양적인 얼굴은 불테리어 종의 개 같은 인상이다. 그의 머리 위에는 잡지의 표지에 실린 드니즈 쿠드뢰즈의 등뒤로 보였던 목제 조각의 천사상.

두번째 사진은 앞깃이 겹쳐진 재킷의 맞춤양복과 줄무늬 셔츠, 어두운색 넥타이 차림으로 서 있는 그의 모습을 보여준다. 그는 왼쪽 손에 둥근 머리 손잡이가 달린 지팡이를 꽉 잡고 있다. 오른쪽 팔을 굽힌 채 손을 약간 벌리고 있는 모습은 일부러 태를 부린 자세다. 그는 두 가지 색으로 된 구두의 끝을 딛고 선 것 같은 매우 뻣뻣한 자세를 취하고 있다. 그는 차츰차츰 사진에서 떨어져나오면서 생기를 띤다. 나는 그가 쩔뚝거리는 걸음으로 대로를 따라 나무들 밑으로 걸어가는 것을 본다.

스물셋

1965년 11월 7일

제목 : 스쿠피, 알렉상드르

출생 : 알렉산드리아(이집트) 1885년 4월 28일

국적 : 그리스

알렉상드르 스쿠피는 1920년에 처음으로 프랑스에 왔음. 그는 다음과 같은 주소에서 차례로 거주했음.

나폴리 가 26번지, 파리(8구)

베른 가 11번지, 파리(8구) 가구 딸린 아파트

시카고 호텔, 로마 가 99번지, 파리(17구)

로마 가 97번지(17구) 6층

스쿠피는 문필가였으며 여러 가지 잡지들에 수많은 글과 여러 종류의 시와 『가구 딸린 푸아송 도르 호텔에서』와 『닻을 내린 배』라는 두 권의 소설을 발표했음.

그는 또한 성악 공부를 했으며 직업적 성악가로 활동하지는 않았지만 플레이엘 연주실과 브뤼셀의 라 모네 극장에서 노래를 불렀음. 파리에서 스쿠피는 마약수사반의 주목을 받았음. 기피인물로 간주되어 심지어는 그의 추방까지 고려되었음.

1924년 11월 그가 나폴리 가 26번지에 거주하고 있을 당시 어떤 미성년 남자를 성추행한 혐의로 경찰의 심문을 받았음.

1930년 11월에서 1931년 9월까지 그는 로마 가 99번지 소재 시카고 호텔에서 베르사유 제8공병대 병사인 20세 피에르 D……와 동거했음. 스쿠피는 몽마르트르의 변태적인 바에 자주 출입하였던 것으로 보임. 스쿠피는 이집트에서 그의 아버지로부터 상속받은 소유 재산에서 오는 거액의 소득을 가지고 있었음. 그는 로마 가 97번지 소재 그의 독신자 방에서 살해됨. 살인범은 끝내 밝혀지지 않았음.

제목 : 드 브레데, 올레그
오퇴유국 54-73번
당시 이 이름을 가진 인물의 신분확인은 불가능했음. 가명이나 빌려온 이름일 가능성이 있음. 혹은 프랑스에 극히 단기간 체류했을 뿐인 외국 출신 인물일 수도 있음. 오퇴유국 54-73번 전화번호는 1952년 이후 사용되지 않았음.

1942년에서 1952년까지 10년간 동 전화번호는

푸코 가 5번지, 파리 16구 소재 라 코메트 차고

에 배당되었지만 동 차고는 1952년 이후 폐쇄되었고 가까운 장래에 임대 건물로 대체될 예정임.

타이프 쳐진 이 종이에는 부전이 붙어 있었다.

　친애하는 친구, 내가 얻을 수 있었던 모든 정보는 이게 전부입니다. 혹 다른 정보들이 필요하시면 주저하지 마시고 말씀하십시오. 내 안부의 말, 위트에게 전해주십시오.

　　　　　　　　　　　　　　　당신의 장 피에르 베르나르디

스물넷

그런데 대체 무엇 때문에 그 불독 같은 얼굴의 뚱뚱한 남자 스쿠피가 하필이면 내 몽롱한 기억 속에 떠도는 것인가? 어쩌면 그 흰색 맞춤양복 때문인지도 모른다. 마치 라디오의 스위치를 돌렸을 때처럼 찌직거리는 소리와 각종 잡음 가운데서 오케스트라의 음악이나 어떤 목소리의 해맑은 음색이 팡하고 터져나올 때처럼……

그 양복이 층계에서 만들어놓던 밝은 반점과, 계단 위에서 둥근 손잡이 머리가 달린 지팡이가 희미하고 규칙적으로 내던 소리들을 나는 기억한다. 그는 층계참마다 발걸음을 멈추곤 했다. 드니즈의 아파트로 올라갈 때 나는 여러 번 그와 마주치곤 했다. 구리 난간, 베이지색 벽, 아파트들의 짙은 색 나무로 된 이중문들이 선명하게 내 눈앞에 보이는 듯하다. 각층의 야간등 불빛, 어둠 속에서 불쑥 솟아나던 그 머리와 부드럽고도 슬픈 불독 같은 눈길…… 그는 지나가면서 나에게 인사까지 했던 것 같다.

로마 가와 바티뇰 대로의 모퉁이에 있는 어떤 카페. 여름철이면 테라스가 인도까지 침범하고 나는 그중 한 테이블에 앉는다. 저녁이다. 나는 드니즈를 기다린다. 철로의 가장자리에 있는 로마 가의 반대편 저쪽 건물들의 전면과 차고의 유리벽에 마지막 저녁 햇살들이 아직도 남아 있다.

돌연 대로를 가로질러 건너는 그의 모습이 눈에 들어온다.

그는 흰 양복 차림에 오른손으로 둥근 머리손잡이가 달린 지팡이를 짚고 있다. 약간 쩔뚝거린다. 그는 클리시 광장 쪽으로 멀어져가고 나는 언덕길 나무 아래로 지나는 그 희고 뻣뻣한 실루엣에서 눈을 떼지 않는다. 그 실루엣은 점점 더 작아지다가 마침내 보이지 않게 된다. 그러면 나는 박하수를 한 모금 마시고 그가 무엇하러 저쪽으로 가는지를 자문해본다. 어떤 약속을 향하여 그는 걸어가는 것일까?

드니즈는 자주 지각을 했다. 그 여자는—대로를 따라 멀어져가는 그 흰 실루엣 덕분에 이제는 모든 것이 다 생각난다—라 보에시 가에 있는 어떤 디자이너 밑에서 일을 하고 있었다. 금발에 홀쭉한 사내였다. 나중에는 유명하게 되었지만 그 당시에는 풋내기였다. 그의 이름이 생각난다. 자크였다. 인내심을 가지고 찾아본다면 나는 위트의 사무실에 있는 옛 신사록에서 그의 성을 알아낼 수 있을 것이다. 라 보에시 가街……

어느새 날이 어두워진 뒤에야 그 여자는 카페의 테라스에 있는 나에게로 왔지만 내게 그런 것은 상관없었다. 박하수 잔을 앞에 놓고 그 보

166

다 더 기다릴 수도 있었을 것이다. 내게는 바로 그 옆에 있는 드니즈의 조그마한 아파트에서보다는 차라리 그 테라스에서 기다리는 것이 더 편했다. 아홉시. 그는 여느 때와 마찬가지로 대로를 건너왔다. 그의 양복이 마치 발광체인 것만 같았다. 드니즈와 그는 저녁에 언덕길 나무 아래서 몇 마디를 주고받았다. 눈부실 만큼 흰 그의 양복, 불독 같은 그 흑갈색 얼굴, 전깃불에 비친 초록색 잎새에는 여름 같고 비현실적인 무엇인가가 있었다.

드니즈와 나는 그와 반대 방향으로 들어서서 쿠르셀 대로를 따라가곤 했다. 그 무렵 우리 두 사람이 걷고 있던 파리는 그 스쿠피의 형광빛 양복만큼이나 여름 같고 비현실적이었다. 몽소 공원의 철책 앞을 지날 때면 우리는 쥐똥나무가 향기로 물들이는 밤 속에 떠다니는 느낌이었다. 자동차들은 거의 지나다니지 않았다. 빨간 신호등과 초록 신호등이 부드럽게 저 혼자서 켜졌고, 그것들의 채색 신호들은 종려나무 잎들이 일렁거리는 것만큼이나 유연하고 규칙적으로 교차되었다.

에투알 광장에 이르기 전 왼쪽으로 오슈 대로의 거의 끝에 있는, 옛날에 바질 자하로프 경卿의 소유였던 개인 저택 이층의 커다란 창문들에는 여전히 불이 켜져 있었다. 후일―혹은 같은 시기였는지도 모른다―나는 자주 그 개인 저택의 이층에 올라갔었다. 사무실들이 있었고 그 사무실들 안에는 항상 사람이 많았다. 사람들이 웅성거리며 모여서 이야기를 하고 있었고 다른 그룹의 사람들은 열심히 전화를 걸고 있었다. 끊임없이 왕래하는 사람들. 그리고 그 모든 사람들은 외투도 벗지 않은 채였다. 왜 과거의 어떤 것들은 사진처럼 정확하게 불쑥 솟아나는 것일까?

우리는 빅토르 위고 가 쪽에 있는 바스크 식당에서 저녁을 먹곤 했다. 어제 나는 그 식당을 찾으려고 애를 썼지만 찾아내지 못했다. 그렇지만 나는 온 동네를 다 뒤져보았다. 그것은 매우 조용한 두 골목 모퉁이에 있었더랬다. 그 앞에는 화초를 심어놓은 큰 통들과 붉은색과 녹색 차양의 큰 천으로 가려놓은 테라스가 하나 있었다. 많은 사람들. 주고받는 대화 소리, 서로 마주치는 그릇 소리가 들리는 듯하고 내부에 놓인 마호가니로 된 바 카운터와 그 위에 아르장 해안 풍경을 그린 긴 벽화를 눈앞에 보는 듯하다. 그리고 어떤 얼굴들의 모습도 기억 속에 남아 있다. 드니즈가 일하는 라 보에시 가의 집 주인인, 홀쭉한 금발머리 남자. 그는 잠시 우리의 테이블에 와 앉곤 했다. 콧수염이 난 갈색 머리 남자, 빨간 머리 여자, 금발의 다른 남자, 곱슬머리인 그는 끊임없이 웃고 있었는데 불행하게도 나는 그들의 얼굴에 이름을 대입할 수가 없다…… 오직 자기만이 그 비결을 안다는 칵테일을 준비하는 바맨의 대머리 벗어진 머리통. 그 칵테일의 이름만—식당의 이름 그 자체이기도 했던—기억할 수 있어도 다른 추억들이 잇달아 떠오를 텐데, 도대체 어떻게 기억해낸단 말인가? 어제저녁에 그 거리들을 훑어 지나가며 나는 그 거리들이 전과 다름없다는 것을 뻔히 알면서도 그것들을 알아볼 수가 없었다. 건물들도 거리의 폭도 변하지 않았지만 그 시절에는 빛이 달랐었고 다른 무엇이 대기 속에 떠돌고 있었다……

우리는 같은 길로 돌아오곤 했었다. 우리는 자주 근처에 있는 영화관으로 영화 구경을 가곤 했었다. 그 영화관을 나는 다시 찾아냈다. 레비 광장에 있는 루아얄 빌리에 극장이었다. 내가 그 장소를 알아볼 수 있었던 것은 영화관의 건물 전면을 보고서라기보다는 벤치가 놓인 그 앞 광장과 모리스 기둥*과 나무들 덕분이었다.

만약 우리가 보았던 영화들을 기억할 수만 있다면 그 무렵이 정확하게 언제쯤인지 가려내겠지만, 그 영화들에 대해서는 오직 희미한 영상밖에 남은 것이 없었다. 눈 위를 미끄러져가는 썰매. 연미복을 입은 신사가 한 사람 들어가고 있는 어떤 상선의 선실, 출입문 겸 창문 뒤에서 춤추는 사람들의 실루엣……

우리는 로마 가에서 만나곤 했었다. 어제저녁 나는 그 거리를 97번지까지 따라갔고, 철책들과 철길, 그 건너편에 그 시절 이후 분명 색깔이 퇴색했을 어떤 건물 벽면 전체를 덮은 '뒤보네' 술 광고를 보면서 그 시절과 마찬가지의 원인 모를 불안감을 느꼈다.

99번지에 있는 시카고 호텔은 이제 '시카고'라고 불리지 않지만 프런트에 있는 사람들 중 아무도 어느 무렵에 호텔의 이름이 바뀌었는지를 말해주지 못했다. 그런 건 아무래도 좋았다.

97번지는 매우 넓은 건물이다. 만약 스쿠피가 육층에 살았다면 드니즈의 아파트는 그 아래 오층에 있었을 것이다. 그것은 건물의 왼쪽이었을까, 오른쪽이었을까? 그 건물의 전면은 각층마다 적어도 열두어 개는 되는 창문들이 나 있는 것으로 보아, 한 층이 둘 혹은 세 개의 아파트로 나누어진 것 같다. 나는 거기서 발코니, 창문의 모양이나 덧문 모습을 알아볼 수 있을까 하여 오랫동안 그 전면을 바라보았다. 그러나 그것은 아무것도 연상시켜주지 않았다.

층계 역시 마찬가지다. 난간은 내 기억 속에서 구릿빛을 발하고 있

---

* 파리의 거리에서 볼 수 있는 연극공연 프로그램 안내 탑.

는 그런 난간이 아니다. 아파트의 문들은 어두운색의 나무로 되어 있지 않다. 그리고 특히 시간제한등의 불빛은 스쿠피의 불독 같은 저 신비스러운 얼굴이 불쑥 솟아나오던 베일 같은 데가 없다. 수위에게 물어볼 필요도 없다. 그는 경계심을 나타낼 것이고 다른 모든 것이나 마찬가지로 수위도 바뀌기 마련이다.

스쿠피가 살해당했을 때 드니즈는 여전히 여기에 살고 있었을까? 만약 우리가 그 아래층에 살고 있었다면 그처럼 비극적인 사건은 어떤 흔적을 남겼을 것이다. 그러나 내 기억 속에는 아무런 흔적도 없다. 드니즈는 로마 가 97번지에 그리 오래 머물지 않은 모양이다. 아마 몇 달쯤. 나는 그 여자와 함께 살고 있었을까? 아니면 나는 파리 시내에 다른 거처를 가지고 있었을까?

나는 우리가 늦게 돌아왔던 어느 날 저녁을 기억한다. 스쿠피가 층계의 어떤 계단 위에 앉아 있었다. 그는 지팡이의 둥근 머리 위에 두 손을 맞잡고 턱을 두 손 위에 올려놓은 채였다. 그의 얼굴 모습은 완전히 의기소침한 상태였고 불독 같은 시선에는 절망한 표정이 깃들어 있었다. 우리는 그 앞에 발을 멈추었다. 그는 우리를 보지 못했다. 그에게 말을 걸고 그의 아파트까지 올라가도록 도와주고 싶었지만 그는 밀랍으로 만든 인형만큼이나 요지부동이었다. 시간제한등이 꺼졌고 오직 그의 양복의 하얗고 발광체 같은 반점만이 남아 있을 뿐이었다.

그 모든 것은 드니즈와 내가 이제 막 서로 알게 되었던 초기의 일이었을 것이다.

스물다섯

나는 스위치를 돌렸다. 그러나 나는 위트의 사무실을 떠나지 않고 잠시 동안 어둠 속에 그대로 서 있었다. 그러고 나서 불을 다시 켰다가 또다시 껐다. 세번째로 또 불을 켰다. 또 껐다. 그것은 내 속에 무엇인가를 환기시켰다. 확실히 꼬집어 말할 수 없는 어떤 시기에 이 방과 크기가 같은 어떤 방에서 불을 끄고 있는 자신을 눈앞에 보는 것만 같았다. 그리고 그 행동을 나는 매일 저녁 같은 시간에 반복하곤 했었다.

니엘 가의 가등街燈이 위트의 나무책상과 소파를 비추고 있었다. 그 무렵에도 역시 나는 밖으로 나가는 것에 두려움을 느끼기라도 하듯 불을 끄고 난 뒤에 잠시 동안 어둠 속에 서 있곤 했다. 안쪽 벽에는 유리 끼운 책장이 하나. 거울이 위에 붙은 회색 대리석의 벽난로, 서랍이 많이 붙은 사무용 책상, 내가 책을 읽기 위해 흔히 가서 눕곤 하던 창문 옆의 소파. 창문은 가로수가 늘어선 고요한 골목 쪽으로 나 있었다.

그것은 남미의 어느 나라 영사관으로 쓰이던 조그마한 개인 저택이었다. 내가 무슨 자격으로 그 영사관의 사무실을 쓰고 있었는지는 기억나지 않는다. 내가 간혹 마주칠까 말까 한 어떤 남자와 어떤 여자가 내 사무실 옆방을 사용하고 있었고 그들이 타이프 치는 소리가 들렸다.

나는 비자를 신청하러 오는 몇 안 되는 손님들을 맞았다. 발브뢰즈의 정원사가 나에게 준 비스킷 상자를 뒤지다가, 도미니카공화국의 여권과 증명사진들을 살펴보면서 갑자기 그 생각이 되살아난 것이다. 그러나 그것은 그 사무실에서 내가 대리로 일을 해주고 있는 어떤 다른 사람의 소관사무였다. 어떤 영사였을까? 어떤 상무관이었을까? 나는 내가 지시를 받기 위해 그에게 전화를 걸곤 했던 일을 잊어버리진 않았다. 그는 누구였을까?

그리고 우선, 그 영사관은 어디였던가? 나는 여러 날 동안 16구를 샅샅이 뒤져보았다. 왜냐하면 내가 추억 속에서 볼 수 있는 가로수 늘어선 고요한 거리는 그 동네의 길들과 엇비슷했기 때문이었다. 나는 마치 수맥탐지기구의 추가 조금이라도 움직여주기를 기다리며 긴장한 채 지하수를 찾는 사람과 흡사했다. 나는 길마다 그 입구에 가서 버티고 섰다. 나무들과 건물들이 나의 마음을 뒤흔들어주기를 기대하면서. 몰리토르 가와 미라보 가의 교차점에서 나는 그런 느낌을 받은 것 같았다. 돌연, 저녁마다 영사관에서 퇴근하면 내가 이 지점쯤에 와 있었다는 확신이 생겼다.

날이 어두워가고 있었다. 층계까지 이르는 복도를 따라가며 나는 타자기 소리를 들었고 빠끔히 열린 문틈 사이로 머리를 들이밀어보곤 했다. 남자는 이미 나가고 없고, 여자 혼자 타자기 앞에 앉아 있었다. 나는 그녀에게 저녁 인사를 했다. 여자는 타자 치는 일을 멈추고 몸을 돌렸다. 열대지방 사람 특유의 얼굴이 지금도 기억나는 예쁜 갈색 머리 여자였다. 그 여자는 스페인말로 나에게 뭐라고 말하고는 미소를 짓고 일손을 다시 잡았다. 나는 현관에 잠시 멈춰 섰다가 마침내 밖으로 나가기로 마음을 정하는 것이었다.

그러고 나서는 틀림없이 미라보 가를 내려간다. 너무나 곧고 어둡고 인적이 없어서 나는 발걸음을 재촉한다. 내가 유일한 행인이어서 눈에 띨까봐 겁을 내고 있는 것이 분명하다. 더 아래 베르사유 가의 교차로에 있는 광장에는 어떤 카페에 아직도 불이 켜져 있다.

나는 또 길을 거꾸로 거슬러올라가서 오퇴유의 고요한 거리들을 지나 깊숙이 들어가는 때도 있었다. 거기서는 마음이 놓였다. 나는 마침내 뮈에트의 인도로 나서게 되었다. 나는 에밀 오지에 가와 내가 오른쪽으로 접어드는 길의 높은 건물들을 기억한다. 일층에는 마치 치과 병원의 진료실들처럼 불투명한 어떤 창문에 항상 불이 켜져 있었다. 드니즈는 그보다 좀 멀리 떨어져 있는 어느 러시아 식당에서 나를 기다렸다.

나는 빈번히 바나 식당들을 언급하지만 때때로 길 이름 표지판이나 불 켜진 간판이 거기에 없었다면 어떻게 길을 찾아나갔겠는가?

그 식당은 벽으로 둘러싸인 어떤 정원에까지 연장되어 있었다. 붉은 비로드로 벽을 바른 안쪽 홀이 유리칸막이 너머로 보였다. 우리가 정원의 식탁에 가 앉을 때엔 아직 해가 남아 있었다. 거기에는 기타를 연주하는 사람이 있었다. 그 악기의 잘 울리는 소리, 정원에 내리는 황혼

빛, 그리고 아마도 근처의 숲속에서 풍겨오는 것 같은 나뭇잎 냄새, 이 모든 것이 그 시절의 신비와 우수를 북돋워주었다. 나는 그 러시아 식당을 다시 찾아내려고 애를 썼다. 헛된 일이었다. 미라보 가는 변하지 않았다. 영사관에 더 오래 남아 있게 되는 저녁이면 나는 베르사유 가를 지나 계속해서 길을 걸어갔다. 지하철을 탈 수도 있었겠지만 차라리 밖을 걷는 것이 더 좋았다. 파시 강변로, 비르 아켐 다리, 그다음에는 전날 밤 내가 월도 블런트와 같이 따라갔던 뉴욕 가, 이제 나는 내가 왜 가슴이 찔린 것 같은 느낌을 받았던가를 이해할 수 있다. 나는 자신도 모르게 내가 옛날에 걷던 곳을 가고 있었던 것이다. 나는 얼마나 여러 번 뉴욕 가를 따라서 걸었던가…… 알마 광장, 첫번째 오아시스 같은 곳, 그리고 쿠르 라 렌의 나무들과 신선한 공기, 콩코르드 광장을 건너고 나면 거의 목적지에 이를 것이다. 루아얄 가. 나는 오른쪽으로 돌아 생 토노레 가로 들어선다. 왼쪽에는 캉봉 가.

어떤 상점 유리창에서 새어나오는 것 같은 보랏빛 감도는 반사 광선을 제외하고는 캉봉 가에는 불빛 하나 없다. 나의 발걸음이 인도 위에서 울린다. 나는 혼자다. 다시 공포감이 나를 사로잡는다. 내가 미라보 가를 내려갈 때마다 느끼는 그 공포감. 누가 나를 알아보고 나를 불러 세워 증명서를 보자고 할 것만 같은 공포감. 목적지를 십여 미터 앞두고 그렇게 된다면 억울할 것이다. 무엇보다도 뛰어가서는 안 된다. 규칙적인 걸음으로 끝까지 걸어야 한다.

카스티유 호텔. 나는 문턱을 넘어선다. 프런트에는 아무도 없다. 조그만 살롱을 지나며 잠시 숨을 돌리고 이마의 땀을 닦는다. 오늘밤에도 나는 위험을 모면했다. 그 여자는 저 위에서 나를 기다린다. 그 여자는 나를 기다려줄 유일한 여자다. 내가 이 도시에서 실종될까봐 걱정해줄 유일한 여자다.

흐린 녹색 벽의 방. 붉은 커튼이 쳐져 있다. 빛은 침대의 왼쪽 머리맡의 등에서 나오고 있다. 나는 그녀의 향수 냄새를, 약간 톡 쏘는 냄새를 맡는다. 눈에 보이는 것은 피부의 주근깨들과 오른쪽 엉덩이에 난 점뿐이다.

스물여섯

저녁 일곱시경 그는 아들과 같이 바닷가에서 돌아왔고 그때가 바로
그가 하루 중 가장 좋아하는 시간이었다. 그는 아이의 손을 잡거나 혹
은 아이가 그의 앞에서 뛰어가게 놓아두었다.

거리에는 아무도 없었고 몇 가닥 햇살이 인도 위에 남아 있었다. 그
들은 회랑을 따라 걷고 있었고 아이는 이따금 과자 가게 렌 아스트리
드 앞에서 멈춰 서곤 했다. 그동안 그는 서점의 진열장을 구경했다.

그날 저녁 진열장에서는 어떤 한 권의 책이 그의 눈을 끌었다. 암홍
색 글자로 찍힌 제목은 '카스티유'라는 단어를 포함하고 있었고, 그가
회랑 밑으로 어린아이의 손을 잡고 걷고 있을 때, 그리고 아이가 인도
위에 줄무늬를 짓게 하는 햇살 위로 깡충깡충 뛰며 장난을 치고 있을
때, '카스티유'라는 단어는 그에게 파리에 있는 포부르 생 토노레 근처

의 어떤 호텔을 연상시켰다.

어느 날 어떤 남자가 카스티유 호텔에서 그와 만날 약속을 했었다. 그는 이미 오슈 가에 있는 사무실에서 낮은 목소리로 상담을 하고 있는 모든 이상한 사람들 틈에서 그를 만난 적이 있었다. 그 남자는 프랑스를 떠나야 하기 때문이라면서 브로치 한 개와 두 개의 다이아몬드 팔찌를 팔겠다고 제안했었다. 그는 조그마한 가죽가방에 가지런히 담겨 있는 그 보석들을 그에게 맡겼다. 그들은 그 이튿날 저녁 그 남자가 묵고 있는 카스티유 호텔에서 다시 만나기로 약속했었다.

호텔의 프런트와 그 옆에 있는 자그마한 바, 초록색 철망이 달린 벽이 있는 정원이 그의 눈에 선했다. 수위는 그가 왔다는 것을 알리기 위하여 전화를 건 다음 그에게 방 번호를 일러주었다.

남자는 담배를 입에 문 채 침대에 누워 있었다. 그는 연기를 빨아들이지 않고 두꺼운 구름처럼 만들어 신경질적으로 내뿜었다. 키가 크고 갈색 머리인 그는 전날 오슈 가에서 '남미의 어떤 영사관의 전직 상무관'이라고 자신을 소개했었다. 그는 페드로라는 자기 이름만 알려주었다.

'페드로'라는 이름의 남자는 침댓가에 일어나 앉으면서 수줍은 웃음을 지었다. 무슨 까닭인지는 모르나 알지도 못하는 그 '페드로'에 대하여 친근감이 느껴졌다. 그는 이 호텔방에서 그가 쫓기고 있는 신분이라는 것을 느꼈다. 즉시 그는 남자에게 돈이 들어 있는 봉투를 내밀었다. 그는 전날 상당한 이익을 보고 그 보석들을 파는 데 성공했던 것이다. "여기 있습니다" 하고 그는 그에게 말했다. "얻은 이익의 반을 덧붙였습니다." '페드로'는 침대 머리맡 탁자 서랍에 봉투를 넣으면서 그에게 감사의 뜻을 표했다.

그 순간 그는 침대 맞은편에 있는 옷장 문 하나가 반쯤 열려 있는 것을 보았다. 옷들과 털외투들이 옷걸이에 걸려 있었다. '페드로'라는 사람은 거기서 어떤 여자와 같이 살고 있는 것이었다. 다시 한번 그는 그들, 즉 그 여자와 '페드로'의 사정이 안심할 수 없는 상태라는 생각을 했었다.

'페드로'는 침대 위에 누워서 또다른 담배 한 대를 붙여 물었다. 그 남자는 그를 신뢰하고 있었다. 왜냐하면 그는 이렇게 말했던 것이다. "점점 더 밖에 나갈 용기가 나질 않는군요……"

그리고 그는 심지어 이렇게 덧붙였다.

"어떤 날은 어찌나 겁이 나는지 침대에 그대로 누워 지냅니다."

그 모든 시간이 지난 후 그는 아직도 '페드로'가 나지막한 목소리로 말하던 그 두 마디 말을 귓전에 듣는 듯했다. 그는 뭐라고 대답해야 할지 몰랐다. 그는 일반적인 이야기로 얼버무린 것이 고작이었다. "참 얄궂은 세월이지요."

그러자 페드로는 갑자기 그에게 이렇게 말했다.

"나는 프랑스를 떠나는 방법을 찾아낸 것 같아요…… 돈이면 무엇이든지 가능하니까요……"

그는 매우 가는 눈송이들이―거의 빗방울 같은―창유리 뒤에서 소용돌이치고 있었다는 것을 기억했다. 그리고 내리던 그 눈, 밖의 어둠, 좁은 방은 질식할 것 같다는 느낌을 불러일으켰다. 돈을 써서라도, 어디론가 도망치는 것이 여전히 가능한 일일까요?

"그래요" 하고 페드로가 중얼거렸다…… "포르투갈로 넘어갈 수 있는 방법이 있어요…… 스위스를 통해서 말입니다……"

'포르투갈'이라는 말은 곧 그에게 초록색 바다, 태양, 파라솔 밑에서 대롱으로 마시는 오렌지주스를 연상시켰다. 만약 어느 날—그는 속으로 생각했다—우리가, 그 '페드로'와 내가, 여름날 리스본이나 에스토릴의 어느 카페에서 만났다면? 그들은 나른한 몸짓으로 셸츠 물병의 주둥이를 눌러서 열었을 것이다…… 그러면 눈과 어둠과 이 음산한 겨울의 파리, 어려움을 뚫고 나가기 위하여 해야 하는 이런 흥정 따위는 얼마나 머나먼 옛일같이 느껴졌을 것인가…… 그는 그 '페드로'에게 '행운을 빕니다'라고 말하면서 방을 떠났다.

'페드로'는 그뒤 어떻게 되었는가? 그는 그토록 오래전에 오직 두 번밖에 만나지 못했던 그 남자가 이 여름날 저녁, 인도 위에 떨어진 마지막 햇빛의 반점을 뛰어넘고 있는 어린아이와 함께 있는 자신 못지않게 한가하고 행복하기를 바랐다.

스물일곱

친애하는 기, 당신의 편지 감사합니다. 나는 니스에서 매우 행복하게 지내고 있습니다. 나는 할머니가 자주 나를 데리고 가주셨던 롱샹 가의 낡은 러시아 교회를 다시 찾아냈습니다. 그때는 또한 스웨덴의 구스타프 왕이 테니스를 치는 것을 보고 그 운동에 대한 나의 천성적인 정열이 싹트던 시절이기도 했지요…… 니스에서는 거리의 모퉁이 하나하나가 내 어린 시절을 상기시킵니다.

내가 지금 말하고 있는 러시아 교회 안에는 유리가 끼워진 책장들로 둘러싸인 방이 하나 있습니다. 그 방 한가운데는 당구대와 비슷한 큰 테이블 하나와 낡은 안락의자들이 놓여 있습니다. 할머니는 수요일마다 바로 그곳으로 몇 권의 책들을 빌리기 위하여 오셨고 나는 항상 그분을 따라왔었지요.

책들은 19세기 말엽에 나온 것들입니다. 더군다나 그 장소 자체가 그 시대 독서실의 매력을 간직하고 있지요. 나는 그곳에서 약간 잊어버린 러시아말을 읽으면서 오랜 시간들을 보내곤 한답니다.

교회 건물을 따라 커다란 그늘에 덮인 공원이 하나 펼쳐져 있고 종려나무들과 유칼리나무가 늘어서 있습니다. 이 열대식물들 사이에는 몸통이 은빛인 자작나무가 한 그루 서 있지요. 머나먼 우리 러시아를 상기시키기 위하여 그 나무를 이곳에 심어놓은 것으로 짐작됩니다.

친애하는 기, 내가 도서관 사서 자리에 응모했다는 사실을 말해두는 게 좋겠군요. 만약 일이 내가 원하는 대로 된다면 나는 내 어린 시절의 한 장소로 당신을 맞아들일 수 있게 될 테니 얼마나 기쁜 일입니까?.

여러 가지 우여곡절을 거치고 난 후(신부님께 내가 전에 사설탐정 노릇을 했었다고는 차마 말씀드릴 엄두가 나지 않았어요) 나는 내 원천의 자리로 되돌아온 것입니다.

인생에서 중요한 것은 미래가 아니라 과거라고 한 당신의 말은 옳았습니다.

당신이 나에게 물어온 문제에 대해서는 '가족의 이해' 문제를 담당하는 부서에 문의하는 것이 가장 좋은 방법이라고 생각됩니다. 그래서 나는 이제 막 당신의 질문에 응하는 데 적합한 위치에 있다고 여겨지는 드 스베르에게 편지를 썼습니다. 그는 당신에게 매우 신속하게 정보를 보내줄 것입니다.

당신의 위트

추신―지금까지 우리가 그 신원을 확인하지 못한 '올레그 드 브레데'라는 이름의 인물과 관련해서는 좋은 소식이 있습니다. 당신은 다음 우편물을 통해서 자료들과 함께 한 장의 편지를 받게 될 것입니다. 사실인즉 나는 '브레데'가 러시아식—혹은 발티크식—이름이라는 데 착안하여 혹시나 하여 니스에 있는 러시아 협회의 오래된 멤버들에게 물어보다가 그 이름이 뭔가 생각나게 하는 바 있다는 카안 부인을 만나게 되었습니다. 그것은 차라리 기억에서 지워버리고 싶은 좋지 못한 추억이라고 했습니다만 그 부인은 자기가 알고 있는 모든 것을 당신에게 편지로 말해주겠다고 나에게 약속했습니다.

스물여덟

제목 : 쿠드뢰즈, 드니즈 이베트

출생 : 파리, 1917년 12월 21일 부모, 폴 쿠드뢰즈와 앙리에트(처
　　　녀명 보게르트)

국적 : 프랑스

결혼 : 1912년 9월 30일 살로니카(그리스)에서 출생한 그리스 국
　　　적의 지미 페드로 스테른과 파리 17구 시청에서 1939년 4
　　　월 3일 결혼

쿠드뢰즈 양은 아래와 같은 주소에서 차례로 거주하였음.

　　오스테를리츠 강변로 19번지, 파리(13구)

　　로마 가 97번지, 파리(17구)

카스티유 호텔, 캉봉 가, 파리(8구)

캉바세레스 가 10번지, 파리(8구)

쿠드뢰즈 양은 '뮈트'라는 예명으로 의상 모델을 섰음.

그후 그녀는 라 보에시 가 32번지, 디자이너 J. F.의 상점에서 모델로 일했음. 그후 1941년 4월 파리 9구 오페라 광장 6번지에서 양재점을 설립한 네덜란드인 반 알렌과 동업한 것으로 추정됨. 이 상점은 영업을 오래 계속하지 못하고 1945년 1월에 폐업하였음.

쿠드뢰즈 양은 1943년 2월 프랑스-스위스 간 국경을 비밀리에 월경하려고 시도하다가 행방불명이 된 것으로 추정됨. 므제브(오트 사부아 현)와 안마스(오트 사부아 현)에서 실시한 수사 결과 아무것도 확인할 수 없었음.

스물아홉

제목 : 스테른, 지미 페드로

출생 : 조르주 스테른과 주비아 사라노 사이에서 1912년 9월 30일 살로니카(그리스)에서 출생

국적 : 그리스

프랑스 국적인 드니즈 이베트 쿠드뢰즈와 파리의 17구 시청에서 1939년 4월 3일 결혼

스테른 씨가 어디에 거주했는지는 알려지지 않음.

1939년 2월로 기록된 단 하나의 카드에는 지미 페드로 스테른 씨라는 사람이 그 시기에

바야르 가 24번지, 파리 8구

링컨 호텔

에 거주한 것으로 표시하고 있음.

사실 파리 17구 시청에 비치된 혼인증명서상에 나타나 있는 것은 바로 이 주소임.

현재 링컨 호텔은 더이상 존재하지 않음.

링컨 호텔의 카드에는 아래와 같은 사항이 기록되어 있었음.

　　　　이름 : 스테른, 지미 페드로

　　　　주소 : 부티크 옵스퀴르 가(어두운 상점들의 거리) 2번지,

　　　　　　　로마(이탈리아)

　　　　직업 : 디자이너

지미 스테른 씨는 1940년 행방불명된 것으로 보임.

서른

제목 : 맥케부아, 페드로

      경찰국에서도, 정보부에서도 페드로 맥케부아 씨에 대한 정
      보를 얻기는 지난至難하였음.

페드로 맥케부아 씨―도미니카 시민으로 파리 주재 도미니카 영사
관에서 근무한―는 1940년 12월 뇌이(센 현)의 쥘리앵 포탱 대로 9번
지에 거주한 것으로 정보가 입수되었음.

그후 그의 자취는 보이지 않음.

십중팔구 페드로 맥케부아 씨는 지난 대전 이후 프랑스를 떠난 것이
확실해 보임.

그 당시에 흔히 있었던 일처럼 가명과 위조 증명서를 사용한 인물로
추정됨.

서른하나

그날은 드니즈의 생일이었다. 파리에 내리는 눈이 흙탕으로 변하고 있던 어느 겨울 저녁. 사람들은 지하철의 입구로 삼켜질 듯이 빨려들어가고 서둘러 걷고 있었다. 포부르 생 토노레의 상점 진열장들. 성탄절이 다가오고 있었다.

나는 어느 보석상으로 들어갔다. 그 남자의 얼굴이 지금도 눈에 선하다. 그는 수염을 길렀고 색깔이 든 안경을 쓰고 있었다. 나는 드니즈를 위하여 반지 하나를 샀다. 내가 그 상점을 떠날 때에도 눈은 여전히 내리고 있었다. 나는 드니즈가 약속 장소에 오지 않았을까봐 겁이 났고, 이 도시 안에서, 발걸음을 서둘러 걷고 있는 그림자 같은 그 모든 사람들 속에서 우리가 서로 길을 잃은 채 헤매게 될지도 모른다는 생각을 처음으로 했다.

내가 그날 저녁에 지미 혹은 페드로, 스테른 혹은 맥케부아 중 어느 이름으로 불리고 있었는지 지금은 기억할 수가 없다.

서른둘

발파라이소*. 그 여자는 전차의 뒤쪽 창문 옆 승객들 무리 속에 섞인 채 검은 안경을 쓴 어떤 키 작은 남자와 바이올렛 향수 냄새가 나는 미라 같은 얼굴의 갈색 머리 여자 사이에 서 있다.

곧 사람들은 거의 다 에차우렌 광장의 정거장에 내릴 것이고 그 여자는 자리를 하나 찾아 앉을 수 있을 것이다. 그녀는 지대가 높은 세로 알레그레 지역에 살고 있으므로 일주일에 두 번씩 장을 보기 위하여 발파라이소에 오곤 한다. 그녀는 그곳에 집을 하나 빌려서 무용 강습소를 차려놓았다.

그 여자는 발목을 다친 이후 더이상 무용을 할 수 없다는 것을 알게

---

* 칠레의 항구도시.

190

되자 오 년 전 파리를 떠나버렸던 것을 후회하지 않는다. 그때 그 여자는 떠나기로 결심했고 과거의 자기의 삶과 묶어놓고 있었던 밧줄을 끊어버리기로 작정했던 것이다. 왜 발파라이소냐고? 왜냐하면 그녀는 그곳에 쿠에바스 발레단의 옛 멤버였던 어떤 아는 사람이 있었기 때문이다.

그녀는 유럽으로 되돌아올 생각이 없었다. 그 여자는 지대가 높은 이 고장에 남아 무용 강의를 할 것이고, 그리하여 결국은 벽에 붙여놓은 낡은 사진들을, 그녀가 드 바질 대령의 무용단에 소속되어 있던 시절의 사진들을 잊어버리게 되고 말 것이다.

그 여자는 사고가 일어나기 전의 생활에 대해서는 아주 가끔씩밖에 생각하지 않는다. 그녀의 머릿속에서는 모든 것이 몽롱하기만 하다. 그 여자는 이름들, 날짜들, 장소들을 모두 혼동하고 있다. 그렇지만 일주일에 두 번씩, 같은 시간, 같은 장소에서 규칙적으로, 한 가지 추억이, 다른 것들보다 더 분명한 한 가지 추억이 되살아나곤 한다.

전차가 오늘 저녁처럼 에라주리스 가 아래쪽에서 멈출 때가 그렇다. 나무 그늘로 덮이고 가볍게 비탈져 올라가는 이 대로는 그녀가 어린 시절에 살았던 주이 앙 조자스*의 거리를 연상시킨다. 독퇴르 쿠르젠 가의 모퉁잇집, 수양버들, 하얀 울타리, 그 앞에 있는 개신교 교회, 저쪽 아래에 있는 로뱅 데 부아 주막집이 지금도 눈에 선하다. 그 여자는 여느 날과는 다른 어떤 일요일을 기억한다.

그녀의 대모代母가 그녀를 데리러 왔었다.

---

* 파리 서남부 교외의 이블린 지역에 속하는 작은 도시

그녀는 드니즈라는 이름 이외에는 대모에 대하여 아무것도 아는 것이 없다…… 그 여자는 무개차를 한 대 가지고 있었다. 그 일요일 날은 갈색 머리의 어떤 남자가 대모와 같이 왔었다. 그들은 셋이서 같이 아이스크림을 먹으러 갔었고 보트를 타러 갔었고 주이 앙 조자스로 그녀를 데려다주기 위하여 베르사유를 떠난 뒤 어떤 시골 장터에 멈췄었다. 그녀는 대모 드니즈와 함께 소형 자동 전기차를 탔었고 갈색 머리의 남자는 그들을 바라보고 있었다.

그 여자는 좀더 자세히 알 수 있었으면 싶었다. 그들 한 사람 한 사람은 정확하게 이름이 무엇이었을까? 그들은 어디에 살고 있었을까? 그 모든 세월이 지난 지금 그들은 어떻게 되었을까? 전차가 에라주리스 대로를 따라 세로 알레그레 지역으로 올라가는 동안 그 여자는 마음속으로 이런 질문들을 던지고 있었다.

서른셋

그날 저녁 나는 위트가 소개해준 적이 있는, 흥신소 바로 앞 니엘 가의 식료품점 겸 바의 어떤 테이블에 앉아 있었다. 카운터가 하나 있고 선반들 위에는 이국적인 상품들, 외국제 차※, 루쿰 과자, 장미꽃잎으로 만든 잼, 발트 해의 청어.

그곳에는 전직 경마 기수들이 자주 모여들곤 했는데 그들은 오래전에 죽고 없는 말馬들의 귀퉁이 떨어져나간 사진들을 서로 보여주면서 옛날의 추억담들을 주고받곤 했다.

바에서 두 남자가 나지막한 목소리로 이야기를 주고받고 있었다. 그 중 한 사람은 거의 발목에까지 이르는 낙엽 색깔 외투를 입고 있었다. 그는 거의 대부분의 다른 손님들과 마찬가지로 작은 키였다. 그는 아마도 출입문 위에 걸린 시계를 보기 위해서인 듯 몸을 돌렸고 그러다가 눈길이 내게 와서 멈추었다.

그의 얼굴이 매우 창백해졌다. 그는 툭 튀어나온 눈으로 입을 멍청하게 벌린 채 나를 뚫어지게 바라보았다.

그는 눈썹을 찡그리며 천천히 나에게 다가왔다. 그는 내 테이블 앞에서 걸음을 멈추었다.

"페드로……"

그는 내 저고리의 팔 위쪽을 쓰다듬었다.

"페드로, 너야?"

나는 그에게 대답하기를 망설였다. 그는 당황한 표정이었다.

"실례했습니다" 하고 그가 말했다. "당신은 페드로 맥케부아가 아닙니까?"

"맞습니다" 하고 나는 갑자기 말했다. "왜 그러죠?"

"페드로, 너…… 너 나 못 알아보겠어?"

"아뇨."

그는 내 맞은편에 앉았다.

"페드로…… 나, 앙드레 빌드메르야……"

그는 잔뜩 흥분되어 있었다. 그는 내 손을 잡았다.

"앙드레 빌드메르…… 경마 기수…… 나 기억하지 못하겠어?"

"미안합니다……" 하고 나는 말했다. "기억나지 않는 부분들이 있어서요. 언제 우리가 서로 아는 사이였던가요?"

"아니 잘 알잖아…… 프레디랑 같이……"

그 이름은 내 마음속에 방전 상태를 만들어냈다. 어떤 경마 기수, 발브뢰즈의 옛 정원사가 나에게 어떤 경마 기수 이야기를 한 적이 있었다.

"참 이상하군요" 하고 나는 그에게 말했다. "누군가 내게 당신 이야기를 한 적이 있었어요…… 발브뢰즈에서……"

그의 눈이 흐릿해졌다. 알코올의 영향일까? 감동했기 때문일까?

"아니, 이것 봐 페드로…… 우리가 프레디랑 같이 발브뢰즈에 갔을 때 생각 안 나?……"

"자세히 생각나지 않는데요. 바로 발브뢰즈의 정원사가 그 이야기를 하긴 했었지만……"

"페드로…… 아니 그러니까…… 그러니까, 너 살아 있었구나?"

그는 내 손을 억세게 꽉 잡았다. 손이 아팠다.

"그렇습니다만, 왜요?"

"너…… 넌…… 파리에 있는 거야?"

"그렇습니다만, 왜요?"

그는 깜짝 놀란 표정으로 나를 쳐다보았다. 그는 내가 살아 있다는 것이 믿어지지 않는 모양이었다. 무슨 일이 있었던 걸까? 나도 그걸 알고 싶은 마음이 간절했지만 얼른 보기에는 그는 그 문제를 정면으로 건드릴 용기가 나지 않는 눈치였다.

"나는…… 지베르니에 살고 있어……우아즈 현에 있는……" 하고 그가 내게 말했다. "나는…… 나는…… 파리에는 아주 가끔씩 오지…… 뭐 한잔 하겠어, 페드로?"

"마리 브리자르를" 하고 내가 말했다.

"그럼, 나도."

그는 천천히 우리 잔에 술을 손수 따랐다. 시간을 벌기로 맘먹은 것 같은 인상을 주었다.

"페드로…… 무슨 일이 일어났던 거야?"

"언제요?"

그는 단숨에 자기 잔을 들이켰다.

"너희들이 드니즈와 같이 스위스 국경을 넘으려고 했을 때 말이야?……"

내가 그에게 무슨 대답을 할 수 있었겠는가?

"우리는 너희들 소식을 한 번도 못 들었어. 프레디가 몹시 걱정했어……"

그는 또다시 잔을 채웠다.

"우린 너희들이 눈 속에서 길을 잃은 줄 알았어……"

"걱정하지 않아도 좋았을 걸 그랬는데……" 하고 내가 그에게 말했다.

"그럼, 드니즈는?"

나는 어깨를 으쓱했다.

"드니즈를 기억하세요?" 하고 내가 물었다.

"아니, 페드로, 말해 뭣해…… 그런데 도대체 넌 왜 나한테 존댓말을 하는 거야?"

"미안해, 이 사람아" 하고 내가 말했다. "얼마 전부터 내 정신 상태가 별로 안 좋아. 그 시절을 기억하려고 애를 쓰지만…… 어찌나 어렴풋한지……"

"이해해…… 그런 거 다 먼 옛날이야기지…… 프레디 결혼 생각나?"

그는 미소를 지었다.

"그다지 잘 생각나지 않아."

"니스에서…… 그가 게이와 결혼했을 때……"

"게이 오를로프 말야?"

"물론, 게이 오를로프하고 말이지…… 그가 다른 누구와 결혼하겠어?"

그 결혼식 얘기를 하는데도 내 쪽에서 별다른 반응이 없는 것을 보자 그는 썩 기분이 좋지 않은 기색이었다.

"니스에서…… 러시아 교회에서…… 종교적 결혼식을…… 관청 결혼식은 생략하고……"

"어떤 러시아 교회였는데?"

"정원이 있는 조그만 러시아 교회였지……"

위트가 그의 편지 속에서 나에게 그려 보였던 교회였을까? 세상에는 이따금 신비스러운 우연의 일치도 있는 법이다.

"아 그렇지" 하고 내가 그에게 말했다. "그래 맞아……맞아…… 정원과 교구 도서관이 있는 롱상 가의 작은 러시아 교회였지……"

"그럼 너도 기억하는구나? 증인은 우리 네 사람이었잖아…… 우리는 프레디와 게이의 머리 위로 왕관을 들고 있었지……"

"네 사람의 증인?"

"그럼…… 너, 나, 게이의 할아버지……"

"조르지아제 노인 말야?……"

"그렇지…… 조르지아제……"

내가 게이 오를로프와 조르지아제 노인과 같이 있는 것이 보이는 사진은 분명 그 기회에 찍은 것이리라. 나는 그 사진을 그에게 보여주고 싶었다.

"그리고 네번째 증인은 네 친구 루비로사였고⋯⋯"

"누구?"

"네 친구 루비로사⋯⋯ 포르피리오⋯⋯ 도미니카 외교관 말야⋯⋯"

그는 그 포르피리오 루비로사를 추억하면서 미소를 지었다. 도미니카 외교관. 아마도 내가 그 영사관에서 일한 것은 그를 위해서였을 것이다.

"그리고 나서 우리는 조르지아제 노인네 집으로 갔었지⋯⋯"

나는 정오경 플라타너스가 늘어선 니스의 어떤 거리를 걷고 있는 우리들의 모습을 그려보았다. 해가 떠 있었다.

"그럼 드니즈는 거기 있었던가?"

그는 어깨를 으쓱했다.

"물론이지⋯⋯ 이거야 원! 넌 이제 아무것도 기억하지 못하는구나⋯⋯"

우리는 그 경마 기수, 드니즈, 나, 게이 오를로프, 프레디, 루비로사, 그리고 조르지아제 노인 이렇게 일곱이서 나른한 걸음으로 걷고 있었다. 모두 하얀 양복을 입고 있었다.

"조르지아제는 알자스 로렌 공원 구석의 건물에 살고 있었지."

하늘로 높이 솟아오르는 종려나무들. 그리고 미끄럼틀에서 미끄러지는 어린아이들. 오렌지빛 천의 차일이 쳐진 건물들의 하얀 전면. 층계에서 울리던 우리들의 웃음소리.

"저녁에, 결혼을 축하하기 위하여 네 친구 루비로사가 우리를 에덴

로크로 식사자리에 데리고 갔잖아…… 그래 이제 좀 알겠어…… 기억
나?……"

그는 이제 막 엄청난 육체적 노력을 해주었다는 듯이 안도의 한숨을
내쉬었다. 그는 프레디와 게이 오를로프가 종교 결혼을 한 그날, 햇빛
과 천진난만한 기분이 넘치던, 아마도 우리들 젊은 시절의 가장 선택된
날이었던 그 하루를 되살려내느라고 기진맥진한 것 같았다.

"요컨대" 하고 나는 그에게 말했다. "우리는 매우 오래전부터 알고 있
었구먼, 너하고 나하고 말야……"

"그럼…… 나는, 먼저 프레디와 아는 사이였어…… 내가 그의 할아
버지의 경마 기수였으니까…… 불행하게도 그건 그다지 오래가지 않
았지…… 늙은이가 모든 걸 다 잃어버렸거든……"

"게이 오를로프는…… 너 혹시 아는지 모르지만……"

"그럼, 알지…… 나는 그녀의 집 아주 가까이 살고 있었어. 알리스캉
광장에……"

게이 오를로프가 오퇴유 경마장 쪽으로 매우 아름다운 정경을 내려
다볼 수 있었을 큰 건물과 창문들. 그녀의 첫 남편 월도 블런트는 그 여
자가 늙는 것이 두려워 자살했다고 내게 말한 바 있었다. 그 여자는 자
주 창문을 통하여 경마 광경을 내다보았을 거라고 나는 짐작한다. 매일
혹은 하루 오후에만도 여러 번, 여남은 마리의 말들이 마장을 따라 질
주하며 장애물에 부딪히며 거꾸러지곤 했다. 그리고 그 장애물들을 넘
어선 말들은 아직 몇 달 동안 더 보이지만 그것들도 다른 말들과 함께
사라져버릴 것이다. 그때마다 다른 말들과 교체해야 할 새로운 말들이
끊임없이 필요해진다. 그리고 매번 똑같은 정열이 마침내는 부서져버

리고 만다. 그런 광경이 우리 마음속에 자아내는 것은 우수와 실망뿐이며, 어쩌면 경마장 가에 살고 있었기 때문에 게이 오를로프는…… 나는 앙드레 빌드메르에게 그는 어떻게 생각하는지를 물어보고 싶었다. 그는 이해하고 있을 것이다. 그는 경마 기수였으니까.

"참 슬펐어" 하고 그는 나에게 말했다. "게이는 멋있는 여자였는데……"

그는 머리를 숙이고 자기의 머리를 내 머리에 가까이 가져왔다. 그의 피부는 뻘겋고 얽었으며 눈은 갈색이었다. 그의 오른쪽 뺨에는 턱 끝까지 상처 자국이 그어져 있었다. 머리는 이삭처럼 이마 위로 삐죽 솟아난 한 가닥의 흰 머리칼을 제외하고는 밤색이었다.

"그런데 너는, 페드로……"

그러나 나는 그에게 말을 끝마칠 여유를 주지 않았다.

"넌 그러니까 내가 뇌이의 쥘리앵 포탱 대로에 살 때 나를 알게 되었던 건가?" 하고, 나는 '페드로 맥케부아'의 카드에 나타난 주소를 잘 외워두었기에 한번 넌지시 말해보았다.

"네가 루비로사네 집에 같이 살고 있을 때?…… 물론이지……"

또다시 그 루비로사.

"우리는 프레디하고 같이 자주 찾아가곤 했었어…… 저녁마다 밤을 꼴딱 새우면서 놀았었지."

그는 웃음을 터뜨렸다.

"네 친구 루비로사가 오케스트라를 불러들이곤 했지…… 아침 여섯 시까지…… 그가 항상 기타로 우리에게 들려주던 두 가지 곡조 기억 나?"

"아니……"

"'엘 렐로흐'와 '투 메 아코스툼브라스테' 말야. 특히 '투 메 아코스툼 브라스테'……"

그는 그 곡조의 몇 소절을 휘파람으로 불었다.

"어때?"

"응…… 응…… 생각나" 하고 내가 말했다.

"너희들이 나한테 도미니카 여권을 하나 만들어주었었지. 내겐 별로 쓸모가 없었지만……"

"네가 영사관으로 나를 만나러 온 적도 있었어?" 하고 내가 물었다.

"응. 네가 나한테 도미니카 여권을 주었을 때."

"나는 내가 그 영사관에서 무슨 일을 하고 있었는지 끝내 이해를 못 했어."

"나도 몰라…… 어느 날 너는 루비로사의 비서 비슷한 일을 한다고 그랬고 그게 너한테는 좋은 피신처라고 했었어…… 루비가 그 자동차 사고로 죽은 건 정말 가슴 아팠어……"

그럼, 가슴 아프고말고. 또하나의 증인을, 물어볼 사이도 없이 잃어 버렸구나.

"이봐, 페드로…… 너의 진짜 이름은 뭐였지? 나는 늘 그게 궁금했었 어. 프레디는 네가 페드로 맥케부아가 아니라고 말했어…… 그리고 너 한테 가짜 신분증을 만들어준 것은 루비였다고 말야……"

"내 진짜 이름? 나도 그걸 알 수만 있었으면 좋겠어."

그리고 그가 그 말을 농담으로 알아듣도록 하기 위하여 나는 미소를 지었다.

"프레디, 그는 알고 있었어. 너희들이 중학교 때부터 서로 아는 사이였으니까…… 너희들은 그 루이자 중학교 얘기를 얼마나 귀 따갑도록 해댔는지……"

"무슨 중학교라고……?"

"루이자…… 넌 잘 알고 있을 것 아냐?…… 시치미 떼지 마…… 네 아버지가 너희들 둘을 자동차로 데리러 왔던 날…… 그분은 아직 면허증도 없는 프레디에게 운전대를 맡겼었다나…… 그 이야기를 적어도 백 번은 했을 거야……"

그는 머리를 으쓱했다.

그렇다면 나에게는 '루이자 중학교'로 나를 데리러 오곤 했던 아버지가 있었구나. 흥미 있는 사실이었다.

"그런데, 너는?" 하고 내가 그에게 말했다. "넌 여전히 말 타는 일을 하고 있나?"

"승마 교사 자리를 하나 얻었지. 지베르니 마장에서……"

그가 심각한 어조로 대답을 해서 나는 놀랐다.

"알다시피 그 사고가 있은 뒤부터는 계속 내리막이었어……"

무슨 사고? 나는 그에게 감히 물어볼 생각이 나지 않았다.

"내가 너, 드니즈, 프레디, 그리고 게이와 므제브까지 같이 갔던 무렵에 이미 사정이 별로 좋지 않았었어…… 나는 조마사 자리를 잃었었거든…… 내가 영국 사람이라고 해서 시들해하더군…… 오로지 프랑스 사람만 쓰겠다는 거야……"

영국인? 그렇지 나는 그때까지 간신히 알아차릴까 말까 했지만, 그의 말씨에는 가벼운 외국어 억양이 섞여 있었다. 그가 므제브라는 말을 발음하자 내 가슴이 더 크게 뛰었다.

"참 이상한 생각이었지, 안 그래? 므제브로 갔던 건 말이야" 하고 나는 한번 용기를 내어 말했다.

"뭐가 이상한 생각이야? 달리 어떻게 할 방법이 없었는걸……"

"그래?"

"그곳은 안전한 장소였거든…… 파리는 너무 위험해졌었어……"

"정말 그렇게 생각해?"

"아니, 페드로, 기억해봐…… 점점 더 검문이 잦아졌었잖아. 나는 영국 사람이었지…… 프레디는 영국 국적을 가졌지……"

"영국?"

"그렇고말고…… 프레디 집안은 모리스 섬 출신이었으니까…… 그리고 네 사정도 더 나을게 없었어…… 우리가 가진 소위 도미니카 여권이라는 것도 실상 더이상 큰 보호막이 되지는 못했어…… 생각 좀 해봐…… 네 친구 루비로사 자신도……"

나는 그다음 말은 듣지 못했다. 그의 목소리가 점점 꺼져가는 것 같았다.

그는 술을 한 모금 마셨다. 그때 그 집의 단골손님들이고 모두 전직 경마 기수들인 네 사람이 안으로 들어왔다. 나는 그들을 알아보았다. 나는 그들이 주고받는 대화를 자주 들은 적이 있었던 것이다. 그들 중 한 사람은 항상 낡은 승마 바지를 입고 여러 군데 더러움이 탄, 스웨이드 저고리를 입고 있었다. 그들은 빌드메르의 어깨를 툭툭 쳤다. 그들은 한꺼번에 말을 했고, 웃음을 터뜨리면서 요란스럽게 떠들었다. 빌드메르는 그들을 나에게 소개하지 않았다.

그들은 바의 등 없는 의자에 앉았고 큰 목소리로 계속 떠들었다.

"페드로……"

빌드메르는 나에게로 몸을 숙였다. 그의 얼굴은 내 얼굴에서 불과 몇 센티 거리에 있었다. 그는 몇 마디 말을 하기 위해 마치 초인적인 노력이라도 하듯이 얼굴을 찡그렸다.

"페드로…… 너희들이 국경을 넘으려고 했을 때 드니즈에게 대체 무슨 일이 생긴 거야?……"

"나도 모르겠어" 하고 나는 그에게 말했다.

그는 나를 빤히 쳐다보았다. 약간 술에 취한 것 같았다.

"페드로…… 너희들이 떠나기 전에 내가 너에게 그 녀석을 조심해야 된다고 그랬잖아……"

"어떤 녀석?"

"너희들이 스위스로 넘어가게 해주겠다던 녀석 말이야. 기생오라비 같은 낯짝의 러시아 사람……"

그는 얼굴이 뻘겋게 되어 있었다. 그는 술을 한 모금 마셨다.

"생각해봐…… 또다른 녀석 이야기도 듣지 말라고 내가 너한테 그랬잖아…… 스키 강사 말이야……"

"무슨 스키 강사?"

"너희들이 국경 넘는 일을 맡아 주선해주기로 되어 있던…… 잘 알면서 그래…… 그 보브 뭐라던 사람…… 보브 베송…… 너희들은 왜 떠났던 거야?…… 우리하고 산장에 잘 있다가 말이야……"

그에게 무슨 말을 한단 말인가? 나는 머리를 으쓱했다. 그는 단숨에 잔을 비웠다.

"그의 이름이 보브 베송이었어?" 내가 그에게 물었다.

"응. 보브 베송……"

"그럼 그 러시아 사람은?"

그는 눈썹을 찡그렸다.

"생각이 안 나는데……"

그의 주의력이 늦춰져버렸다. 그는 나와 함께 그 과거 이야기를 하기 위하여 급작스럽게 안간힘을 썼었는데 이제는 그만이었다. 마치 마지막으로 한 번 물위로 머리를 쳐들고 나서는 그만 물속으로 가라앉아버리고 마는 헤엄치는 사람처럼. 하기야 기억을 되살려보려는 그의 노력을 나 역시 별로 도와주지 못했다.

그는 자리에서 일어나 다른 사람들에게로 가 어울렸다. 그는 다시 습관적인 세계로 되돌아간 것이다. 나는 그가 그날 오후 뱅센에서 있었던 경마에 대하여 큰 소리로 의견을 이야기하는 소리를 들었다. 승마용 바지를 입은 사람이 좌중에게 한 잔씩을 샀다. 빌드메르는 목소리를 되찾았고 어찌나 격렬하고 정열적으로 이야기를 하는지 자기의 담배에 불을 붙이는 것조차 잊어버리고 있었다. 담배는 그의 입술가에 매달려 있었다. 내가 그의 앞에 가 선다 해도 그는 나를 알아보지 못했을 것이다.

나는 밖으로 나오면서 그에게 인사를 하고 팔을 흔들어 보였지만 그는 알아보지를 못했다. 그는 완전히 자기의 화제에 몰두해 있었다.

서른넷

비시[*]. 어떤 미국제 자동차 한 대가 라 페 호텔께 근처, 수르스 공원 가에 멈춰 선다. 차체는 흙탕으로 잔뜩 더럽혀져 있다. 두 남자와 한 여자가 내리더니 호텔의 입구로 걸어간다. 남자들은 면도를 제대로 하지 않은 모습이고 그들 중 키가 큰 사람은 여자를 부축하고 있다. 호텔 앞에는 버드나무 의자들이 한 줄로 놓여 있고 거기에는 사람들이 강렬하게 내리쬐는 7월달 햇볕에도 상관없다는 듯 머리를 끄덕거리며 졸고 있다.

홀에서 세 사람은 프런트까지 어렵게 길을 트며 다가간다. 그들은 안락의자들과, 심지어는 군복을 입은 몇몇 사람들도 섞인, 다른 잠자는

---

[*] 프랑스 중부 도시로, 2차대전중에 나치 독일의 점령하에 있던 남부 프랑스를 1940년부터 1944년까지 통치한 정권이 이곳에 자리잡고 있었다.

사람들이 축 늘어져 누운 야전용 침대들을 피해서 가지 않으면 안 된다. 다섯, 혹은 열 사람씩 밀집한 그룹들이 홀의 안쪽에서 서로 밀치면서 서로 부르고 이야기를 하고 있고 그들이 주고받는 떠들썩한 말소리가 밖의 무더위보다도 더욱 견디기 어렵다. 그들은 마침내 접수계에 이르러 그들 중 키가 큰 남자가 수위에게 세 개의 여권을 내민다. 두 개는 파리 주재 도미니카공화국 영사관 발행 여권인데 하나는 '포르피리오 루비로사'의 이름으로 되어 있고 다른 하나는 '페드로 맥케부아'의 이름으로 되어 있으며, 세번째 것은 '드니즈 이베트 쿠드뢰즈' 이름으로 된 프랑스 여권이다.

수위는 턱밑에서 뚝뚝 떨어지는 땀으로 뒤범벅이 된 얼굴로 완전히 기진맥진한 몸짓을 하면서 그들에게 세 개의 여권을 돌려준다. '상황이 상황이니만큼' 비시 전체에서 남아 있는 호텔방이라고는 하나밖에 없다. 정 원한다면 세탁실에나 혹은 아래층 화장실에 안락의자 두 개를 넣어줄 수는 있다는 것이다. 그의 목소리는 그 주위에 서로 엇갈리는 말소리들의 웅얼거림과 엘리베이터 문의 딱딱 하는 소리, 전화벨 소리, 프런트 사무실 위에 매달아놓은 확성기에서 나오는 부르는 소리에 묻혀서 잘 들리지도 않는다.

두 남자와 한 여자는 약간 비틀거리는 걸음으로 호텔에서 나왔다. 하늘은 갑자기 보랏빛이 감도는 회색 구름에 덮였다. 그들은 수르스 공원을 건너질러간다. 사람들이 머리 위가 덮인 회랑 아래 잔디밭을 따라 포석 깔린 길을 막은 채, 호텔의 홀에서보다도 더 촘촘히 붙어 서서 자기들끼리 이야기를 하고, 몇몇 사람들은 이 무리 저 무리 사이를 왔다갔다하기도 하고 어떤 이들은 벤치 위나 공원의 의자 위에 두셋씩 따로 모여 있다가 다른 사람들과 합류하기도 한다. 마치 학교의 거대한 운동장에 와 있는 느낌이고 이 소란과 시시각각 더해지는 수군거림에 끝장을 내줄 종소리를 기다리기라도 하는 것 같다. 그러나 종은 울리지 않는다.

키가 큰 갈색 머리 남자는 여전히 여자를 부축하고 있고 다른 남자는 재킷을 벗어 든다. 그들은 걸으면서 금방 떠났던 어떤 사람, 혹은 어떤 그룹들을 찾아서 이리 뛰고 저리 뛰는 사람들, 곧 흩어졌다가 다른 그룹과 다시 합류하는 사람들과 부딪치곤 한다.

세 사람은 다 같이 식당의 카페 테라스로 나아간다. 테라스는 입추의 여지가 없는데 기적적으로 다섯 사람의 손님이 어떤 테이블을 떠나는 바람에 두 남자와 한 여자는 버드나무 의자에 털썩 주저앉는다. 그들은 약간 멍청한 눈길로 카지노 쪽을 바라본다.

구름 같은 김이 온 공원에 가득차 있고 나뭇잎 궁륭이 그것을 막아 가만히 괴어 있게 잡아두고 있다. 목욕탕 속 같은 김이다. 그것은 목구멍을 가득 채우고 카지노 앞에 모여선 그룹을 어렴풋한 모습으로 만들고 그들이 소란스럽게 떠드는 소리를 희미하게 들리게 한다. 옆 테이블에는 어떤 늙은 여자가 흐느끼면서 앙다이* 근처의 국경이 막혀버렸다고 되뇐다.

여자의 머리가 키 큰 갈색 머리 남자의 어깨 위로 기울어졌다. 그 여자는 두 눈을 감았다. 그 여자는 어린애같이 잠을 잔다. 두 남자는 서로 바라보며 미소를 짓는다. 그리고 그들은 다시 카지노 앞에 선 모든 사

---

* 보르도에서 그리 멀지 않은 프랑스-스페인 국경 도시. 2차대전중 이 도시 근처를 지나 스페인으로 넘어가는 사람들이 많았다.

람들의 그룹들을 물끄러미 바라본다.

소나기가 쏟아진다. 계절풍에 실려오는 비. 비는 플라타너스와 마로니에의 두꺼운 잎새들을 뚫고 떨어진다. 저쪽에 있는 사람들은 카지노의 유리막 아래로 피하기 위하여 서로 밀쳐대고, 다른 사람들은 황급히 테라스를 떠나 서로 발을 밟아대면서 카페의 안쪽으로 들어간다.

오직 두 남자와 그 여자만이 자리에서 움직이지 않았다. 왜냐하면 그들 테이블의 비치파라솔이 비를 가려주고 있기 때문이다. 여자는 키 큰 갈색 머리 남자의 어깨에 뺨을 기댄 채 여전히 잠들어 있고, 남자는 멍한 눈으로 앞을 바라보고 있고, 그 옆의 남자는 무심하게 '투 메 아코 스툼브라스테'의 곡조를 휘파람 불고 있다.

서른다섯

창문에서 자갈 깔린 소로가 난 큰 잔디밭이 보였다. 소로는 내가 있는 건물에까지 매우 완만한 오르막을 이루고 있었다. 그 건물은 지중해 연안에 있는 하얀 호텔들을 연상시켰다. 그러나 내가 현관의 층계를 올라갈 때 내 눈은 정문 입구를 장식하고 있는 은빛 글씨의 간판 위에 가 멈추었다. '루이자 중학교'.

저쪽 잔디밭 끝에는 테니스코트가 있었다. 오른쪽에는 한 줄의 자작나무들. 물을 뺀 수영장. 다이빙대는 반쯤 무너져 있었다.

그는 창문턱으로 나와 나에게 다가왔다.

"그렇다니까요…… 참 안됐습니다만, 선생님…… 학교의 모든 문서들이 불에 탔지요…… 예외 없이 전부……"

밝은색 자개가 박힌 안경을 쓰고 트위드 재킷을 입은 육십대쯤의 남자였다.

"그리고 어쨌든 장슈미트 부인께서 허락도 안 해주셨을 터이고……
남편께서 돌아가신 이후 그분은 루이자 중학교에 대한 얘기라면 일절
귀를 기울이지 않으려고 하니까요……"

"혹시 굴러다니는 옛날 학급 사진 같은 것은 없을까요?" 나는 그에게
물어보았다.

"아뇨, 선생님. 거듭 말씀드리지만 모두가 불탔어요……"

"여기서 일하신 지 오래되셨습니까?"

"루이자 중학교의 마지막 이 년간이죠…… 그러니까 그때 학교는 이
미 옛날 같지 않았어요…… 그리고 교장선생님이신 장슈미트 씨가 돌
아가신 거지요……"

그는 생각에 잠긴 표정으로 창문 밖을 바라보았다.

"옛 졸업생으로서 저는 몇 가지 추억될 만한 것들을 다시 찾아보고
싶었는데요……" 하고 내가 그에게 말했다.

"이해는 하겠습니다만, 불행하게도……"

"그러면 학교는 어떻게 될 건가요?"

"오, 모두 경매에 붙일 거예요."

그리고 그는 나른하게 팔을 움직이면서 잔디밭, 테니스코트, 수영장
이 있는 우리들 앞쪽을 가리켰다.

"마지막으로 기숙사와 교실들 구경이나 하시겠어요?"

"그만두십시오."

그는 재킷 주머니에서 파이프를 꺼내 입에 물었다. 그는 창문의 문
턱을 떠나지 않았다.

"저 왼쪽에 있는 목조건물은 무엇이었던가요?"

"탈의장이죠, 선생님. 체육 시간에 저기서 옷을 갈아입었죠……"

"아, 그래요……"

그는 파이프에 담배를 담았다.

"저는 다 잊어버렸어요…… 우리는 교복을 입고 다녔던가요?"

"아뇨, 선생님. 다만 식사 때와 외출날에는 의무적으로 푸른색 상의를 입어야 했었죠."

나는 창문으로 다가섰다. 이마가 거의 유리창에 닿도록. 아래쪽 흰 건물 앞에는 자갈이 깔린 마당이 있었고 거기에는 벌써부터 잡초가 돋아나기 시작했다. 나는 프레디와 내가 푸른 교복을 입고 있는 모습을 상상해보았다. 나는 외출날 우리를 데리러 찾아온, 자동차에서 내려 우리 쪽으로 걸어오는 그 남자, 우리 아버지 모습이 어떠했었을까 를 상상해보려고 애를 썼다.

서른여섯

E. 카안 부인

피카르디 가 22번지, 니스.　　　　　　　　니스, 1965년 11월 22일

위트 씨의 요청에 따라, 나는 '올레그 드 브레데'라는 사람에 대해 내가 알고 있는 모든 것을 말씀드리기 위해 이 글을 씁니다. 비록 그 일은 불쾌한 추억을 상기시키는 까닭에 힘이 들기는 합니다만.

나는 어느 날 이제는 그 이름이 잘 기억나지 않는 어떤 러시아 분이 경영하는 프랑수아 1세 가의 '아르카디'라는 러시아 음식점에 들어가게 되었습니다. 식당은 소박한 곳이었고 손님은 많지 않았습니다. 아직 제 나이도 채 되지 않아서 지레 늙은, 불행하고 병색이 있는 얼굴의 식당 주인은 자쿠스키* 테이블 앞에 앉아 있었습니다—그때

는 대략 1937년 무렵이었습니다.

나는 그 식당에서 마치, 자기 집처럼 행동하는 이십대의 젊은 청년을 보았습니다. 양복, 셔츠 등 모든 것이 완벽할 정도로 지나치게 잘 차려입은 모습이었습니다.

그의 외모는 놀라운 데가 있었습니다. 생기에 차고 도자깃빛 푸른 눈은 찢어지고, 빛나는 미소에 끊임없이 웃음을 터뜨리곤 했습니다. 그 뒤에는 동물적인 간교함이 엿보였습니다.

그는 내 테이블 바로 옆에 앉아 있었습니다. 내가, 두번째 그곳에 갔을 때 그는 식당 지배인을 가리키며 나에게 이렇게 말했습니다.

"당신은 내가 저분의 아들이라는 것을 믿을 수 있겠습니까?"

실제로 그의 아버지인 그 가련한 늙은이에 대하여 멸시하는 태도를 보이면서 하는 말이었지요.

그러고 나서 그는 '루이 드 브레데, 몽팡시에 공작'이라는 이름이 새겨져 있는, 신분을 나타내는 팔찌를 나에게 보여주었습니다(식당에서 사람들은 그를 올레그라고 불렀지요. 러시아 이름입니다만). 나는 그에게 그의 어머니는 어디에 있느냐고 물어보았습니다. 그는 어머니가 작고하셨다고 말했지요. 나는 그에게 도대체 그 여자가 어디에서 몽팡시에 가문의 남자를 만나게 되었느냐고 물어보았어요(그이름은 오를레앙 공의 작은집 가문이라지요). 그는 시베리아에서 만난 것이라고 하더군요. 그 모든 이야기는 되지도 않는 말이었습니다. 나는 그가 남성, 여성 가리지 않고 등쳐먹고 사는 조무래기 불한당

---

* 돼지고기, 생선, 캐비어, 각종 야채 등으로 구성된 러시아 전채요리.

이라는 것을 알아차렸습니다. 내가 그에게 무엇을 하고 지내느냐고 묻자 그는 피아노를 친다고 하더군요.

이어서 그는 유제스 후작부인이 자기를 흠모한다는 둥, 윈저 공과는 그럴 수 없는 사이라는 둥, 그의 모든 사교 관계를 늘어놓기 시작하는 것이었습니다. 나는 그가 하는 이야기 중에는 사실과 사실이 아닌 것이 있다는 것을 느꼈습니다. '사교계'의 사람들은 그의 '이름'과 미소와 차디차지만 실제적인 그의 친절에 말려든 게 분명했습니다.

전쟁중―1941~1942년으로 기억됩니다만―나는 쥐앙 레팽* 해변에 가 있다가, 여전히 건강하고 요란하게 웃음을 띠고 있는 '올레그 드 브레데'가 달려오는 것을 보았습니다. 그는 포로가 되었었는데 어떤 높은 독일 장교가 그를 돌보아주고 있노라고 나에게 말했습니다. 그 당시 그는 전쟁 동안의 보호자인 과부, 앙리 뒤베르누아 부인 댁에 며칠을 묵고 있다고 하더군요. '그 여자는 어찌나 인색한지 돈도 주지 않아요'라고 그는 말했지요.

그는 '독일 사람들과 일을 하기 위하여' 파리로 돌아갈 계획이라고 나에게 말했습니다. 무슨 일을 하는 것이냐고 내가 물어보았더니 '그들에게 자동차를 파는 일이지요' 하고 대답하더군요.

그후 나는 그를 더이상 만나지 못했고 그가 어떻게 되었는지 알지 못합니다. 이것이 그 인물에 대하여 내가 말할 수 있는 전부입니다.

경의를 표하며

E. 카안 드림

---

* 프랑스 남부 지중해안의 도시 앙티브의 유명한 해변 휴양지 구역.

서른일곱

이제 두 눈을 감기만 하면 된다. 우리들 모두가 므제브로 떠나기 전에 일어난 일들이 단편적으로 기억에 되살아난다. 오슈 가에 있는 옛 자하로프 호텔의 불 켜진 커다란 유리창들, 빌드메르의 지리멸렬한 말들, '루비로사'처럼 분홍빛으로 번뜩거리는 이름, '올레그 드 브레데'처럼 어슴푸레한 이름, 그리고 그 밖에 손에 잡힐 듯 잡히지 않는 사소한 일들—목이 쉬어 거의 들리지도 않는 빌드메르의 목소리 같은—말이다. 그 모든 것들이 내게 아리아드네*의 실이 되어준다.

전날, 오후가 저물어갈 무렵 나는 바로 옛 자하로프 호텔 이층에 있

---

* 그리스신화에 나오는 크레타의 왕 미노스의 딸로 아테네의 영웅 테세우스와 사랑에 빠져 그에게 실을 주었다. 테세우스는 반은 황소이고 반은 인간인 괴물 미노타우로스를 죽인 뒤 그 실을 따라 미궁을 빠져나올 수 있었다.

었던 것이다. 사람들이 많았다. 여느 때처럼 그들은 외투를 벗지도 않은 채로였다. 나는 외투를 입지 않고 있었다. 나는 중앙에 있는 큰 방을 지나갔는데 그곳에는 열댓 명의 사람들이 전화기 옆에 서거나 가죽제 안락의자에 앉아서 상담을 하고 있었다. 내가 만나기로 되어 있었던 남자는 벌써 그곳에 와 있었다. 나는 조그만 사무실로 슬쩍 들어가서 등 뒤로 문을 닫았다. 그는 나를 방 한구석으로 데리고 갔고 우리는 각각 낮은 탁자 양쪽에 놓인 안락의자에 앉았다. 나는 그곳에 신문지로 싼 금화를 내려놓았다. 그는 이내 여러 다발의 은행권을 곧 나에게 내밀었고 나는 그것을 셀 겨를도 없이 황급히 주머니에 집어넣었다. 그는 보석에 관심이 없었다. 우리는 함께 사무실에서, 그리고 그 모든 사람들이 외투를 입은 채 왕래하는 광경이 어딘가 불안해 보이는 그 큰 방에서 나왔다. 인도에 선 채 그는 혹시 보석들을 살지도 모를 어떤 여자의 주소를 건네주었다. 말레르브 광장 근처에 있는 곳이었다. 그리고 그는 그 사람에게 자기의 소개를 받아서 왔노라고 말하라고 일러주었다. 눈이 오고 있었지만 나는 그곳으로 걸어가기로 마음먹었다. 맨 처음 드니즈와 나는 자주 그 길을 따라가곤 했었다. 세월이 변한 것이었다. 눈이 내리고 있었고 나는 잎 떨어진 나무들과 전면 벽이 꺼먼 건물들이 늘어선 그 대로를 간신히 알아볼 수 있을 정도였다. 몽소 공원의 철책을 따라가도 이제는 더이상 쥐똥나무 향기는 나지 않았고 오직 젖은 땅냄새와 썩은 냄새만이 났다.

길이 끝나고 사람들이 '쌈지공원' 혹은 '빌라'라고 부르는 막다른 길 안쪽에는 단층집이 하나 있었다. 그 여자가 나를 맞아준 방은 가구가 갖춰진 방이 아니었다. 우리가 앉은 단 하나뿐인 장의자, 그 장의자 위에 놓인 전화기가 전부였다. 사십대쯤 되고 신경질적이며 머리가 붉은 여자. 끊임없이 전화벨이 울렸지만, 그 여자가 그때마다 전화를 꼬박꼬박 다 받는 것은 아니었다. 전화를 받게 될 때에는 저쪽에서 하는 말을 수첩에 기록하곤 했다. 나는 그녀에게 보석들을 보여주며 당장 현금으로 지불한다는 조건으로 반값에 금화와 다이아몬드 팔찌를 양도하겠다고 했다. 그 여자는 좋다고 했다.

밖에 나와 쿠르셀 지하철 정거장을 향하여 걸어가면서 나는 몇 달 전 우리가 거처하는 카스티유 호텔 방으로 찾아왔던 그 젊은이 생각을 했다. 그는 잽싸게 사파이어와 두 개의 브로치를 팔았고 이익의 반을 나누어 갖자고 했었다. 마음이 착한 젊은이였다. 나는 그에게 내 출발 계획을, 심지어는 밖으로 나가는 것이 겁난다는 이야기까지 하면서 그에게 어느 정도 속마음을 털어놓았었다. 그는 우리가 사는 시절이 참 얄궂다고 했었다.

그뒤 나는 에두아르 7세 광장에 있는, 드니즈의 네덜란드 친구 반 알렌이 양재점을 열고 있는 아파트로 드니즈를 데리러 갔다. 그녀는 '생트라' 바로 위쪽의 어떤 건물 이층에 들어 있었다. 정문 말고 다른 또하나의 문으로 슬쩍 밖으로 나갈 수 있는 지하실 홀이 있어서 드니즈와 나는 그 '생트라' 바를 자주 찾아가곤 했으므로 지금도 나는 그곳을 잘 기억한다. 두 개의 출입문이 나 있는 파리의 모든 공공장소와 건물들을 나는 빠짐없이 다 알고 있었던 것 같다.

그 손바닥만한 양재점에는 오슈 가와 흡사하게 부산한 분위기, 아니 그보다도 더 열띤 분위기가 감돌고 있었다. 반 알렌은 여름 컬렉션을 준비하고 있었는데, 나는 과연 또다시 여름이 돌아오기나 할 것인지 의심스러워하고 있었던 터라 그토록 대단한 노력과 낙관주의가 매우 놀랍게 여겨졌다. 그는 어떤 갈색 머리 여자에게 가벼운 흰 천의 옷을 입혀보고 있었고 다른 모델들은 탈의실로 들락날락하고 있었다. 크로키한 종이들과 옷감들이 널려 있는 루이 16세식 탁자 주위에서 여러 사람들이 이야기를 주고받고 있었다. 드니즈는 살롱의 한구석에서 오십대로 보이는 금발의 여자와 갈색 머리를 묶어 맨 어떤 청년과 이야기를 나누고 있었다. 나는 그 대화에 끼어들었다. 그 여자와 남자는 코트다쥐르로 떠난다고 했다. 온통 와글와글하는 그 속에서 말소리는 더이상 잘 들리지 않았다. 무슨 까닭인지는 잘 모르나 샴페인 잔들이 돌고 있었다.

드니즈와 나는 현관까지 사람들 틈을 비집고 나갔다. 반 알렌이 우리를 배웅해주었다. 나는 지금도 그가 우리에게 행운을 빈다고 말하고 손으로 키스를 보내면서 빠꼼히 열린 문틈으로 머리를 내밀고 있을 때의 그의 매우 맑은 푸른 눈과 미소가 눈에 선하다.

드니즈와 나, 우리는 마지막으로 캉바세레스 가를 지났다. 우리는 벌써 짐을 싸놓았다. 트렁크 하나와 가죽가방 두 개가 살롱의 끝 큰 테이블 앞에서 기다리고 있었다. 드니즈는 커튼을 내리고 덧문을 닫았다. 그녀는 재봉틀의 뚜껑을 닫았고 마네킹의 상체에 핀으로 꽂혀 있던 흰 천을 걷어냈다. 나는 이곳에서 우리가 보낸 저녁나절들을 생각했다. 그녀는 반 알렌이 그녀에게 주는 원본에 따라 작업을 하거나 바느질을 했고 나는 장의자에 누워서 회고록들 중 어떤 것이나 아니면 그녀가 그토록 좋아했던 마스크 총서의 탐정소설들을 읽었다. 그 저녁들은 내가 경험한 유일한 안도의 시간, 우리가 평화로운 세상 속에서 탈 없는 생활을 하고 있다는 환상을 가질 수 있는 유일한 시간이었다.

나는 트렁크를 열고, 털 셔츠와 속옷, 안주머니와 구두 밑바닥 속에 부풀게 숨겨져 있던 은행권 다발들을 밀어넣었다. 드니즈는 아무것도 잊어버린 것이 없는지를 확인하기 위하여 여행 가방에 든 물건들을 살펴보았다. 나는 복도를 따라 방까지 가보았다. 불을 켜지 않고 창가에 가 섰다. 눈은 여전히 내리고 있었다. 맞은편 인도 위에서 보초를 서던 경찰관은 겨울이 되었기 때문에 며칠 전 그곳에 만들어 세운 초소 안에 들어가 있었다. 소세 광장 쪽에서 온 다른 경찰관도 빠른 걸음으로 초소 쪽을 향해 걷고 있었다. 그는 자기 동료와 악수를 했고 그에게 보온병을 건네주었다. 그들은 번갈아가며 작은 컵에 물을 따라 마셨다.

드니즈가 들어왔다. 그녀는 창가에 있는 내게로 다가왔다. 그녀는 털 외투를 입은 채 나를 꼭 껴안았다. 그녀에게서는 톡 쏘는 향수 냄새가 났다. 털외투 속에 그녀는 얇은 셔츠를 입고 있었다. 우리는 딱딱한 밑판밖에 남아 있지 않은 침대로 갔다.

리옹 역에는, 게이 오를로프와 프레디가 플랫폼 입구께에서 우리를 기다리고 있었다. 그들 옆, 손수레 위에는 그들의 가방 여러 개가 쌓여 있었다. 게이 오를로프는 큰 트렁크를 하나 가지고 있었다. 프레디는 짐꾼과 이야기를 나누다가 그에게 담배 한 대를 권했다. 드니즈와 게이 오를로프도 함께 이야기를 했고 드니즈는 프레디가 빌린 산장이 우리들 모두가 다 쓸 만큼 크냐고 그에게 물었다. 우리가 서 있는 노란빛에 잠긴 플랫폼을 제외하고 역은 어두웠다. 언제나처럼 발목을 툭툭 건드리는 긴 낙타털 외투를 입은 채 빌드메르가 우리들에게로 왔다. 중절모가 그의 이마를 가리고 있었다. 우리는 각자의 침대칸에 짐을 싣도록 시켰다. 그리고 밖의 객차 앞에 서서 출발 예고를 기다렸다. 게이 오를로프는 그 기차를 타려는 여행자들 중의 어떤 사람을 알아보았지만 그는 프레디에게서 누구에게든 말을 걸거나 남의 시선을 끄는 일이 없도록 하라는 지시를 받았었다.

나는 한동안 드니즈와 게이 오를로프와 함께 그녀들의 칸에 남아 있었다. 창유리 가리개가 반쯤 내려져 있었고 나는 몸을 숙여서 창문을 통해 우리가 교외를 통과하고 있는 것을 볼 수 있었다. 계속 눈이 내렸다. 나는 드니즈와 게이 오를로프에게 뺨을 맞추고 난 뒤 이미 프레디가 자리잡고 있는 내 칸으로 돌아갔다. 곧 빌드메르가 우리들을 찾아왔다. 그는 당장은 자기 혼자서 차지하고 있는 칸에 자리를 잡고 있었고 여행이 끝날 때까지 아무도 더 오는 사람이 없기를 바라고 있었다. 사실 그는 사람들이 그를 알아보게 될까봐 겁을 내고 있었다. 왜냐하면 몇 년 전 오퇴유 경마장에서 사고가 났을 당시 경마 신문에 그의 사진이 자주 실렸었기 때문이다. 우리는 경마 기수들의 얼굴은 쉬 잊히는 법이라고 말하면서 그를 안심시키려고 애를 썼다.

프레디와 나는 우리의 침대 좌석에 누워 있었다. 기차가 속력을 냈다. 우리는 야간등을 켜놓은 채 두었고 프레디는 신경질적으로 담배를 피워댔다. 그는 혹시 있을지도 모르는 검문 때문에 불안해하고 있었다.

나도 마찬가지였지만 그런 감정을 감추려고 애를 썼다. 프레디, 게이 오를로프, 빌드메르 그리고 나는 루비로사 덕분에 도미니카 여권을 소지하고 있었지만 그것이 효과가 있을지에 대해서는 사실 자신이 없었다. 루비 자신이 나에게 그렇게 말했었다. 우리는 여느 사람들보다 더, 까다로운 경찰관이나 검표원의 기분에 좌우될 처지였다. 오직 드니즈만이 아무 위험이 없었다. 그 여자는 진짜 프랑스 사람이었던 것이다.

기차가 처음으로 정거했다. 디종. 확성기 소리가 눈에 묻혀 희미하게 들렸다. 우리는 누군가 복도를 따라 걷고 있는 소리를 들었다. 어떤 칸의 문이 열렸다. 어쩌면 누가 빌드메르의 칸에 들어가는 것인지도 몰랐다. 그러자 나와 프레디는 신경질적으로 폭소를 터뜨렸다.

기차는 반시간 동안이나 샬롱 쉬르 손 역에 머물렀다. 프레디는 잠이 들었고 나는 우리 칸의 야간등을 껐다. 무슨 까닭인지는 모르겠으나 나는 어둠 속에서 더 안도감을 느꼈다.

나는 다른 일을 생각하면서 복도에서 울리는 발소리에는 신경을 쓰지 않으려고 애를 썼다. 역의 플랫폼에서는 사람들이 이야기를 주고받고 있었고 그 말의 몇 토막들이 내 귀에 들리곤 했다. 그들은 아마 우리 차창 바로 앞에 있는 모양이었다. 그들 중 한 사람이 기침을 했다. 매우 둔탁한 기침 소리였다. 다른 한 사람은 휘파람을 불었다. 지나가는 다른 기차의 규칙적인 소리가 그들의 목소리를 가렸다.

갑자기 문이 열리더니 바바리코트를 입은 어떤 남자의 실루엣이 복도의 빛을 등뒤로 받으며 뚜렷한 윤곽을 그리면서 나타났다. 그는 우리가 모두 몇 사람인가를 확인하기 위해 손전등을 기차간의 위에서 아래로 휙 쓸어보았다. 프레디는 깜짝 놀라 잠을 깼다.

"신분증 좀 봅시다……"

우리는 그에게 도미니카 여권을 내밀었다. 그는 무심한 눈길을 던지며 그것들을 살펴보더니 여닫이 문짝 때문에 우리에게는 보이지 않는 그 옆의 어떤 사람에게 여권들을 건넸다. 나는 두 눈을 감았다. 그들은 잘 들리지 않는 몇 마디를 주고받았다.

그는 기차간 안으로 한 걸음 내디뎠다. 손에 우리의 여권을 들고 있었다.

"외교관들인가요?"

"예" 하고 내가 기계적으로 대답했다.

잠시 후 나는 루비로사가 우리에게 외교관 여권을 주었던 것을 기억해냈다.

그는 아무 말도 하지 않고 여권을 우리에게 돌려주고 문을 닫았다.

우리는 어둠 속에서 숨을 죽였다. 우리는 기차가 떠날 때까지 아무 말도 하지 않고 가만히 있었다. 기차가 덜컹 하고 움직였다. 프레디가 웃는 소리가 들렸다. 그가 불을 켰다.

"다른 친구들을 찾아가볼까?" 하고 그가 나에게 말했다.

드니즈와 게이 오를로프의 칸은 검사를 받지 않았다. 우리는 그들을 깨웠다.

그 여자들은 우리가 왜 그렇게 야단을 피우는지를 이해하지 못했다. 그런데 빌드메르가 심각한 얼굴로 우리들에게로 왔다. 그는 아직도 몸을 부들부들 떨고 있었다. 그도 역시 자기의 여권을 내밀었을 때, '도미니카의 외교관'이냐는 질문을 받았다는 것이었다. 그러나 사복 경찰관들과 검표원들 중에 그의 얼굴을 알아본 어떤 경마 팬이 한 사람 섞여 있을지도 모른다는 생각에 겁이 나서 감히 대답을 하지 못했다고 했다.

기차는 눈으로 하얗게 덮인 풍경을 뚫고 미끄러져가고 있었다. 그 풍경이 얼마나 부드럽고 다정했던가. 나는 그 잠든 집들을 보면서 그때까지 한 번도 느껴본 일이 없었던 도취감과 안도감을 느꼈다.

우리가 살랑슈에 도착했을 때는 아직 밤이었다. 버스 한 대와 큰 승용차 한 대가 역 앞에 멈춰 서 있었다. 프레디와 빌드메르와 나는 가방들을 들고 있었고 두 남자는 게이 오를로프의 트렁크를 받아들었다. 우리 여남은 명의 여행자들은 므제브로 가는 버스에 오를 참이었다. 운전사와 두 사람의 짐꾼이 가방들을 뒤쪽에 쌓아놓고 있으려니까 어떤 금발의 남자가 게이 오를로프에게 다가왔다. 그녀가 전날 리옹 역에서 언뜻 본 일이 있다고 했던 바로 그 남자였다. 그들은 프랑스말로 몇 마디를 주고받았다. 나중에 그녀는 우리에게 그 남자가 전에 약간 아는 사이였던 키릴이라는 러시아인이라고 설명했다. 그 남자가 운전대에 누군가 앉아 있는 검은색의 큰 승용차를 가리켜 보이면서 우리를 므제브까지 데려다주겠다고 제안했다. 그러나 프레디는 버스를 타고 가는 편이 더 낫겠다면서 그 청을 거절했다.

눈이 오고 있었다. 버스가 천천히 앞으로 나아갔고 검은 승용차가 우리를 추월했다. 우리는 경사진 길을 따라 올라갔고 허름한 버스의 차체는 그때마다 매번 떨렸다.

나는 우리가 므제브에 도착하기도 전에 차가 고장나는 것은 아닐까 하고 자문했다. 아무러면 어떠냐? 어둠이 전나무 잎들을 간신히 뚫고

퍼지는 허연 솜 같은 안개로 차츰차츰 변하는 것을 보면서 나는 아무
도 우리를 찾아서 여기까지 올 사람은 없다는 생각을 했다. 우리에게는
아무 위험도 없었다. 우리는 점차로 눈에 띄지 않는 존재가 되어가고
있었다. 사람들의 시선을 끌었을지도 모를 우리들의 도회사람 옷차림
까지도—빌드메르의 짙은 갈색 외투와 청색 중절모자, 게이의 표범가
죽 외투, 프레디의 낙타털옷, 그의 초록색 목도리와 흑백의 두툼한 골
프용 구두—안개 속에 녹아들고 있었다. 누가 알겠는가? 우리는 어쩌
면 마침내 증발해버릴지도 몰랐다. 혹은 창유리를 뒤덮고 있는 저 수증
기, 손으로 지울 수도 없을 만큼 끈질긴 저 증기에 불과한 존재가 될지
도 몰랐다. 운전사는 도대체 무얼 보고 방향을 알아채는 것일까? 드니
즈는 잠이 들었는지 그녀의 머리가 내 어깨 위로 기울어져 있었다.

　버스가 시청 앞의 광장 한가운데에서 멈추었다. 프레디가 그곳에서
기다리고 있던 썰매 위에 우리들의 짐을 싣도록 이른 다음, 우리는 교
회 바로 옆에 있는 다과점 겸 찻집으로 따뜻한 것을 마시러 갔다. 그 집
은 이제 막 문을 열었고 우리에게 마실 것을 날라다주는 부인은 우리
가 그렇게 아침 일찍 온 것에 놀라는 듯했다. 아니면 게이 오를로프의
억양이나 우리들의 도회사람 차림 때문이었을까? 빌드메르에게는 모
든 것이 다 경탄스러운 모양이었다. 그는 아직 한 번도 산에 가본 일이
없었고 겨울 스포츠도 해본 일이 없었다. 그는 입을 헤벌린 채 이마를
창유리에 바싹 붙이고 전몰장병 추모비와 므제브 시청 위로 떨어지는
눈을 바라보고 있었다. 그는 부인에게 케이블카는 어떻게 작동하는 것
이며 자기도 스키 학교에 등록할 수 있는지를 알고 싶어서 연방 질문
을 했다.

산장의 이름은 '남십자성'이었다. 그 집은 컸고 짙은 색 목조건물로
초록색 덧문이 달려 있었다. 프레디가 파리에 있는 어떤 친구에게서 그
집을 세낸 것으로 나는 알고 있다. 그 집은 큰길과 이어지는 구불구불
한 길을 굽어보고 있었고 큰길에서는 전나무 숲에 가려 그 집이 보이
지 않았다. 구불구불한 어떤 길을 따라가면 큰길로부터 그곳에 이를 수
있었다. 큰길 역시 어디론가 비탈져 올라가고 있었지만 나는 한 번도
그 길이 어디로 나 있는지 알고 싶어했던 적이 없다. 드니즈와 나의 방
은 이층에 있었고 창문으로부터 전나무들 너머로 므제브의 마을 전체
를 굽어볼 수 있었다. 나는 날씨 좋은 날이면 성당의 종루와 로슈브륀
산 밑에 어떤 호텔이 만들어내는 황토색 반점, 화물차 역, 저 안쪽에 있
는 스케이트장과 묘지를 알아보려고 애를 쓰곤 했다. 프레디와 게이 오
를로프는 거실 옆에 있는 아래층 방을 차지했다. 빌드메르의 방으로 가
려면 또다시 한 층을 내려가야 했다. 그의 방은 그 아래쪽에 있었고 현
창 모양의 창문이 땅바닥에 바로 닿은 채 나 있었기 때문이다. 그러나
거기, 그의 말마따나 자신의 소굴에 거처하기로 결정한 것은 바로 빌드
메르 자신이었다.

처음엔 우리는 산장 안에서 꼼짝도 하지 않았다. 우리는 거실에서
끝없이 카드놀이만 하고 지냈다. 그 방이 아주 자세하게 기억난다. 양
털로 짠 양탄자, 책꽂이 선반이 뻗어 있는 밑에 가죽소파. 낮은 탁자 하
나. 발코니로 난 두 개의 창문. 이웃에 사는 어떤 여자가 므제브에 가서
장을 보아 오는 일을 맡고 있었다. 드니즈는 책꽂이에서 찾아낸 탐정소

설을 읽었다. 나도 역시 읽었다. 프레디는 수염을 길렀고 게이 오를로프는 저녁마다 우리에게 보르추*를 만들어주었다. 빌드메르는 마을에서 정기적으로 '파리 스포츠' 잡지를 가져오게 하고는 그의 '소굴' 속에 처박힌 채 그것을 읽었다. 어느 날 오후 우리가 브리지 게임을 하고 있으려니까 그가 얼굴을 찌푸린 채 그 잡지를 쳐들고 나타났다. 어떤 기자가 지난 십 년간의 경마계에 일어난 중요한 사건들을 돌이켜보면서 특히 다음과 같은 내용을 언급하고 있었다. '오퇴유에서 있었던 영국인 경마 기수 앙드레 빌드메르의 충격적인 사고'. 몇 장의 사진들이 그 기사 내용을 보여주고 있었는데 그중에는 우표보다도 더 작은 빌드메르의 사진도 들어 있었다. 그를 깜짝 놀라게 한 것은 바로 그것이었다. 즉 누군가 살랑슈 역에서나 혹은 므제브에서, 아니면 성당 옆 다과점에서 그를 알아보았을지도 모르고, 우리들에게 식료품을 가져다주고 집안일을 약간 돌봐주는 부인 또한 그가 '영국인 경마 기수 앙드레 빌드메르'라는 사실을 알아차렸을지도 모른다는 것이었다. 아닌 게 아니라 우리가 떠나기 일주일 전에 그는 알리스캉 광장에 있는 그의 집에서 어떤 익명의 인물로부터 전화를 받은 일이 있지 않았던가. 어떤 조용한 목소리가 그에게 "여보세요, 여전히 파리에 있나요, 빌드메르?" 하고 그에게 말했었다. 그러고 나서는 웃음을 터뜨리더니 전화를 끊어버렸던 것이다.

우리는 그가 '도미니카 시민'이기 때문에 아무 위험이 없다고 수차 되풀이하여 말했지만 아무 소용이 없었고 그는 대단히 신경질적인 상

---

* 사탕무와 양배추를 넣은 러시아식 수프.

태에 빠져 있었다.

어느 날 밤 새벽 세시경, 프레디가 빌드메르의 '소굴' 문을 요란하게 두드리고 소리쳤다. "앙드레 빌드메르, 우리는 당신이 거기 있다는 것을 알고 있어요…… 당신이 영국인 경마 기수 앙드레 빌드메르라는 것을 다 안다니까요…… 어서 빨리 나와요……"

빌드메르는 그 장난을 좋게 받아들이지 않았고 이틀 동안이나 프레디에게 말을 하지 않았다. 그러고 나서 그들은 화해했다.

그리 중요할 것도 없는 그 일 말고는 초기의 산장에서는 만사가 더할 수 없을 만큼 조용하게 진행되었다.

그러나 차츰 프레디와 게이 오를로프는 우리들의 너무나 단조로운 일과에 따분한 기분을 느끼게 되었다. 빌드메르 자신도 누군가 그를 '영국인 경마 기수'로 알아보지나 않을까 하는 두려움에도 불구하고 공연히 서성거렸다. 그는 스포츠맨이어서 아무 일도 하지 않고 지내는 데 습관이 되어 있지 않았다.

프레디와 게이 오를로프는 므제브에서 산책을 하는 동안 여러 '사람들'과 마주쳤다. 많은 '사람들'이 우리들처럼 이곳에 숨어 지내기 위해서 와 있는 모양이었다. 사람들은 서로 다시 만나고 '파티'를 열곤 했다. 우리는 프레디와 게이 오를로프, 얼마 지나지 않아서 그 밤 생활에 끼어든 빌드메르를 통하여 그 소문을 들었다. 나는 경계심을 늦추지 않았다. 나는 차라리 드니즈와 산장에 남아 있는 쪽을 택했다.

그렇지만 우리도 마을로 내려가는 일이 종종 있었다. 우리는 아침

열시쯤 산장을 떠나서 조그만 예배당들이 서 있는 길을 따라가곤 했다. 우리는 때때로 그중 한 예배당으로 들어갔고 드니즈는 그곳에서 초에 불을 켜곤 했다. 어떤 예배당들은 닫혀 있었다. 우리는 눈 속에서 미끄러지지 않기 위하여 천천히 걸었다.

좀더 아래로 내려가면 돌 십자고상^{十字苦像} 하나가 일종의 로터리 한 가운데 서 있었고 거기서부터 매우 가파른 길이 시작되고 있었다. 그 길의 반쯤은 나무 계단으로 되어 있었지만 눈으로 잔뜩 뒤덮여 있었다. 나는 드니즈가 미끄러질 경우 그녀를 붙잡아줄 수 있도록 앞장서 갔다. 길 아래에는 마을이 있었다. 우리는 중앙통을 따라 시청 광장까지 갔고 몽블랑 호텔 앞을 지나곤 했다. 좀더 가면 오른편 인도 쪽으로 회색빛 콘크리트의 우체국 건물이 서 있었다. 그곳에서 우리는 드니즈의 친구들에게 편지를 부쳤다. 레옹, 캉바세레스 가의 아파트를 우리에게 빌려주었던 엘렌 같은 친구들에게…… 나는 루비로사에게 한마디 적어 보냈다. 그가 만들어준 여권 덕분에 우리가 잘 도착했으며 우리들이 있는 곳으로 오면 좋겠다고 썼다. 우리가 영사관에서 마지막으로 만났을 때 그가 '시골에 가서 지내고 싶다'고 말했었기 때문이다. 나는 그에게 우리 주소를 알려주었다.

우리는 로슈브뢴 쪽으로 올라갔다. 길가에 있는 호텔들에서는 어디서나 푸른색 겨울 스포츠 복장의 여자 코치들이 인솔하는 여러 그룹의 어린아이들이 나오곤 했다. 그들은 스키나 스케이트를 어깨에 메고 있었다. 과연 몇 달 전부터 스키장의 호텔들은 대도시의 가장 가난한 어린아이들을 위하여 동원된 상태였다. 발길을 돌리기 전에 우리는 케이블카의 매표구에서 서로 밀치며 모여들고 있는 사람들을 먼 눈으로 바라보곤 했다.

　'남십자성' 산장 저 위, 전나무 숲을 뚫고 경사진 길을 따라 올라가면 매우 나지막한 단층의 어떤 산장 앞에 이르게 되어 있었다. 우리들을 위해 장을 봐주곤 하던 부인은 바로 그곳에 살고 있었다. 그녀의 남편은 암소 몇 마리를 기르며 주인이 없을 때는 '남십자성' 산장지기 노릇을 했다. 그의 산장 안에는 탁자 몇 개와 보잘것없는 바와 당구대 하나가 설치된 큰 홀이 있었다. 어느 날 오후 드니즈와 나는 그 남자의 집으로 우유를 가지러 올라갔다. 그는 우리에게 그다지 친절하게 굴진 않았지만 드니즈는 당구대를 보자 당구를 쳐도 좋은지를 물어보았다. 그는 처음에는 어이가 없다는 표정을 짓더니 곧 누그러졌다. 그는 원한다면 언제든지 와서 당구를 쳐도 좋다고 말했다.

　프레디, 게이 오를로프, 빌드메르가 그 시절의 므제브의 생활에 끼어들기 위하여 우리를 남겨놓고 가버리고 나면 우리는 저녁에 그 산장을 자주 찾아가곤 했다. 그 친구들은 '에키프' 바나 아니면 어떤 산장에서 함께 만나 '친구들끼리의 파티'를 하자고 제안했지만 우리는 그 위에 올라가는 것을 더 좋아했다. 조르주—그것이 그 남자의 이름이었다—와 그의 아내가 우리를 기다리고 있었다. 그들은 우리를 꽤 좋아하는 것 같았다. 우리는 그와 그의 두세 친구들과 당구를 쳤다. 가장 잘 치는 사람은 드니즈였다. 큐를 손에 들고 있는 가냘픈 그녀의 모습이 눈에 선하다. 아시아 사람 같은 인상의 부드러운 얼굴, 맑은 두 눈, 허리께까지 굽이치며 늘어진 구릿빛 감도는 밤색 머리……가 눈앞에 보이는 것만 같다. 그녀는 프레디가 빌려준 낡은 붉은색 스웨터를 입고 있었다.

우리는 조르주와 그의 아내와 함께 매우 늦게까지 이야기를 나누곤 했다. 므제브에 휴양차 온 많은 사람들이 밤늦게까지 떠들고 놀면서 사람들의 이목을 끌기 때문에 가까운 시일 안에 한바탕 소동이 벌어지고 분명 신분 검사가 있을 것이라고 조르주는 우리에게 말했다. 그런데 우리는 다른 사람들과 다르다는 것이었다. 어려운 일이 있을 경우 그의 아내와 그가 우리를 돌봐줄 것이라고 했다.

드니즈는 '조르주'가 그녀의 아버지를 연상시킨다고 나에게 실토했다. 우리는 자주 장작불을 피웠다. 시간은 부드럽고 따뜻하게 흘러갔고 우리는 한가족끼리 있는 것 같은 기분이었다.

때때로 다른 친구들이 가고 난 뒤 우리는 단둘이 '남십자성'에 남아 있곤 했다. 산장은 우리의 것이 되었다. 우리가 저 아래 눈 위로 선명하게 드러나 보이던 그 마을을, 마치 성탄절 때 진열장 안에 만들어놓은 장난감들처럼 조그만 마을의 전경을 물끄러미 바라보고 있었던 그 맑은 밤들을 나는 다시 살아보고만 싶다. 그런 밤이면 모든 것이 단순하고 걱정 없어 보였으며 우리는 미래를 꿈꾸곤 했다. 우리는 이곳에 정착하고 우리 아이들은 마을 학교에 다니고 지나가는 가축떼들의 방울소리 속에 여름이 올 것이다…… 우리는 행복하고 아무 일 없는 생활을 하리라.

또다른 밤에는 눈이 내렸고 나는 숨이 막히는 느낌에 사로잡혔다. 드니즈와 나는 결코 이 곤경을 벗어나지 못할 것만 같았다. 우리는 이 깊은 골짜기 속에서 포로였고 눈이 차츰차츰 우리를 파묻어버릴 것이었다. 지평선을 가로막는 그 산들보다 더 절망적인 것은 없었다. 엄청

난 당혹감이 나를 사로잡았다. 그럴 때면 나는 문을 열었고 우리는 발코니로 나갔다. 나는 전나무 향기가 배어 있는 찬 공기를 들이마셨다. 나는 더이상 겁이 나지 않았다. 오히려 나는 어떤 거리감을, 풍경에서 오는 어떤 정일한 슬픔을 느꼈다. 그런데 그 풍경 속의 우리는 무엇인가? 우리들 몸짓과 우리들 생명의 메아리가, 주위의 성당 지붕 위에, 스케이트장과 묘지에, 골짜기를 뚫고 뻗은 길이 긋고 있는 더욱 어두운 윤곽 위에 가벼운 송이로 떨어지는 저 솜 같은 눈에 파묻혀 질식당하고 있다는 생각이 들었다.

드디어 게이 오를로프와 프레디가 저녁에 산장으로 사람들을 초대하기 시작했다. 빌드메르는 이제 더이상 사람들이 자신을 알아볼까봐 걱정하지 않았고 좌중의 인기를 독차지하는 존재가 되었다. 사람들은 십여 명씩, 때로는 그 이상으로 떼를 지어 예고 없이 한밤중에 찾아왔고 다른 산장에서 시작된 야회가 더욱 신명나게 계속되었다. 드니즈와 나는 그들을 피했지만, 프레디가 우리에게 같이 남아 있어달라고 어찌나 은근하게 말하는지 우리는 가끔씩 그의 청을 따르기도 했다.

지금도 몇몇 사람들 모습이 어렴풋하게 생각난다. 우리들에게 자꾸만 포커 놀이를 하자고 조르던, 룩셈부르크 국적 번호판을 단 자동차를 타고 다니던 생기 있는 갈색 머리의 활발한 남자. 크로스컨트리 스키를 타느라고 얼굴이 그을려 반들거리는 붉은 스웨터 차림의 금발 '앙드레 카를'이라는 사람. 괴상한 검정 비로드 옷차림의 매우 건장한 사내…… 그는 나의 추억 속에서 마치 커다란 풍뎅이처럼 끊임없이 빙빙 돌고 있다…… 하나는 '자클린', 다른 하나는 '캉팡 부인'이라고 불리던 스포

티한 미녀들.

야회가 한창일 때 사람들이 갑자기 거실의 불을 끄거나 한 쌍의 남녀가 어떤 방으로 슬며시 들어가버리는 일도 있었다.

끝으로, 게이 오를로프가 살랑슈 역에서 만났던, 우리들에게 자기의 자동차를 이용하라고 권했던 그 '키릴'. 매우 예쁜 프랑스 여자와 결혼한 러시아 사람. 그는 페인트통과 알루미늄 암거래를 했던 것으로 생각된다. 그는 산장에서 파리로 빈번하게 전화를 했고 나는 그의 전화통화 때문에 우리 쪽으로 이목이 쏠릴 위험이 있다고 프레디에게 몇 번이나 말했다. 그러나 프레디도 빌드메르도 이제는 전혀 조심하는 눈치가 아니었다.

어느 날 저녁 산장으로 보브 베송과 '올레그 드 브레데'라는 사람을 데리고 온 것은 '키릴'과 그의 아내였다. 베송은 스키 강사였는데 그의 제자 중에는 유명한 인사들이 끼어 있었다. 그는 스키 점프를 했었는데 잘못 떨어져서 얼굴에 흉터들이 남아 있었다. 그는 다리를 약간 절었다. 므제브 토박이로 갈색 머리의 키 작은 남자였다. 그는 술을 마셨지만 아침 여덟시부터는 어김없이 스키를 탔다. 스키 강사 노릇을 하는 것 외에 그는 식량 수송 업무를 맡고 있었고 그 자격으로 자동차를 한 대 쓰고 있었다. 우리가 살랑슈에 도착했을 때 본 일이 있었던 운전석 내부가 검은색인 차였다. 게이 오를로프가 파리에서 이미 만난 적이 있는 젊은 러시아 사람 '브레데'는 므제브에 자주 와서 머물렀다. 그는 자동차 타이어와 부품들을 닥치는 대로 사고 다시 팔아넘기는 일로 생활하는 것 같았다. 왜냐하면 그 역시 산장에서 파리로 전화를 하곤 했으니 말이다. 나는 그가 항상 그 정체를 알 수 없는 '라 코메트 차고'로 전화를 거는 소리를 들었다.

무엇 때문에 그날 저녁 나는 브레데와 이야기를 나누게 되었던 것일까? 아마 그가 처음 대하기에 편한 사람이었기 때문일 것이다. 그의 눈길은 솔직했고 표정에는 유쾌한 순진성이 깃들어 있었다. 그는 별것 아닌 일로도 잘 웃었다. 끊임없이 사람들에게 '몸은 괜찮으십니까?' '술 한잔 하시지 않겠어요?' '그 의자에 앉지 말고 저 소파에 앉는 것이 더 낫지 않겠습니까?' '지난밤에는 편히 주무셨습니까?……' 하는 식으로 말을 붙이면서 항상 관심을 표시하곤 했다. 마치 상대방이 위대한 예언이라도 하고 있는 것처럼 눈을 커다랗게 뜨고 이마를 찡그리며 상대가 하는 말을 들이마실 것만 같이 주의를 기울이는 것이었다.

그는 우리가 어떤 처지에 있는지를 알아차렸는지 대뜸 내게 '이런 산 속에' 오래 머무를 생각인지 물었다. 우리로서는 별다른 도리가 없다고 그에게 대답하자 그는 나직한 목소리로 자기가 스위스 국경을 비밀리에 넘는 방법을 알고 있노라고 말했다. 그리고 혹시 내가 그것에 관심이 있는지 물었다.

나는 잠시 망설이다가 그렇다고 말했다.

그는 한 사람당 오만 프랑은 예상해야 하며 베송이 그 일에 가담하고 있다고 나에게 말했다. 베송과 그는 우리를 국경 가까운 어떤 지점까지 데려다주는 일을 맡고 있으며 그곳에서 그의 친구들 중 어떤 경험 많은 월경越境 책임자가 인계받도록 되어 있다는 것이었다. 그들은 십여 명을 이와 같이 하여 스위스로 넘어가게 해주었다면서, 그는 그들의 이름을 꼽아 보였다. 나는 생각해볼 시간이 있으니 두고 보자고 했다. 그는 파리로 떠나야 하지만 그다음 주일에는 되돌아온다고 했다. 그는 파리에 있는 어떤 전화번호를 나에게 주었다. 오퇴유국 54-73번. 내가 빨리 결정을 내리게 될 경우에는 그 번호로 자기에게 전화를 걸면 된다고 했다.

나는 게이 오를로프, 프레디, 그리고 빌드메르에게 그 이야기를 했다. 게이 오를로프는 '브레데'가 국경 넘는 일을 맡고 있다는 것이 뜻밖이라는 표정을 지었다. 그녀에게 그는 암거래로 근근이 살아가는 경박한 젊은이로밖에 보이지 않는다는 것이었다. 프레디는 우리가 도미니카 여권을 소지하고 있어서 걱정할 필요가 없는데 프랑스를 떠나는 것은 부질없는 일이라는 생각이었다.

한편 빌드메르는 브레데가 '기생오라비 같은 낯짝'이라고 생각하지만 그의 마음에 들지 않는 쪽은 무엇보다도 베송이었다. 그는 베송의 얼굴 상처 자국은 가짜이며 자기 스스로 아침마다 화장품으로 그것을 그리는 것이라고 잘라 말했다. 스포츠맨 사이의 라이벌 의식이었을까? 그건 아니고, 정말이지 그가 '마분지 씹어놓은 쌍통'이라고 부르는 그 베송은 차마 봐줄 수가 없다는 것이었다. 그런가 하면 드니즈는 브레데를 '호감형'으로 생각한다고 했다.

그것은 매우 신속히 결정되었다. 눈 때문이었다. 일주일 전부터 눈이 그치지 않고 내리고 있었다. 나는 내가 이미 파리에서 맛보았던 저 질식할 것만 같은 느낌에 또다시 빠져들었다. 나는 속으로 만약 내가 이곳에 더 오래 남아 있었다가는 우리가 함정에 빠지고 말 거라는 생각을 버릴 수가 없었다. 나는 드니즈에게 그 생각을 털어놓았다.

브레데는 그다음 주일에 돌아왔다. 우리는 마침내 합의를 보았고 국경을 넘는 문제에 대하여 그와 배송과 이야기를 했다. 브레데가 그토록 열심이고 그토록 믿음직스러워 보인 적은 한 번도 없었다. 어깨를 툭툭 치는 그의 우정 어린 태도, 맑은 두 눈, 하얀 치아, 호의 등 모든 것이 내 마음에 들었다. 게이 오를로프가 여러 번이나 웃으면서 러시아 사람과 폴란드 사람은 조심해야 한다고 말했는데도 말이다.

그날 아침 매우 일찍 드니즈와 나는 짐을 묶었다. 다른 사람들은 아직 잠자고 있었고 우리는 그들을 깨우고 싶지 않았다. 나는 프레디에게 쪽지를 하나 적어놓았다.

그들은 길가에서 배송의 검은 자동차, 내가 살랑슈에서 이미 본 적이 있는 그 자동차를 타고 우리를 기다리고 있었다. 브레데가 운전석에 앉고 배송이 그 옆에 앉아 있었다. 나는 손수 자동차의 짐칸을 열고 짐을 실은 후 드니즈와 함께 뒷자리에 올라탔다.

가는 동안 줄곧 우리는 아무 말도 하지 않았다. 브레데는 안절부절 못하고 있는 것 같았다.

눈이 내리고 있었다. 브레데는 천천히 차를 몰았다. 우리는 조그만 산길들을 따라갔다. 여행은 족히 두 시간은 걸렸다.

내가 어떤 막연한 전조 같은 것을 느낀 것은 브레데가 차를 세우고 나에게 돈을 달라고 하는 순간이었다. 나는 그에게 돈다발을 내밀었다. 그는 돈을 세어보았다. 그러고 나서 그는 우리 쪽으로 몸을 돌리더니 웃어 보였다. 이제 국경을 넘어야 되니 신중을 기하기 위하여 서로 헤어져야겠다고 그가 말했다. 나는 배송과 떠나고 그는 짐을 가지고 드니즈와 떠나겠다는 것이었다. 우리는 국경 반대쪽에 있는 그의 친구들 집에서 한 시간 후에 다시 만나게 되어 있다고 했다…… 그는 여전히 웃음을 짓고 있었다. 지금도 아직 꿈속에서 다시 보곤 하는 그 이상한 웃음.

나는 배송과 함께 차에서 내렸다. 드니즈는 앞쪽에 있는 브레데의 옆자리로 가 앉았다. 나는 그녀를 물끄러미 바라보았고 또다시 어떤 예감이 내 가슴을 찌르는 듯했다. 나는 차문을 열고 그녀에게 내리라고 하고 싶었다. 그리하여 우리 둘이서 떠나면 되는 것이다. 그러나 나는 내가 천성적으로 매우 의심이 많다고, 그래서 쓸데없는 생각을 하는 것이라고 혼잣말을 했다. 그런데 드니즈는 완전히 푹 믿고 있는 것 같았고 기분이 좋아 보였다. 그녀는 손짓으로 나에게 키스를 보냈다.

그날 아침 그녀는 스컹크 모피 외투와 자칼 털이 달린 목이 긴 셔츠, 그리고 프레디가 빌려준 스키용 바지를 입고 있었다. 그녀는 스물여섯 살이었고 밤색 머리에 초록색 눈, 1미터 65센티의 키였다. 우리에게는 짐이 많지 않았다. 두 개의 가죽가방과 짙은 갈색 트렁크였다.

브레데는 여전히 웃음을 띤 채 시동을 걸었다. 나는 내려진 창문 밖으로 머리를 숙이고 있는 드니즈에게 팔을 흔들어 보였다. 나는 멀어져 가는 자동차를 눈으로 좇아갔다. 이제 자동차는 저쪽에 하나의 아주 작은 까만 점에 지나지 않았다.

나는 배송의 뒤를 따라 걷기 시작했다. 그의 등과 눈 속에 난 그의 발자국을 살펴보고 있었다. 갑자기 그는 국경이 가까워지고 있으므로 자기가 정탐을 해보고 오겠노라고 나에게 말했다. 그는 나에게 기다리고 있으라고 했다.

십여 분이 지나자 나는 그가 돌아오지 않으리라는 것을 깨달았다. 왜 나는 드니즈를 이런 함정 속으로 끌어들였단 말인가? 나는 사력을 다하여, 브레데가 그녀 역시 버릴 것이며 우리 두 사람에게는 이제 아무것도 남지 않게 된다는 생각을 물리치려고 애썼다.

여전히 눈이 오고 있었다. 나는 헛되이 어떤 목표물을 찾으려고 애쓰면서 계속하여 걸었다. 나는 여러 시간을 걷고 또 걸었다. 이윽고 나는 눈 속에 드러눕고 말았다. 나의 주위에는 오직 하얀 빛밖에 아무것도 없었다.

서른여덟

나는 살랑슈에서 기차를 내렸다. 햇빛이 비치고 있었다. 역 광장에는 버스 한 대가 시동을 건 채 기다리고 있었다. 단 한 대의 DS 19형 택시가 인도를 따라 세워져 있었다. 나는 그 차에 올라탔다.

"므제브로 갑시다" 하고 나는 운전사에게 말했다.

그는 차를 출발시켰다. 희끗희끗한 머리의 육십대 남자로 닳은 털깃이 달린 짧은 반코트를 입고 있었다. 그는 과자인지 드롭스인지를 빨고 있었다.

"날씨가 좋군요?" 하고 그가 나에게 말했다.

"아, 그러네요……"

나는 차창 밖을 바라보며 우리가 따라가고 있는 길을 알아보려고 애를 썼지만 눈이 없는 그 길은 옛날의 그 길과는 아예 비슷하지도 않았다. 전나무들과 들판 위에 내리는 햇빛, 길 위로 나무들이 만드는 궁륭, 그 모든 푸른 초목들이 나에게는 낯설고 놀랍기만 했다.

"이곳 풍경을 이제는 알아볼 수가 없군요" 하고 나는 운전사에게 말했다.

"전에 여기에 오신 적이 있었나요?"

"예. 매우 오래전에요…… 눈에 덮여 있을 때요……"

"눈에 덮여 있을 때는 전혀 다르지요."

그는 주머니에서 동그랗고 작은 양철통을 하나 꺼내더니 나에게 내밀었다.

"발다 한 개 드시겠습니까?"

"고맙습니다."

그도 한 개를 집었다.

"일주일 전부터 담배를 끊었거든요…… 의사가 발다 사탕을 먹으라고 권하더군요…… 담배를 피우세요?"

"나도 끊었어요…… 그런데 당신은 므제브 분이신가요?"

"예, 그렇습니다만."

"므제브에 아는 사람들이 있었는데…… 그들이 어떻게 되었는지 알았으면 좋겠어요…… 예를 들어서 보브 베송이라고 하는 사람을 안 적이 있었는데……"

"로베르요? 스키 강사 말인가요?"

"예."

그는 머리를 으쓱했다.

"나는 그 친구와 학교를 같이 다녔어요."

"그는 어떻게 되었나요?"

"죽었어요. 몇 년 전에 스키 점프를 하다가 죽었어요."

"아 그래요……"

"그는 잘될 수도 있었을 텐데…… 그런데…… 그 사람과 아는 사이였나요?"

"잘 알지는 못했지만."

"로베르는 아주 젊어서 머리가 돌아버렸어요, 그가 상대하는 손님들 때문에……"

그는 양철통을 열고 사탕을 하나 집어삼켰다.

"즉사했어요…… 점프하면서……"

버스가 우리 뒤 이십여 미터쯤에서 따라오고 있었다. 하늘색 버스.

"그는 어떤 러시아 사람과 아주 친한 사이가 아니었던가요?" 하고 내가 물었다.

"러시아 사람요? 베송이 러시아 사람과 친구라고요?"

그는 내가 하는 말이 무슨 뜻인지 알아듣지 못했다.

"그런데 말이지요. 베송은 그다지 사귈 만한 녀석은 못 되었어요…… 심보가 돼먹지 않은 친구였어요……"

나는 그가 베송에 대하여 더 길게 이야기하지 않을 것임을 알아차렸다.

"혹시 '남십자성'이라는 므제브의 산장을 아시나요?"

"'남십자성'요?…… 그런 이름을 가진 산장이 워낙 많아서요……"

그는 또다시 사탕 통을 내밀었다. 나는 한 개를 집었다.

"길이 내려다보이는 산장이었는데……" 하고 내가 말했다.

"무슨 길요?"

그렇지, 무슨 길이었던가? 내 추억 속에 보이는 길은 그 어떤 산길과도 비슷한 것이었다. 그 길을 어떻게 다시 찾는단 말인가? 그리고 그 산장이 이제는 어쩌면 없어졌는지도 모른다. 설령 그것이 아직 남아 있다 한들……

나는 운전사 쪽으로 몸을 기울였다. 나의 턱이 그의 반코트 털깃을 건드렸다.

"살랑슈 역으로 도로 데려다주세요" 하고 내가 말했다.

그가 나를 돌아다보았다. 어리둥절해하는 눈치였다.

"손님이 원하신다면, 그래야지요."

서른아홉

제목 : 하워드 드 뤼즈, 알프레드 장

생년월일 : 포르 루이(모리스 섬) 1912년 7월 30일 하워드 드 뤼
        즈, 조제프 심티와 처녀명 푸크로인 루이즈 사이에서 출생

국적 : 영국(그리고 미국)

하워드 드 뤼즈 씨는 차례로 다음과 같은 주소에 거주했음.

    샤토 생 라자르, 발브뢰즈 소재(오른 현)

    레누아르 가 23번지, 파리(16구)

    호텔 샤토브리앙, 시르크 가 18번지, 파리(8구)

    몽테뉴 가 56번지, 파리(8구)

    마레샬 리요테 가 25번지, 파리(16구)

하워드 드 뤼즈, 알프레드 장 씨는 파리에서 일정한 직업이 없었음.

그는 프랑스에 거주하는 어떤 그리스인을 위하여 1934년과 1939년 사이에 시장 개척 및 골동가구 매입 활동을 하고 그 기회에 그의 어머니의 출신국인 미국 여행을 한 것으로 추정됨.

하워드 드 뤼즈 씨는 모리스 섬의 프랑스 가문 출신으로 영국과 미국 국적을 행사한 것으로 보임.

1950년 하워드 드 뤼즈 씨는 프랑스를 떠나 보라 보라 섬(라 소시에테 군도) 가까이 있는 폴리네시아의 파디피 섬에 정착했음.

이 카드에는 아래와 같은 메모가 첨부되어 있었다.

친애하는 선생님, 이렇게 늦게서야 우리가 하워드 드 뤼즈 씨에 대하여 가지고 있는 정보를 알려드리게 된 것을 용서하십시오. 그 정보를 찾아내는 것은 매우 어려웠습니다. 하워드 드 뤼즈 씨는 영국(혹은 미국) 시민이므로 우리 쪽에는 아무 자취도 남아 있지 않았기 때문입니다.

당신과 위트에게 가장 우정 깊은 인사를 보내며

J. P. 베르나르디

마흔

　친애하는 위트, 나는 내주에 파리를 출발하여 태평양의 어느 섬으로 떠나려고 합니다. 그곳에서 나는 지난 내 생애에 대한 몇 가지 정보를 제공해줄 어떤 사람을 다시 만나게 될지도 모릅니다. 아마 젊은 시절의 어떤 친구인 듯합니다.

　지금까지 모든 것이 내게는 너무나도 종잡을 수 없고 너무나도 단편적으로 보였기에…… 어떤 것의 몇 개의 조각들, 한 귀퉁이들이 갑자기 탐색의 과정을 통하여 되살아나는 것이었어요…… 하기야 따지고 보면, 어쩌면 바로 그런 것이 인생일 테지요……

　이것이 과연 나의 인생일까요? 아니면 내가 그 속에 미끄러져 들어간 어떤 다른 사람의 인생일까요?

　그곳에 가서 당신에게 편지를 쓰겠습니다.

니스에서는 모든 일이 순조롭기를, 그리고 당신의 어린 시절을 상기시키는 그 장소에서 당신이 탐내던 도서관 사서 자리를 얻었기를 빕니다.

마흔하나

오퇴유국 54-73번 : 라 코메트 차고—푸코 가 5번지, 파리 16구.

마흔둘

트로카데로 공원 못 미쳐 강둑 위로 난 어떤 길. 미국인 피아니스트 월도 블런트는 바로 이 길에 살고 있었던 것 같았다. 내가 그의 집까지 함께 간 적이 있었다. 그는 게이 오를로프의 첫번째 남편이었다.

차고는 녹슨 철대문으로 미루어 보아 오래전부터 닫혀 있었다. 그 대문 위 회색 벽에는 푸른색 글자들이 반쯤 지워진 상태이기는 했지만 '라 코메트 차고'라는 표시를 읽을 수 있었다.

이층의 오른쪽에는 오렌지색 차양이 늘어져 있는 창문이 하나. 어떤 방의 창문이었을까? 어떤 사무실의 창문이었을까? 내가 므제브에서 '오퇴유국 54-73번'으로 전화했을 때 그 러시아 사람은 어쩌면 그 방에 있었는지도 모른다. 라 코메트 차고에서 그가 하는 활동은 어떤 것이었을까? 그것을 어떻게 알 수 있단 말인가? 버려진 이 건물 앞에서는 모든 것이 너무나 아득하게만 여겨졌으니……

나는 뒤로 돌아선 다음 한동안 강둑 위에 우두커니 서 있었다. 나는 달리는 자동차들과 센 강 건너편, 샹 드 마르스 근처의 불빛들을 물끄러미 바라보았다. 어쩌면 저기 공원가의 어느 조그만 아파트 안에 내 삶의 그 무엇인가가, 나를 알았던 어떤 사람, 아직도 나를 기억하는 누군가가 살아남아 있는지도 몰랐다.

마흔셋

뤼드 가와 사이공 가의 모퉁이 일층 창문들 중 하나에 어떤 여자가 서 있다. 햇빛이 비치고 있고 거기서 조금 더 멀리 떨어진 인도 위에는 어린아이들이 공놀이를 하고 있다. 끊임없이, 어린아이들이 '페드로' 하고 외치는 소리가 들린다. 그중 한 아이의 이름이 페드로여서 다른 아이들이 계속하여 공놀이를 하며 그를 불러대기 때문이다. 맑은 목청 으로 부르는 그 '페드로'란 이름이 골목 안에서 기이하게 진동한다.

창가에서 그 여자는 아이들을 보지 못한다. 페드로. 그 여자는 오래 전 옛날에 그런 이름을 가진 어떤 사람을 안 적이 있다. 외치는 소리와 웃음소리, 공이 벽에 부딪혀서 울리는 둔탁한 소리가 들려오는 동안 그 여자는 그때가 어느 무렵이었는지를 기억해내려고 애를 쓴다. 그래, 맞 아. 그것은 그 여자가 알렉스 마기의 상점에서 모델 노릇을 하던 때였다. 그녀는 드니즈라는 여자를 만난 적이 있었다. 약간 아시아 사람 같은 얼굴을 한 금발로 그녀 역시 양재 일을 하고 있었다. 그들은 곧 서로 친숙해졌다.

그 드니즈는 페드로라는 이름의 어떤 남자와 같이 살고 있었다. 아마 남미 사람인 것 같았다. 아닌 게 아니라 그녀는 그 페드로가 어느 영사관에서 일하고 있었다는 것을 기억했다. 그 얼굴 모습이 아직도 또렷이 기억나는 갈색 머리의 키 큰 남자. 그녀는 지금도 그를 만나면 알아볼 수 있을 것이다. 하지만 그도 틀림없이 늙어버렸을 것이다.

어느 날 저녁 그들은 둘이서 함께 사이공 가의 그 여자 집으로 왔었다. 그 여자는 몇몇 친구들을 식사에 초대했던 것이다. 샬그랭 가에서 아주 가까운 곳에 사는 일본인 배우, 그리고 산홋빛 금발인 그의 아내, 그녀가 알렉스 마기 상점에서 알게 된 갈색 머리의 에블린, 그녀와 같이 온 창백한 젊은 남자, 누군지 잘 기억나지 않는 또 한 사람, 그리고 그녀에게 구애하던 벨기에 사람 장 클로드…… 식사는 매우 즐거웠었다. 그 여자는 드니즈와 페드로가 아주 멋진 쌍을 이룬다고 생각했다.

한 아이가 날아가는 공을 잡아 가슴에 안고 다른 아이들과 멀리 떨어진 곳으로 성큼성큼 달아난다. 그 여자는 아이들이 그녀의 창문 앞으로 지나가는 것을 본다. 공을 안고 있는 아이는 숨을 헐떡이면서 라 그랑드 아르메 대로로 접어든다. 그는 여전히 공을 팔로 안은 채 대로를 건너질러간다. 다른 아이들은 그의 뒤를 따라갈 엄두가 나지 않는지 가만히 서서 맞은편 인도 위로 아이가 달려가는 모습을 멀거니 바라보고만 있다. 아이는 공을 발로 민다. 대로를 따라 나란히 늘어선 자전거 상점들의 진열장에서 자전거의 크롬 부분들이 햇빛을 받아 반짝거린다.

그 아이는 다른 아이들을 잊어버렸다. 아이는 공을 가지고 혼자서 뛰어가더니 오른쪽으로 꺾어져 드리블을 하면서 아나톨 드 라 포르주 가로 들어선다.

마흔넷

나는 현창에 이마를 가져다 댔다. 두 사람의 남자가 이야기를 나누면서 갑판 위에서 이리저리 거닐고 있었고 달빛이 그들의 얼굴 피부를 잿빛으로 물들이고 있었다. 그들은 마침내 뱃전 난간에 팔꿈치를 고였다.

비록 파도는 일지 않았지만 나는 잠을 잘 수가 없었다. 나는 드니즈, 프레디, 게이 오를로프 등 우리 모두의 사진들을 한 장씩 한 장씩 들여다보았다. 배가 그 여정을 계속해감에 따라 그들은 차츰 현실감을 잃어갔다. 그들은 과연 정말 존재했던 것일까? 아메리카에서 프레디가 어떤 활동을 했는지에 대하여 사람들이 내게 말해주었던 것이 기억에 되살아난다. 그는 '존 길버트의 둘도 없는 친구'였다. 그 말은 나에게 어떤 이미지를 환기시켰다. 어떤 별장의 버려진 정원에서 낙엽과 부서진 나뭇가지들로 뒤덮인 테니스코트를 따라 나란히 걸어가고 있는 두 남자의 이미지였다. 둘 중 키가 큰 쪽―프레디―이 다른 한 쪽에게로 몸을 기울인다. 분명 존 길버트 같아 보이는 그쪽 사람이 낮은 목소리로 말하고 있는 것 같았다.

얼마 후 배 안의 좁은 통로에서 사람들이 서로 떠밀고 떠들고 웃고 하는 소리가 들렸다. 〈내 금발 여인 곁에〉의 첫 소절 멜로디를 연주하기 위하여 트럼펫을 서로 가지려 다투는 것이었다. 내 옆 선실의 문이 쾅하고 소리를 내며 닫혔다. 그 안에는 여러 사람이 있었다. 다시 터지는 웃음소리, 유리잔이 서로 마주치는 소리, 가쁜 숨소리, 부드럽고 오래 계속되는 신음 소리…… 들이 들렸다.

누군가 조그만 종을 흔들고 성가대 어린아이같이 가냘픈 목소리로 배가 적도 반대편으로 넘어섰다고 되풀이하여 말하면서 좁은 통로를 따라 돌아다니고 있었다.

마흔다섯

저쪽에는 붉은 현등들이 알알이 줄을 지어 늘어서 있었다. 사람들은 처음에는 그것들이 허공에 떠 있는 것으로 생각했다가 한참 후에야 등들이 해안선을 따라 켜져 있는 것임을 알아차릴 수 있었다. 어두운 푸른색 실크 같은 산을 알아볼 수 있었다. 암초들을 지나고 나자 고요해진 물.

우리는 파페에테* 정박지로 들어가고 있었다.

---

* 태평양의 프렌치 폴리네시아의 항구.

마흔여섯

우선 나는 프리부르라는 사람에게 안내되었다. 그는 삼십 년 전부터 보라 보라에서 살면서 태평양 군도의 기록영화들을 촬영해서 파리의 플레이엘 홀에 소개하며 지내고 있었다. 그는 오세아니아를 가장 잘 알고 있는 사람들 중 하나였다.

내가 그에게 프레디의 사진을 보여줄 필요조차 없었다. 그는 프레디가 파디피 섬에 배를 정박시키고 있을 무렵 그를 여러 번 만났었다. 그는 프레디가 키가 이 미터 가까이 되고 섬을 절대로 떠나지 않은 채 지내거나, 그렇지 않으면 혼자 자신의 스쿠너 선을 타고 투아모투 환초도를 지나 마르키즈 군도에까지 긴 순항을 하는 사람이라고 설명했다.

프리부르는 나를 파디피 섬으로 데려가주겠다고 제안했다. 우리는 일종의 어선 같은 배에 올랐다. 프리부르 옆에서 한 발짝도 떠나지 않는 뚱뚱한 마오리인이 우리와 동행했다. 그들 둘은 함께 살고 있는 것 같았다. 다 낡은 골프용 바지에 셔츠 바람인, 옛날 보이스카우트 대장 같은 인상의 이 키 작은 남자와 구릿빛 살결의 뚱뚱한 마오리인은 기이한 한 쌍이었다. 마오리인은 남양인 특유의 스커트와 하늘색 무명 블라우스를 입고 있었다. 배를 타고 가는 동안 그는 부드러운 목소리로 자기는 젊었을 때 알랭 제르보*와 축구 시합을 했었다고 나에게 이야기했다.

---

* 프랑스 출신의 전투기 조종사, 항해사로 혼자서 대서양을 횡단했다. 폴리네시아를 유난히 사랑하였기에 그곳 원주민들의 알코올중독을 막기 위해 축구를 도입하고 그곳 언어를 연구했다.

마흔일곱

섬에 도착하자 우리는 잔디로 뒤덮이고 야자나무들과 빵나무들이
늘어선 오솔길을 따라갔다. 때때로 가슴 높이의 하얀 벽이 정원의 경계
를 표시하고 있었고 그 한가운데는 항상 똑같은—베란다와 초록색 칠
을 한 슬레이트 지붕이 달린—모양의 집이 한 채씩 솟아 있었다.

우리 앞에 철조망으로 둘러싸인 커다란 초원이 나타났다. 왼쪽에는
여러 개의 창고들이 그 초원을 막고 있고 그중에는 핑크빛이 섞인 베
이지색 삼층 건물이 하나 있었다. 그것은 태평양전쟁 동안 미국 사람들
이 건축한 옛 비행장으로 프레디는 바로 그곳에 살았다고 프리부르가
나에게 설명했다.

우리들은 그 삼층 건물 안으로 들어갔다. 아래층에는 침대와 모기장,
사무용 책상 그리고 버드나무 장의자가 놓인 방이 하나. 어떤 문 하나

가 보잘것없는 욕실로 통해 있었다.

이층과 삼층에는 방들이 비어 있었고 창문에는 유리가 빠져 있었다. 복도 가운데는 부서진 벽 부스러기들. 벽들 중 한 면에는 남태평양 군용 지도 하나가 걸려 있었다.

우리들은 프레디가 썼던 것으로 짐작되는 방으로 되돌아왔다. 갈색 깃털의 새들이 반쯤 열린 창문으로 날아 들어와 침대 위, 책상, 그리고 문 옆에 있는 책꽂이 선반 위에 서로 바싹 붙은 채 한 줄로 내려앉았다. 새들은 점점 더 많이 날아왔다. 그것들은 말루쿠 군도의 종달새들로 종이며 나무며 심지어는 집의 벽들까지도 모조리 갉아먹는다고 프리부르가 나에게 말했다.

어떤 한 남자가 방안으로 들어왔다. 그는 파레오 스커트를 입고 흰 수염을 기르고 있었다. 그는 프리부르를 그림자처럼 따라다니는 뚱뚱한 마오리인에게 말을 했고 그 뚱보는 약간 몸을 흔들면서 통역을 했다. 한 보름 전, 프레디가 마르키즈 군도에까지 한 바퀴 돌고 오겠다면서 타고 간 스쿠너 선이 돌아와 섬의 산호 암초에 걸려 좌초되었다. 그런데 프레디는 그 배에 타고 있지 않았다.

그는 우리가 그 배를 보고 싶은지 물었고 우리를 함수호 가로 인도해 갔다. 배는 돛대가 부러진 채 거기 서 있었다. 선체 위에는 사람들이 그것을 보호하기 위하여 트럭용 헌 타이어들을 걸어놓았다.

프리부르는 우리가 돌아가는 즉시 수색을 하도록 요청하자고 말했다. 옅은 푸른색 블라우스를 입은 뚱뚱한 마오리인은 매우 날카로운 목소리로 상대방과 말을 하고 있었다. 그는 마치 나직한 비명을 지르고 있는 것만 같았다. 곧 나는 그들에게 더이상 아무런 관심도 기울이지 않았다.

내가 함수호 가에 얼마 동안이나 남아 있었는지 알 수가 없다. 나는 프레디 생각을 하고 있었다. 아니다, 그는 절대로 바다에서 실종되지 않았다. 그는 아마도 마지막 밧줄을 끊고 어느 산호초 속에 숨기로 결심한 것인지도 모른다. 나는 끝내 그를 찾아내고야 말 것이다. 그리고 나는 마지막 시도를 해볼 필요가 있었다. 즉 로마에 있는 나의 옛 주소, '어두운 상점들의 거리, 2번지'에 가보는 것 말이다.

저녁 어둠이 내렸다. 저녁의 초록빛이 사위어가면서 함수호의 빛이 점점 더 흐릿해졌다. 물위에는 아직도 몽롱한 광채를 내면서 보랏빛이 감도는 그림자들이 흐르고 있었다.

나는 프레디에게 보여주려고 했던 우리들의 사진들을 무의식적으로 주머니에서 꺼냈다. 그 사진들 속에는 어린 시절의 게이 오를로프의 사진도 있었다. 나는 그때까지 그 여자가 울고 있다는 것을 알아차리지 못했었다. 그녀가 눈썹을 찡그리고 있는 것을 보고 그것을 알 수 있었다. 잠시 동안 나의 생각은 함수호로부터 멀리, 세계의 다른 끝, 오랜 옛날에 그 사진을 찍었던 러시아의 남쪽 어느 휴양지로 나를 실어갔다. 한 어린 소녀가 황혼녘에 그녀의 어머니와 함께 해변에서 돌아온다. 그 아이는 아무것도 아닌 일로, 계속해서 더 놀고 싶었기 때문에, 울고 있다. 소녀가 멀어져간다. 그녀는 벌써 길모퉁이를 돌아갔다. 그런데 우리들의 삶 또한 그 어린아이의 슬픔만큼이나 빨리 저녁 빛 속으로 지워져버리는 것은 아닐까?

잃어버린 과거의 신기루를 찾아서

"9월 15일 이전에 모든 신간은 비평가들에게 발송되어야 한다. 각 문학상 심사위원들이 한 해 말이라고 정해놓은 요지부동의 날짜이기 때문이다. 그 날짜가 넘으면 모든 희망은 사라진다. 그 어느 소설가치고 2만 5천분의 1인 그 화려한 상복을 꿈꾸어보지 않았겠는가? 어쩌면 파트릭 모디아노가 받을지도 모른다. 사람들이 매년 9월에 들어서면서부터 그에게 공쿠르상을 주마고 약속한 지 벌써 여섯번째가 된다."_『렉스프레스』

"파리에서 이름난 문인들 사이에서는 매년 11월이 되기 훨씬 전부터 자기들 나름대로 수상자를 정해서 심사위원들에게 손가락질해 보이는 기이한 버릇이 있다. 봄부터 문학 살롱에서는 유력한 작가의 이름이 수군거려지고 여름 바닷가에서 그 공론은 익고 명확해지고, 9월 8일이면 벌써 인기 순위가 공공연하게 드러난다. '모디아노의 신작? 벌써 여섯 번째 소설이고 보면 이미 하나의 세계가 되어 압도하는 작가이니 당연하지. 그는 이미 아카데미 프랑세즈 소설 대상을 받지 않았는가? 금년 공쿠르상은 안 줄 수 없을 거야. 내기는 끝났어. 특별히 예기치 않은 사건이 터지지 않는 한 올해 공쿠르상은 모디아노의 것이야. 그게 사실이라면 더욱 다행스러운 일이지.' 그러나 이런 확신의 피해자는 바로 파트릭 모디아노 자신과 같은 진정한 작가들이다. 무명작가이기 때문에 고려에 들지 못하는 것과 유명하기 때문에 읽히기 전부터 찬사를 받게 되는 것 중에서 어느 것이 더 고통스러운 것인지는 말하기가 어렵다. 바로 그러한 이유 때문에 저 감동적인 소설, 『어두운 상점들의 거리』는 반드시 읽어보아야 한다."_『누벨 옵세르바퇴르』

1977년 공쿠르상의 마지막 결선에서 또다시 아슬아슬하게 탈락한 『추억을 완성하기 위하여』(원제『호적부』)를 내놓은 지 일 년 만에 나온 모디아노의 여섯번째 소설은 거의 출간과 동시에 이처럼 모든 일간, 주간지의 서평란에서 격찬을 받았다. 그리고 마침내 모디아노는 공쿠르상 수상자가 되었다. 작가의 나이 33세였다.

그의 모든 다른 소설들과 마찬가지로 『어두운 상점들의 거리』 역시 바스러지는 과거, 잃어버린 삶의 흔적, 악몽의 어둠 속에 파묻힌 대전大戰의 경험을 주제로 한 어떤 기억 상실자의 이야기다. 그의 다른 소설들에서와 마찬가지로 여기서도 주인공은 자신의 구멍 뚫린 과거를 찾아 헤맨다. 그는 사라져버린 삶, 반쯤 지워져버린 한 세계의 점점 희미해져가는, 그래서 더욱 간절해지는 그 시절의 매혹에서 헤어나지 못한다.

한 인간의 삶으로부터 남는 것은 무엇일까? 저마다 세계의 중심이라고 여기는 이 따뜻한 체온의 '나'로부터 결국에 남는 것은 무엇일까? 빈 과자통 속에서 노랗게 바래져가는 몇 장의 사진들, 지금은 바뀌어버린 지 오래인 전화번호들, 차례차례로 사라져가는 몇 사람의 불확실한 증인들…… 그리고 아무것도 남은 것이 없다. 그 사람이 과연 이 세상에 존재하기나 했었는지조차 확신할 수 없어질 때까지, 우리가 이 땅위에 남기는 그 자취의 보잘것없음 혹은 '무無', 혹은 흩어지는 구름 같은 헛됨을 『어두운 상점들의 거리』는 담담한, 그래서 더 절실한 목소리로 서술함으로써 파트릭 모디아노의 최대 걸작을 만들어낸다.

모디아노는 자신의 생각을 독자에게 설득하려 드는 작가가 아니다. 그의 문체는 메시지를 전달하는 쪽보다는 어떤 공간과 시대와 언어의 세계로의 여행을 택한다. 과거, 사라짐, 공허, 부재하는 자의 자취를 추적하기, 두려움, 정체성의 위기, 이러한 것이 모디아노의 변함없는 소설적 라이트모티프다. 그는 매번 다른 소설을 발표하지만 그의 모든 소설은 동일한 주제의 주위를 맴돌며 변주된다. 그의 소설들 속에서 인물과 주제와 상황은 서로 닮은 데가 있다. 이미 기록된 글자들을 지우고 그 위에 다시 다른 글을 쓸 수 있게 된 양피지처럼 그는 자신의 기억과 문자와 언어들을 지우고 그 위에 새로운 텍스트를 새겨넣는다. 그리하여 모디아노의 소설들은 하나의 소설 위에 다른 소설이 겹쳐 쓰인 것 같은 인상을 준다. 그뿐이 아니다. 밑에 희미하게 지워진 텍스트가 모디아노의 자전적 삶의 일부 같은가 하면 그것은 어느새 그 위에 덧쓰인 다른 소설적 텍스트와 닮아 있다. 그러나 그 어느 것도 동일하지 않고 완전하게 복원된 것도 아니다.

겉보기에는 이 소설은 과거를 찾아 헤매는 한 기억 상실자의 이야기다. 어떤 흥신소의 퇴역 탐정인 작중 화자는 마치 다른 인물인 것처럼 자신의 과거에 대한 추적에 나선다. 한 장의 귀 떨어진 사진과 부고訃告를 단서로 바의 피아니스트, 어떤 정원사, 사진사 등을 차례로 만나게 되고 그들의 단편적이고 불확실한 증언이 1940년대, 밀수와 가짜 증명서와 배반으로 가득찬 어느 그룹을 환기시킨다. 그러면 그 기억 상실자인 탐정과 '페드로'라는 인물은 결국 같은 사람일까? 그는 과연 저 신비스러운 '드니즈', 패션 모델을 하다가 전쟁 말기에 스위스로 잠적한 '드니즈'를 사랑한 일이 있는가? 과연 그것은 그의 과거일까? 아니면 어떤 다른 사람의 과거일까? 사실 기 롤랑이 정말 자신의 과거를 되찾는가 혹은 그가 되찾는 과거는 과연 그 자신의 과거인가 하는 문제는 별로 중요하지 않다. 중요한 것은 그의 기억이 그를 한 집단과 이어주는 끈이라는 사실, 그의 기억의 모험이 그 인물 자신을 초월하는 하나의 세계를 창조해낸다는 사실이다.

그는 집요하게 계속된 인터뷰의 목록들이 구성하는 저 허구 같은 과거 속으로 조금씩 들어가 살기 시작한다. 가장 먼저 어떤 향기는 과거에 이미 맡아본 냄새와 같다고 기억된다. 어깨를 따끔하게 꼬집힌 듯한 느낌은 막연히 가슴을 떨며 지나온 길을 상기시킨다. 어느 거리에 가면 옛날에 들었던 발소리가 들리는 듯하다. 어떤 창문은 지난날 오랫동안 기다렸던 장소 같다.

그러나 이 소설은 어떤 병적인 기억 상실과 탐정소설적 추리를 통해서 소멸된 과거의 근원적인 애매성을 재구성하는 것만은 아니다. 모디아노는 앙드레 말로가 우리의 개인적 일생을 두고 말한 '조그만 비밀들의 무더기'와 대면시킨다. 이 소설은 어린 시절의 저녁 무렵에 맛본 슬픔처럼, 쉬 사라져버리는 저 충동들의 환영과도 같은 메커니즘을 분해하여 보여준다.

엄청난 규모의 전쟁이 사람들과 사물들, 그리고 그 기억들을 흩고 바스러뜨려버린 1940년대의 체험은 우리들 인간 조건이 얼마나 불확실한 기초 위에 구축된 것인가를 보여준다. 화자는 말한다. "기이한 사람들. 지나가면서 기껏해야 쉬 지워져버리는 연기밖에 남기지 못하는 그 사람들. 위트와 나는 종종 흔적마저 사라져버린 그런 사람들의 이야기를 서로 나누곤 했었다. 그들은 어느 날 무無로부터 문득 나타났다가 반짝 빛을 발한 다음 다시 무로 돌아가버린다. 미美의 여왕들, 멋쟁이 바람둥이들, 나비들. 그들 대부분은 심지어 살아 있는 동안에도 결코 단단해지지 못할 수증기만큼의 밀도조차 지니지 못했다." 그들은 바닷가에서 바캉스를 즐기는 동안 우리가 찍은 사진들 속에 우연히 우리들 등뒤에 서 있으되 아무도 그가 누구인지를 알거나 기억하지 못하는 '바닷가의 낯선 사람들'을 닮았다.

텍스트를 면밀히 읽어보면 우리는 화자인 기 롤랑이 기억을 상실한 것이 1955년이라는 사실을 알 수 있다. 왜냐하면 이야기의 시작은 1965인데 기억상실의 시기는 그보다 10년 전으로 되어 있기 때문이다. 그리고 롤랑의 과거의 재구성에서 가장 최근의 사건은 1943년 2월의 일이다. 이 시기는 소설 속에서 가장 긴 "서른일곱"째 장, 즉 이야기가 그 절정에 이르는 대목과 일치한다. 여기서 화자는 자신이 신비에 싸인 인물 페드로일 것이라고 상상하면서 드니즈, 게이 오를로프, 프레디 하워드, 빌드메르 등과 같이 도피를 시도하던 과정을 이야기한다. 므제브에서 국경을 넘는 데 실패함으로써 이 작은 그룹은 분산되었고 그 구성원들은 모두 다 사라져버렸다. 그러니까 화자가 추적하는 시기는 1943년에서 1955년 사이의 12년에 걸친 그 "구멍 뚫린 시간"인 셈이다. 이 기간은 바로 작가 모디아노의 부모가 서로 만난 저 어둠의 시절로부터 그들 사이에서 파트릭과 그의 동생 뤼디가 태어나 어린 시절을 보낸 시기와 일치한다. 여기서 우리는 비로소 왜 작가가 이 소설을 "뤼디를 위하여, 아버지를 위하여" 바쳤는지를 알 수 있다. 이 소설은 송두리째 다 어린 시절로만 이루어진 한 삶에게 바치는 오마주인 것이다. 그리고 동시에 다시는 만나지 못할 아버지의 시절에 대한 최초인 동시에 최후가 될 고별인사일지도 모른다. 모디아노의 아버지는 그해에 사망했다.

과거를 모두 기억하고 추억을 완성할 수 없다면 살아서 무엇하나? 그러나 살지 않는다면 추억해서 무엇하나? 가장 헛되이 바스러져서 망각의 무로 변하는 우리들 삶을 가장 감동적으로 서술하고 있는 이 소설은 바로 이런 점에서 어떤 모럴을 손가락질하고 있는 것 같다. 한 일생의 기나긴 자서전을 따라가는 것보다는, 그 지속적 시간 끝에 남는 무無를 고려할 때, 차라리 이 확실하고 찬란한 현재를 사랑하는 것이 가장 바람직하지 않을까?

"이 사진 속에 보이는 남자는 나와 닮은 것 같지 않습니까?"

"아뇨, 꼭 그렇다고 말하기는 어렵겠는데요. 그렇지만 어쩌면……"

그러나 지금 나의 얼굴이 바스러지고 나면 누가 이 사진과 비교할 얼굴을 생각이나 하겠는가?

파트릭 모디아노가 지난 40여 년 동안 프랑스 문학이 새로 거두어들인 가장 탁월한 작가의 한 사람이라는 점에는 이미 평단에 이의가 없다. 그는 1945년 불로뉴 비양쿠르에서 출생하여 약관 스물세 살에 첫 소설『에투알 광장』(1968)으로 데뷔, 그 소설로 로제 니미에 상과 페네옹상을 수상했다. 세번째 작품인『외곽 순환도로』(1972)로 아카데미 프랑세즈 소설 대상을 받았고 그 밖에『야간순찰』(1969),『슬픈 빌라』(1975),『추억을 완성하기 위하여』(1977)에서부터 최근의『잃어버린 젊음의 카페에서』,『지평』에 이르는 약 30권의 소설을 발표했다.『어두운 상점들의 거리』는 그의 여섯번째 소설이다.

　현대의 전쟁이 파괴한 것은 단순한 재산이나 인명의 피해만이 아니다. 그것은 동시에 인간의 진정한 정체성을 그 근본에서부터 붕괴시켰다. 모디아노는 바로 2차대전의 우연성 속으로 함몰되어 과거를 상실한 세대의 기억을 형상화한 대표적 작가다. 그러나 그의 실제 의식 속에는 전쟁의 기억이란 없다. 그는 전쟁이 끝난 뒤인 1945년에 태어났다. 그가 되찾으려고 하는 것은 자기 자신의 기억이 아니라 한 시대의 기억, 아니 어떤 인간 조건 자체. 그는 기억의 튼튼한 뿌리가 내려진 '콩브레'의 공간을 가지지 못한, 대전 후의 떠도는 프루스트. 프루스트의 탐색은 감정이 지닌 불안정성과 존재의 덧없음, 즉 "마음의 간헐"을 초극하고 "잃어버린 시간을 되찾는" 데 성공한다. 잃어버린 시간을 되찾는다는 것은 곧 과거의 감각들과 현재의 감각들을 동시에 느낌으로써 시간의 질서를 초월하기에 이른다는 것을 의미한다. 반대로 모디아노의 경우, '잃어버린 시간'은 산산조각난 삶의 편린이며 슬픔이 가득 담긴, 그러나 아름다운 기억의 어둠이다. 그의 인물들은 망각과 고

독과 침묵으로 구멍 뚫린 존재들이다. 그들이 과거를 향하여 던지는 불안하고 안타까운 시선의 끝에는 사람들이 "잃어버린 낙원"이라고 부르는 해방과 행복에 대한 열망이 떠 있다. 모디아노의 세계는 파열과 분산이 지배하는 불연속선의 세계다. 이 총체적인 실패의 세계를 말하는 모디아노의 문체는 흔히 짧고 간결하다. 건너뛸 수 없는 침묵 사이사이로 놓여 있는 명사구들은 닻을 내리지 못한 채 떠도는 섬들을 연상시킨다. 언뜻 지나치며 본 한 장면, 끊어진 한 토막의 대화, 어렴풋한 소리들을 예민하게 포착하는 모디아노의 예민한 감각과 탈색된 언어는 그 유례를 찾기 어렵다. 그의 문체는 탐정의 보고서만큼이나 단순명료하다. 그래서 더욱 많은 침묵을 내포하고 있으며 그래서 신비스럽다. 결정적인 세부사항 하나가 결여되어 있기 때문에 모든 추리가 허구로 돌아갈 것 같은 불안감과 강박관념―어떤 중요한 목록의 누락이 환기하는 질문은 문득 어떤 신비스러운 형이상학의 가능성을 손가락질하는 것 같다.

*

내가 『어두운 상점들의 거리』와 『추억을 완성하기 위하여』를, 아니한국 독자들에게는 전혀 알려지지 않았던 프랑스 작가 파트릭 모디아노를 처음으로 번역 소개한 것은 앞의 작품이 공쿠르상을 수상하던 1978년이었다. 그로부터 벌써 30여 년의 세월이 흘러갔다. 그사이 모디아노는 새삼스럽게 소개할 필요도 없을 만큼 전 세계에 널리 알려졌고 또 그의 소설들은 국내에 꾸준히 번역 소개되고 있다. 이제 수십 년

묵은 먼지를 털어내고 새로운 번역으로 새로운 독자들에게 이 매혹적인 소설을 다시 내보내게 된 것을 기쁘게 생각한다.

2010년 4월

김화영

1945년   7월 30일 불로뉴 비양쿠르에서 유대인 혈통의 이탈리아 출신
사업가인 아버지 알베르 모디아노와 벨기에 영화배우인 어머니
루이자 콜페인(본명은 루이자 콜핀) 사이에서 태어남. 부모는
점령중 파리에서 서로 만나 신분을 감춘 상태에서 함께 살았다.
무역업에 종사했다는 것 외에는 정확하게 알려진 것이 없는 아
버지는 불확실한 신분 상태로 대부분 부재 상태였고 어머니 역
시 순회공연으로 집을 비우는 일이 많아서 모디아노는 어린 시
절의 상당 부분을 여러 기숙학교에서 보냈다.

1947년   남동생 뤼디 태어남.

1951년   파리 근교 주이 앙 조자스의 몽셸 초등학교 입학.

1956년   오트 사부아에 있는 생 조제프 중학교 입학.

1957년   남동생 뤼디가 혈액 관련 병으로 세상을 떠남. 뤼디를 무척 아
꼈던 그는 1967년에서 1982년 사이에 발표한 초기 작품들을
뤼디에게 헌정한다. 동생의 죽음은 그의 어린 시절의 종말을 의
미했으며 그는 이 시절에 대하여 간절한 향수를 지니게 된다.

1960년   파리의 앙리 4세 고등학교에 입학함. 열다섯 살에 어머니의 친
구이며『지하철 안의 자지Zazie dans le métro』의 작가로 유명
한 소설가 레몽 크노를 기하학 개인교사로 모시게 되면서 크노
를 통해 문학의 세계에 눈을 뜨게 된다. 크노와의 만남은 결정
적이었다. 그를 통해서 그는 저 유명한 갈리마르 출판사의 칵테
일파티에도 참석하여 문단의 저명인사들을 만난다.

1963년   안시에서 대학입학자격시험에 합격하나 더이상 공부를 계속하

지 않고 문학에 열정을 바치기로 결심하고 소설을 쓰기 시작함.

1967년   첫 소설 『에투알 광장*La place de l'Étoile*』을 완성하여 레몽 크노에게 원고 검토를 부탁함.

1968년   첫 소설 『에투알 광장』이 크노의 주선으로 갈리마르 출판사에서 출간되어 로제 니미에 상과 페네옹상을 수상함. 이후 오로지 작가로서 글쓰기에만 전념함.

1969년   『야간순찰*La ronde de nuit*』출간.

1970년   9월 12일, 도미니크 제르퓌스와 결혼. "우리 결혼식 날에 대한 참담한 기억이 남아 있다. 그날 비가 왔다. 정말 악몽이었다. 우리 결혼식의 증인은 청소년 시절부터 파트릭의 후원자였던 레몽 크노와 우리 아버지의 친구인 앙드레 말로가 서주었다. 그들은 뒤뷔페에 대하여 논쟁을 하기 시작해 우리는 거기서 마치 테니스 경기를 구경하는 관람객 꼴이 되었다. 그 장면을 찍은 사진이라도 있었으면 재미있었을 터인데 사진기를 가지고 온 단한 사람은 그만 그 안에 필름 넣는 것을 잊어버렸다. 그래서 우리에게 남은 것은 우산을 쓴 채 등을 돌리고 있는 단 한 장의 사진뿐이다." (2003년 10월 6일, 『엘르』와의 인터뷰)

1972년   『외곽 순환도로*Les boulevards de ceinture*』를 발표하여 아카데미 프랑세즈 소설 대상을 수상함.

1973년   영화 〈라콩브 뤼시앵*Lacombe Lucien*〉의 시나리오를 씀.

1974년   〈라콩브 뤼시앵〉이 루이 말의 연출로 완성되어 상영됨. 이 영화는 2차대전을 배경으로 항독운동에 가담하려고 시도했다가 도리어 친독 의용대 활동을 하게 된 청년의 이야기를 다루고 있는데, 등장인물의 행동에 정당성이 없다는 이유로 논쟁을 불러일으킴. 맏딸 지나 태어남. 아버지의 재능을 물려받은 지나는 후일 영화 시나리오와 동화 등을 집필함.

1976년   1975년 출간한 『슬픈 빌라*Villa triste*』로 리브레리상 수상.

1977년	『추억을 완성하기 위하여 *Livret de famille*』(원제: 호적부) 출간.
1978년	『어두운 상점들의 거리 *Rue des boutiques obscures*』로 공쿠르 상 수상. 둘째 딸 마리 태어남.
1981년	『청춘 시절 *Une jeunesse*』 『메모리 레인 *Memory Lane*』(피에르 르탕 삽화) 출간.
1982년	『그토록 순수한 녀석들 *De si braves garçons*』 출간.
1983년	『청춘 시절』이 모셰 미즈라히의 연출로 동명의 영화로 만들어져 상영됨.
1984년	전 작품에 대해 프랑스 피에르 드 모나코 상 수상.
1985년	『잃어버린 거리 *Quartier perdu*』 출간.
1986년	『팔월의 일요일들 *Dimanches d'août*』 출간.
1988년	『발레 소녀 카트린 *Catherine certitude*』(장자크 상페 삽화), 『감형 *Remise de peine*』 출간.
1989년	『어린 시절의 탈의실 *Vestiaire de l'enfance*』 출간.
1990년	『신혼여행 *Voyage de noces*』 출간.
1991년	『폐허의 꽃들 *Fleurs de ruine*』 출간.
1992년	『서커스가 지나간다 *Un cirque passe*』 출간.
1993년	『고약한 봄 *Chien de printemps*』 출간.
1995년	『슬픈 빌라』를 개작하여 파트리스 르콩트가 연출한 영화 〈이본의 향기 *Le parfum d'Yvonne*〉와 그가 시나리오를 쓰고 파스칼 오비에가 연출한 영화 〈가스코뉴의 아들 *Le fils de Gascogne*〉이 상영됨.
1996년	『아득한 기억의 저편 *Du plus loin de l'oubli*』 출간.
1997년	『도라 브루더 *Dora Bruder*』 출간.
1999년	『신원 미상 여자 *Des inconnues*』 출간.
2000년	전 작품에 대해 폴 모랑 문학 대상 수상.
2001년	『작은 보석 *La petite bijou*』 출간. 『팔월의 일요일들』을 각색

해 마누엘 푸아리에가 연출한 영화 〈테 키에로*Te quiero*〉가 상영됨.

2003년   『한밤의 사고*Accident nocturne*』출간. 모디아노가 시나리오를 쓰고 장폴 라프노가 연출한 영화 〈여행 잘하세요*Bon voyage*〉가 상영됨.

2005년   『혈통*Un pedigree*』출간.

2006년   『그토록 순수한 녀석들』을 각색해 미카엘 에르스가 연출한 영화 〈샤렐*Charell*〉이 상영됨.

2007년   『잃어버린 젊음의 카페에서*Dans le café de la jeunesse perdue*』출간.

2010년   『지평*L'horizon*』출간.

2012년   『밤의 풀*L'herbe des nuits*』출간.

2014년   『네가 길을 잃어버리지 않게*Pour que tu ne te perdes pas dans le quartier*』출간. 노벨문학상 수상.

2017년   『잠든 추억들*Souvenirs dormants*』출간.

문학동네 세계문학전집 발간에 부쳐

세계문학은 국민문학 혹은 지역문학을 떠나 존재하는 문학이 아니지만 그것들의 총합도 아니다. 세계문학이라는 용어에는 그 나름의 언어와 전통을 갖고 있는 국민문학이나 지역문학의 존재를 인정하면서 그것을 넘어서는 문학의 보편적 질서에 대한 관념이 새겨져 있다. 그 용어를 처음 고안한 19세기 유럽인들은 유럽문학을 중심으로 그 질서를 구축했지만 풍부한 국민문학의 전통을 가지고 있는 현대의 문학 강국들은 나름의 방식으로 세계문학을 이해하면서 정전(正典)의 목록을 작성하고 또 수정한다.

한국에서도 세계문학 관념은 우리 사회와 문화의 변화 속에서 거듭 수정돼왔다. 어느 시기에는 제국 일본의 교양주의를 반영한 세계문학 관념이, 어느 시기에는 제3세계 민족주의에 동조한 세계문학 관념이 출현했고, 그러한 관념을 실천한 전집물이 출판됐다. 21세기 한국에 새로운 세계문학전집이 필요하다는 것은 명백하다. 우리의 지성과 감성의 기준에 부합하는 세계문학을 다시 구상할 때가 되었다.

문학동네 세계문학전집은 범세계적으로 통용되는 고전에 대한 상식을 존중하면서도 지난 반세기 동안 해외 주요 언어권에서 창작과 연구의 진전에 따라 일어난 정전의 변동을 고려하여 편성되었다. 그래서 불멸의 명작은 물론 동시대 세계의 중요한 정치·문화적 실천에 영감을 준 새로운 작품들을 두루 포함시켰다.

창립 이후 지금까지 한국문학 및 번역문학 출판에서 가장 전문적이고 생산적인 그룹을 대표해온 문학동네가 그간 축적한 문학 출판 경험을 바탕으로 새로운 세계문학전집을 펴낸다. 인류가 무지와 몽매의 어둠 속을 방황하면서도 끝내 길을 잃지 않은 것은 세계문학사의 하늘에 떠 있는 빛나는 별들이 길잡이가 되어주었기 때문이다. 우리가 자부심과 사명감 속에서 그리게 될 이 새로운 별자리가 독자들의 관심과 애정에 힘입어 우리 모두의 뿌듯한 자산이 되기를 소망한다.

문학동네 세계문학전집 편집위원
민은경, 박유하, 변현태, 송병선, 이재룡, 홍길표, 남진우, 황종연

세계문학전집 040

어두운 상점들의 거리

1판1쇄 1998년 12월 28일 ┃ 1판3쇄 2000년 3월 28일
2판1쇄 2003년 1월 22일 ┃ 2판3쇄 2006년 4월 22일
3판1쇄 2007년 5월 31일 ┃ 3판4쇄 2009년 3월 22일
개정판1쇄 2010년 5월 17일 ┃ 개정판25쇄 2024년 8월 25일

지은이 파트릭 모디아노 ┃ 옮긴이 김화영

편집 임선영 박신양 오동규
디자인 윤정우 송윤형 김마리 최미영 ┃ 저작권 박지영 형소진 최은진 오서영
마케팅 정민호 서지화 한민아 이민경 안남영 왕지경 정경주 김수인 김혜원 김하연 김예진
브랜딩 함유지 함근아 박민재 김희숙 이송이 박다솔 조다현 정승민 배진성
제작 강신은 김동욱 이순호 ┃ 제작처 영신사

펴낸곳 (주)문학동네 ┃ 펴낸이 김소영
출판등록 1993년 10월 22일 제2003-000045호
주소 10881 경기도 파주시 회동길 210
전자우편 editor@munhak.com ┃ 대표전화 031)955-8888 ┃ 팩스 031)955-8855
문의전화 031)955-1927(마케팅), 031)955-1916(편집)
문학동네카페 http://cafe.naver.com/mhdn
인스타그램 @munhakdongne ┃ 트위터 @munhakdongne
북클럽문학동네 http://bookclubmunhak.com

ISBN 978-89-546-1106-0 04860
      978-89-546-0901-2 (세트)

www.munhak.com

문학동네 세계문학전집

● 문학동네 세계문학전집은 계속 출간됩니다